地上的云朵

刘江滨 著

河北出版传媒集团

河北教育出版社

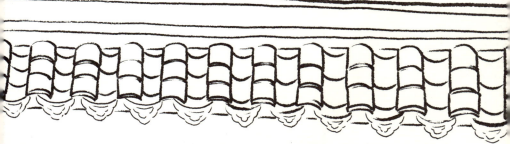

图书在版编目（CIP）数据

地上的云朵 / 刘江滨著. -- 石家庄：河北教育出
版社，2023.9
ISBN 978-7-5545-8025-7

Ⅰ.①地… Ⅱ.①刘… Ⅲ.①散文集－中国－当代
Ⅳ.①I267

中国国家版本馆CIP数据核字(2023)第150784号

地上的云朵
DISHANG DE YUNDUO
作　　者　刘江滨

出 版 人　董素山
策　　划　田浩军
责任编辑　郝建东　　王　哲
配乐朗读　纪青云
插　　图　刘建东
装帧设计　李　奥
出版发行　河北出版传媒集团
　　　　　河北教育出版社　http://www.hbep.com
　　　　　（石家庄市联盟路705号，050061）
印　　制　河北新华第一印刷有限责任公司
开　　本　880mm×1230mm　1/32
印　　张　9.75
字　　数　188千字
版　　次　2023年9月第1版
印　　次　2023年9月第1次印刷
书　　号　ISBN 978-7-5545-8025-7
定　　价　48.00元

目录

地上的 云朵

第三辑 橙黄橘绿

地上的 云朵

第一辑

人间有味

地　气

　　小时候的一个初春，父亲骑自行车驮着我赶路。我坐在大梁上，以往每每行不多久就打瞌睡，东倒西歪，有几次差点从车上掉下来，父亲常常是一手扶把，一手还得扶着我。这一回，瞌睡虫却没再招惹我，因为我被一个神奇好玩的现象吸引住了，我看见道路远方好像有水流动，在阳光下闪闪烁烁，似真似幻，你走它也走，总在前方飘忽，但一路走过地面都干干的，一点也没湿。我把这个发现告诉了父亲，父亲告诉我，这是春天回暖，地气上升，有风一吹，似乎在地面流动，因为是气体，近处是看不到的。

　　"地气"，这是我第一次听到这个词，以前只知道"天气"，每天听天气预报，晴，阴，多云，风，小雨，等等，日记的开头好像也都这么记上一笔。

　　从此，我知道大自然除了天气还有地气。天气在空中，地气在土里。之后不久，我在田地里再次与它相遇。辽阔的田野一马平川，没有庄稼遮挡，麦苗刚开始返青，只见远处若有水流，贴地约一米高，横亘一线，呈潋滟之态，如钱塘潮隐隐有席卷之势，但你永远走不近它，只能远眺，不能近观。

《礼记·月令》说孟春之月"天气下降，地气上腾，天地和同，草木萌动"。地气有上腾，自然也有沉降，有外张也有内敛，在我看来，地气是大地的呼吸，一呼一吸，乃生命存焉。如同天空之雨、雪、云一样，相对应的，伏之于地表的露、霜、雾是不是地气的赋形呈现呢？

《本草纲目》云："露者，阴气之液也，夜气着物而润泽于道傍也。"天为阳，地为阴，阴气，即地气。露水所着之物即主要在植物的枝叶上，它凝结为水珠，晶莹透明，玲珑可喜。记得小时候去地里割草，看到圆滚滚的露珠伏在草叶上，便用手指引导一颗向另一颗靠拢，露珠颤悠悠滑动，去拥抱它的同伴，结果体积增大成了胖子，草叶承受不住，滚落地上。遇着枝叶繁茂的灌木矮树，索性握茎一摇，唰一下，仿若下了一场小雨，以此为乐。有时候也会喝着玩，将叶子小心翼翼掐下来，裹成凹状，顺势将露珠倒进嘴里。如果叶子有甜味，那露水自然就是甜的，故有"甘露"之说。老聃云："天地相合，以降甘露。"古人视降甘露为祥瑞。而诗人更是习惯用"珠""玉""清"等美好的字眼来譬喻，如"露似真珠月似弓"（白居易）"金风玉露一相逢"（秦观）等。但是，因露为阴气所凝，故怕太阳，和雾一样，太阳一出露很快就遁形了，所以又常以之喻时光短暂，如民间所谓的"露水姻缘"、

地上的 云朵

佛经的"梦幻泡影，如露亦如电"等，皆是此意。对于割草的孩子来说，露水固然可玩可饮，也有腻歪的地方，因傍晚时分上露，每回从地里回家稍晚，裤脚和鞋定然是湿哒哒的，且鞋是布鞋，需要次日晒一天方干。诗人陶渊明记他在地里干活儿，"带月荷锄归"，这么晚了，故"道狭草木长，夕露沾我衣"。没有切实的体验是写不出这样的句子的。

在二十四节气中，"露"占了两个：白露、寒露。农历八月，"阴气渐重，露凝而白也"，到了九月，"露气寒冷，将凝结也"。再冷一点，露水就由液态变成固态的结晶体了，露成了霜。

《说文》释云："霜，露所凝也。士气津液从地而生，薄以寒气则结为霜。"晚秋清晨起来，推门一看，大地蒙上了一层稀疏斑驳的白色物体，树上、墙头、房顶，乃至地上的草、瓦块等支棱凸出的地方都披挂上了。在外面走一圈回来，帽子、衣服甚至眉毛、眼睫毛都会挂上霜，如果留有胡子，不用化装可秒变白胡子老头儿。其实，这霜就是昨日的露，气温过了临界点，发生质变，以固态的形式全面呈现，好像埋伏着的兵士抖掉了伪装，纷纷跳出来现身。古人云："霜者，天之所以杀也。"较之雨、露、雪，霜是有杀气的，霜降与萧瑟零落的景象被称为"肃杀"，是大地呼出的一口凌厉之气。绿植喜欢露的滋润亲爱，却畏惧它的变脸为霜，如同那句话"霜打了的茄子——蔫了"，霜刃挥过，一派颓靡枯萎之状。有趣的是，由露到霜，与人由年轻到衰老的过程何其相似乃尔，头发乌黑到两鬓斑白，以"染霜"譬喻，足够形象。但霜也并非全然可憎，"霜叶红于二月花""胜似春光，寥廓江天万里霜"，霜的世界也有美丽的一面。

地面上的水蒸气遇冷凝结成小水滴，以密集的方式占领了全部空间，称之为雾，是大地在凛冽的时辰哈出的一口粗气。记忆中的大雾似乎都发生在农村，田野之上，雾气尤重。一团无形的厚厚的纱帐从天而降，浓浓包围着你，且是流动的，就像舞台上的追光灯随着你的走动而在身边辟出一片空隙，周遭的一切混沌迷茫，啥也瞧不见。在大雾天，小孩子捉迷藏自然是最好玩最有趣的事情了，人一拱进雾中，旋即隐身，仿佛孙悟空施展了法术，只闻语声，不见人影。在这样的大雾中行走，就不用洗脸了，湿漉漉的全是水，衣服也潮乎乎的了。而雾气小的时候，像笼罩着一层轻纱，朦朦胧胧的，远处的景物依稀可辨。秦观之"雾失楼台，月迷津渡"，白居易之"花非花，雾非雾"都是写雾之美的佳句。

天气地气，乃阴阳之气，天地交合，化育万物。二者相互依存、相互转化，地气上腾至空中遂成天气，天气下降至地上遂成地气，故《黄帝内经》说："地气上为云，天气下为雨；雨出地气，云出天气。"雨露、霜雪和云雾，哪里分得太清？在茫茫的空间，是风连接了天和地，是为风气。天气地气合二而一，"天地和同，草木萌动"，乃有这翁郁蕃秀的生命世界。

　　长期生活在城市里，天气寻常可见，而地气似乎有些暌违疏离了。住的是楼房，走的是水泥路，每天双脚很难沾到土地。多少年对露和霜没有切近的观赏了？连雾都得在记忆中的农村去寻觅，城市的雾时有霾相犯。所以，我每隔一段时间就会到郊外去，沿着阡陌田垄走一走，踩着松软潮润的泥土，感到丝丝缕缕的地气从脚底板升到身体里，竟是那样舒服妥帖，踏实安然。

　　地气是山野之气，是大自然的真气、灵气，也是人世间的风气、烟火气、五谷之气。人作为大地之子，到田野去吧，到民间去吧，一如希腊神话中的那位安泰，只有坚实地足踏大地才会汲取无穷的力量。

燕燕于飞

从窗口望去，乍绿新翠的春树上不时有鸟飞来落下，又飞走，有的形单影只，有的成群结队，叽叽喳喳，鸣叫不停，颇有些"春意闹"之感。我仔细辨认，这些鸟儿多是麻雀和灰喜鹊。它们属于留鸟，终于盼得冬去春来，想必心里溢满了欢喜吧。

没有发现燕子的身影。是啊，燕子是候鸟，虽然民谚云"七九河开，八九燕来"，但聪明的燕子要等到真正春暖花开，才会从南方翩翩归来。

在自然界，燕子应是与人类关系至为密切、最受喜爱的一种鸟了，甚至被称为"家燕"，好像它是家庭中的一个成员。它把鸟窝搭在屋檐下甚至厅堂里，与人朝夕相处，一起生活。记得小时候，我家北屋是瓦房，燕子就在室内屋顶椽子和檩条之间筑巢搭窝。天天飞进飞出，堂而皇之，自由自在。麻雀虽然也享有"家雀"之名，但与燕子相比差了行市，不仅搭窝限于屋檐下，难以升堂入室，而且，麻雀还常常成为人们的盘中

地上的 云朵

餐、口中食。爬上梯子在屋檐的雀巢里掏鸟蛋、捉雏鸟，恐怕是农村孩子都干过的事。尤其是冬天，天寒地冻，冰雪覆地，可怜的麻雀在院子里觅食，小孩子将笤一侧支起一根棍儿，拴上绳子远远牵在手里，笤下面撒上一些米粒或玉米，麻雀蹦跳着到里面啄食，此时把绳子一拖，麻雀便被扣到笤下。这件事鲁迅小时候也干过，有《从百草园到三味书屋》为证。麻雀曾和蚊子、苍蝇、老鼠一起被视为"四害"，后来虽然"平反"了，但待遇并没有多大改善。

燕子就大大不同了，无人敢吃。不仅不敢吃，还待若上宾。

从科学上讲，燕子是益鸟，以蚊蝇为主食，不像麻雀那样吃谷物种子；从民俗上讲，人们视燕子为吉祥鸟。千百年来，民间逐渐形成一种禁忌或观念，燕子择善良人家而栖，如果遭到伤害，次年不再归巢，会另寻新居，对这户人家来讲则意味着不祥。如此，善待燕子，保护燕子，成了人们的自觉行为。

在我家，由于燕子将窝搭在屋顶，在屋内飞来飞去，地上便常遗落鸟屎，有时还拉在桌子上面。燕子孵出雏鸟后，从外面衔来虫子等食物，几只雏燕纷纷引颈张开粉嫩的喙，叽喳喳欢叫着，一副急不可待的样子。这些都让我嫌脏和吵得慌。我踅摸着，几次试图堵住门框上方的窗棂，这样只要关上门燕子就飞不进来了。但我的举动被母亲坚决阻止了。她说，燕子是喜鸟，去谁家谁家旺，你不想叫咱家好，就赶它们走。我只好作罢。故此，我家的屋门除了夜晚就没关过，燕子恣意进出。好像屋子里生活着两家人，我们一家，燕子一家。

其实，人们善待燕子还有一个更深层的原因。《史记》记载："殷契，母曰简狄，有娀氏之女，为帝喾次妃。三人行浴，见玄鸟堕其卵，简狄取吞之，因孕生契。"《诗经》也说得明白："天命玄鸟，降而生商。"玄鸟，即燕子。简狄吃了燕子下的蛋，怀孕生了殷商的始祖契。这可是惊天动地的大事情，燕子不仅是益鸟、吉祥鸟，还是神鸟，焉能不敬？焉敢不敬？

据说，燕子的平均寿命有十一年，这非常令人吃惊。作为候鸟，南徙北迁，长路迢迢，不仅辛苦，还要躲避无数天敌的侵袭危害，一只小小鸟儿居然能活十来年，堪称生命界的奇迹。

燕子有七十余种，最常见的是家燕和金腰燕，童谣所谓"小燕子，穿花衣，年年春天到这里"大概是指后者。而家燕多背黑腹白，羽毛闪着金属的光泽，两翅尖长，呈扇形递减，尾巴分叉很深，形似剪刀。其优雅庄重的气质形态为人类所迷恋效仿，于是产生了一种西服叫"燕尾服"，一度风靡于重要的社交礼仪场合。燕子飞翔的姿势也很优美，"燕燕于飞，差池其羽""燕燕于飞，颉之颃之"（《诗经》）。张舒其美丽的羽翼，忽而高耸，忽而俯冲，时而振翅，时而滑翔，有风的时候斜着身子飞，在空中展示着曼妙的舞姿。燕子善舞，故有

地上的 云朵

"莺歌燕舞"之称。汉代有女，身轻如燕，婀娜多姿，能做掌上舞，人唤之"飞燕"。燕子的鸣叫声也很特别，疾速短促，尾音悠长，欢快嘹亮，动听悦耳；有时又啾啾呢喃，婉转轻柔，透着感伤。"呢喃"一词即为燕子专用。

宋代晏殊词云"似曾相识燕归来"，一点不错，燕子念旧，且记忆力超好，春天从南方归来，常常仍回到旧居安家。晋代傅咸《燕赋序》记："有言燕今年巢此，明年故复来者，其将逝，剪爪识之，其后果至焉。"是说有人对燕子仍回旧巢半信半疑，在燕子秋天离去之时，在爪子上剪了个标记，次年果然回来了。记得有一年春，我正在院子里玩，忽然飞来两只燕子，在北屋前盘旋，叽叽喳喳叫着，有些迟疑，似乎正在确认，一个说，好像就是这里吧？一个说，嗯，嗯，没错，没错！我也感觉"似曾相识"，这不正是去年从我家飞走的燕子吗？忙高喊，娘，燕子回来啦！还没等母亲迎出屋，两只燕子已主人一般从敞开的门扉飞进去了。"几处早莺争暖树，谁家新燕啄春泥。"（白居易）燕窝一般是燕子用衔来的泥和草棍垒成，既然有旧巢，就省事了，修修补补就行了。

燕子是一只普通的小小鸟，却飞入人类的生活和精神中，化作飞翔鲜活的文化精灵。在人们眼里，燕子代表着新生和春天，"莺莺燕燕春春，花花柳柳真真。"（乔吉）"鸟啼芳树丫，燕衔黄柳花。"（张可久）燕子是春天的贵客，一到便繁华。在我的印象里，燕子多是双飞双栖，我家的燕子便是如此，即使筑巢垒窝、哺育雏燕，也是两只成燕一起劳作，形影不离。所以，在古诗词中"双燕"的字眼频出，如，"落花人独立，微雨燕双飞"（晏几道），"红日三竿帘幕卷，花楼影里双飞燕"（谢逸），"旅食惊双燕，衔泥入此堂"（杜甫），等等。"燕燕于飞"又衍生一词"于飞之乐"，喻指夫妇恩爱和谐。《诗经》中"宴尔新昏"，后来多被写成"燕尔新婚"，大抵也是取燕子雌雄亲密的意象吧。燕子虽小虽轻，却也常常负载"重任"。如刘禹锡的诗《乌衣巷》，"旧时王谢堂前燕，飞入寻常百姓家"一语，燕子成为世事沧桑、人间荣枯的历史见证者。而文天祥的"山河风景元无异，城郭人民半已非。满地芦花伴我老，旧家燕子傍谁飞？"（《金陵驿》）更是借燕子抒发了亡国之痛、黍离之悲。中国文学向来有托物寄情的传统，燕子无疑是一个很好的载体。

　　春意渐浓，燕归有期。尽管城市的水泥森林疏离了人与燕子的亲密，淡化了"家燕"的家感，但丝毫无碍于人们对这只小精灵的喜爱，以欣悦的眼神看它在春风里翱翔，在枝头跳舞、欢唱。

地上的云朵

地上的云朵

　　冬季来了，天冷了，自然会想到温暖的棉衣，也就想起了棉花。

　　棉花在我的老家冀南平原，是再平常不过的农作物。民谚云，三亩田（粮），一亩棉，多有种植。至今，一提起棉花就在脑海中浮现出一幅美丽的画面：秋收时节，棉花绽开笑脸，溢出朵朵棉絮，远远一望，地里白茫茫一片，像下了一场大雪，又像地上漫起了云朵。

　　棉花看似平常，其实很奇特。棉花的花朵叫棉花，棉花的果实也叫棉花，花与果实同一名字，这在植物中恐怕独一无二。棉之花通常有乳白色和淡红色，蔫蔫的，藏在枝杈间，仿若一个羞答答的村姑，既无炫丽的容颜，又无招摇的仪态，因此常常被人忽视。以至于人们一说棉花，脑子里映现出的是棉絮，果实太强势，取代了真正花朵的名分。棉花的另一个奇特之处，它是世界上唯一由种子生产纤维的植物，换句话说，大地上植物的果实大都是用来吃的，无论是庄稼、蔬菜还是瓜果，皆如此，而棉花不能吃，是用来穿的、用的。人的主要生存要素无非吃和穿，"吃靠田，穿靠棉"，食要果腹，衣要蔽体。棉花不仅御寒，还给人以基本的体面。

中国原本没有棉花。古人穿衣主要依靠丝和麻，丝贵麻贱，故富人穿轻柔的丝绸，穷人穿粗糙的麻布。绫罗绸缎自然舒坦，而大麻的茎秆纤维粗粗拉拉，做绳子、麻袋还差不多，穿在身上想想都难受。多亏有棉花跋山涉水来到中国安家。清代萧雄所著《听园西疆杂述诗》载："中国之有棉花，其种始于张骞得之西域。"照此说，棉花应该是从西域引来。西汉时期张骞出使西域，开辟了丝绸之路，驼铃声声中不仅驮去了丝绸，还驮回来了棉花。清朝末年，一个原产中美洲的棉花新品种漂洋过海植入中国大地。老百姓将旧棉花、新棉花分别唤作"笨花"和"洋花"。作家铁凝的长篇小说《笨花》如此描述："笨花三瓣，绒短，不适于纺织，只适于当絮花，絮在被褥里经蹬踹。洋花四大瓣，绒长，产量也高，适于纺线织布，雪白的绒子染色时也抓色。"想想也挺有意思，旧棉花和新棉花的种子分别从陆地翻山越岭和从海洋乘风破浪而来，寻找到新的土壤和机遇，绽放更璀璨的生命光华。相互的开放交流也给人类带来了福祉和财富。

"洋花"引进之后最早在上海试种，巧合的是，宋末元初上海出了个黄道婆，那可是中国棉业祖师级人物，古今棉花在此神奇遇合。所以上海人对棉花情有独钟，1929年在市花评选

地上的云朵

中，棉花竟击败了莲花、月季和天竹一举夺魁。中国最洋气的城市居然把最土气的棉花选为市花，大大出乎人的意料。但考诸历史渊源及当时市郊遍植棉花、市内纱厂林立的现实氛围，又在情理之中。

我小时候是在农村度过的，对棉花留下极深刻的记忆。那时还是生产队，棉田的地块足够阔大。每到夏天，棉花棵子长势茂盛，绿蓬蓬舒展着身板，长得茁壮的齐腰深，羸细的也能到大腿根处。此时，花开得欢实，却几乎不被人理会欣赏，开得委屈。在那个年代，农人还没有赏花的闲情逸致，其实除葵花、油菜花外，与小麦、玉米、高粱、谷子等庄稼的花相比，棉花还是颇有几分姿色。在乡间，人们称棉花为"花"，花地、花柴、摘花、拾花、纺花等等，当人们只说"花"的时候，那一定是指棉花，棉花冠绝所有的花而独享尊崇。我时常光顾棉花地，自然不是赏花而是割草，因为棉花低矮，可以随时站起身来透气，不像高大稠密的玉米地那般闷热。

棉花谢了，枝杈挂满了绿色的小铃铛，叫作棉铃。棉铃长大了，膨胀了，像饱满的桃子，又叫棉桃。虽然叫桃，只是形状仿佛，不能吃。棉桃裂开了嘴，一瓣一瓣漾出的不是果肉，而是白色的棉絮。一朵，两朵……千万朵，好像天上的白云从空中落在地上。这是不能融化的雪花，是农人真正期盼欢喜的花朵。于是，摘花成了秋野盛大的节日。大姑娘小媳妇间或有几个老年男子云集棉田，一个个腰间系着包袱，从棉桃里把棉絮扯出来放进包袱，颇像南方的采茶，手快的女人可以两手同时采摘。大家边干活儿边扯着闲话——这边胖婶对二妮说，这下好了，有了新花了，絮几床暄暄腾腾的新被褥，年根把事儿过了吧。二妮脸上飞起了红云，说，我才不嫁人呢。那边白嫂对黑嫂说，俺家二羔的棉袄破得都露出老套子了，跟狗啃似的，就等着这花下来呢。黑嫂说，谁说不是哩，新花有了，纺了线织了布，给孩子他爹做件新汗褂。白嫂嘻嘻笑着说，你可真疼你家男人哦。黑嫂呸了一口说，去你的呱哒哒。棉田里欢声笑语此起彼伏，惊得麻雀扑棱棱一阵乱飞。很快棉絮塞满了腰间的包袱，每个人都鼓着大肚子，像怀了身孕，彼此一望，又是一阵大笑。

秋收过后，农人还有一个拾秋的习惯，在田地里再扫荡搜索一遍，将抛撒的豆粒、隐藏的山药、洋姜等捡拾刨掘一番，拾花也在其列。摘花的时候难免摘不干净，会在棉桃的硬壳间残留一些棉絮，细细搜寻也会有不小的收获。这和麦收过后捡麦穗一样，这些活儿通常是由妇女和小孩儿干。正如清代乾隆年间《御题棉花图》所载："霜后叶干，采摘所不及者，黏枝坠垄，是为剩棉。至十月朔，则任人拾取无禁。"也即拾的花可以拿回家，不用交公了。

小时候最快乐的事情，是过年时穿上新棉袄棉裤，漂漂亮亮，暖暖和和。那时对农事懵懵懂懂，不太清楚摘花之后还有轧籽、弹花、纺纱、织布、炼染等多重工序。只记得夜晚伴着昏暗的灯光，母亲和姐姐在屋地盘腿而坐，把着纺车吱扭吱扭纺线，一手摇车，一手抻线，身子一俯一仰，手臂一送一张，仿佛节奏优美的舞蹈。是的，劳动是一种最美的舞蹈。遥想当年，当延安成千上万个纺车嗡嗡嗡响成一片的时候，和着黄河的涛声，奏响了最强劲的时代之音。

如今已经几十年不穿棉衣了，但那种温暖成为永远挥之不去的记忆，深深烙在生命中。而一想起棉花，就好像眼前一片片洁白的云朵在大地上氤氲，驻留，气象万千，瑰丽无比。

槐苍苍

自然界的树木中，槐树习惯被人冠之以"大"：大槐树。想想看，好像没有听过"大柳树""大榆树""大杨树"之类的叫法吧？即便格外受人尊崇的松柏也无此待遇。民谚云："千年柏万年松，不如槐树空一空。"松柏是有名的长寿树种，槐树却不遑多让，"空一空"，即歇一歇，缓一缓，看似要枯萎了，却喘口气，老树又抽新枝，生命力极为强韧。故在大地之上，那些散落民间苍劲葱郁的老树以槐树居多。

中国原生的槐树称之为国槐，冠之以"国"，这份荣耀不是一般的大。

槐树，不仅仅是一棵树。

> 拉大锯，扯大锯，
> 姥娘门前有棵大槐树（方言读作絮）。
> 你抬根，我抬梢，
> 压着谁呀谁弯腰，谁弯腰。

拉大锯，扯大锯，

姥娘门前唱大戏。

接闺女，请女婿，

小外甥啊也要去，也要去。

——这是冀南一带的一首童谣。从会说话起，大人就会一遍遍在耳边念诵，以致成为最早的开蒙作品之一。有时候两个小孩儿相对而坐，双手相牵，边扯来扯去做拉锯状，边朗朗口诵。其中的意思虽不甚了了，但"大槐树"的意象深深烙刻在脑海深处。

槐树和柳树、榆树、杨树、枣树、杏树、桃树等是家乡最常见的树种。作为故乡代称的"桑梓"倒比较少见。记得小时候村里只有一户人家院里有棵桑树，半个树冠都伸到街里，桑葚红了的时候，孩子们都跑过去爬高摸低够着吃。而槐树村前屋后、田野巷陌到处可见。如果以人做喻的话，枣树、杏树和桃树是结果抱子的母亲，柳树是风姿绰约的少女，杨树是挺拔直溜的少年，榆树是壮硕结实的精壮汉子，那么，槐树呢，树冠巨大，枝稠叶密，荫佑庇护，犹如一个可以遮风挡雨、托付依靠的家长。

老家的槐树有两种，一种是国槐，是中国本土所产，亦称之为笨槐；另一种是洋槐，也叫刺槐，原产于北美洲，19世纪后期引进中国，并广泛种植，遍及北方乡野。国槐和洋槐相貌大体仿佛，略有区别，国槐的花是淡黄色，洋槐是白色，叶子一个有尖一个是圆，豆荚一个像珠子一个像扁豆。洋槐虽然源自域外，但根植华夏这片兼收并蓄的土壤已完全中国化了，就像玉米、西瓜、棉花、辣椒等植物一样，我们从来就觉得它们是土生土长的。不管是笨槐还是洋槐，在我们眼里都是大槐树。

家乡的槐树以洋槐居多。到了春末夏初，白色的槐花开了满树，一嘟噜，一串串，晶莹如玉，洁白如雪，空中弥漫着甜丝丝的香气，有蜜蜂嗡嗡嘤嘤来回穿梭，酿出来的蜜叫槐花蜜。槐花还是一种食材，洗干净了，和上白面或棒子面，在锅里蒸熟了，放上盐和蒜泥一调，叫作"苦累"，也算是一道不错的美味。槐花还可以直接生吃，嚼在嘴里味道淡淡的甜甜的，满口生津。

20世纪80年代，我在石家庄上大学，学校的南邻叫槐底村，从名字可以看出与槐树的渊源。这里的槐树主要是国槐，花期较洋槐要晚一些，是在七八月的盛夏。槐树是这座城市的市树，约占行道树的四成。几条街道都以"槐"字命名：槐北路，槐中路，槐岭路，槐安路。大学毕业分到邢台十几年后又调来石家庄工作，刚来的两年我租住在槐底村，单位也背靠着槐北路。整个夏天，我几乎都穿行在槐树林中。槐树树冠硕大，枝柯交错，叶子稠密，仿佛叆叇绿云，遮天蔽日。所以，行走在街道上，犹如一道天然的遮阳伞，一派清爽。槐花绽放的那段时日，道路上散落着淡黄色的花瓣，好像下了一场花雪，煞是好看，整座城市都弥散着一丝淡淡的香气。

　　距槐底村往西八公里远的振头村，有座宋代始建的关帝庙，关帝庙的后院有棵千年古槐。这个振头是石家庄的城市原点，——当年石太铁路建火车站，因石家庄是个蕞尔小村，不如附近的振头名头响，故而名为振头站。有意思的是，槐底村可谓石家庄槐树的"班底"，大本营，却古槐无存，振头村却为"市树"珍藏了活着的文物实证。

　　一天趁着晴天丽日，我去振头拜谒了这棵千年槐祖。由于新型冠状病毒感染疫情，关帝庙没有开放，无法入内。还好，这棵槐树就耸立在院墙的西北角，从墙外端详无碍。树跟人一样，老了就有了老态，黑褐色的树皮粗糙干裂，粗大的身躯被箍上铁箍，数根铁柱子支撑着枝干，其中有一枝已枯死。但从树冠部分望去却依然蓬勃葱郁，枝繁叶茂，毫无衰微颓靡之相。槐树拥有强大的自生能力，只要活着，虽身躯苍老，却不断漾出新枝嫩叶，自我代谢，自我革新，故能长久保持葱茏的生命气象。据有关专家勘察确定，这棵槐树栽种于唐末宋初，距今千余年。这样的千年古槐国内并不少见。甘肃省崇信县有一棵古槐距今三千二百年，被称为"华夏古槐王"，推算栽种时间应为商末周初。想想这是多么遥远的事情，岁月不居，春秋代序，人世不知更迭了多少代，一个个化为尘化为土，而槐树还好好活着，而且还要继续活下去。树比人长久，如同一位看得见的神祇默默注视着人间的沧桑变迁，成为时间的见证，不管经历多少风摧雷殛水淹兵燹而屹立不倒，这太神奇了，怎不令人顶礼膜拜。

为何石家庄独钟槐树？当地人说因为祖上来自山西洪洞大槐树，迁移时带来槐种，遍地栽植，看见了槐树就如同看见了故乡。其实，不只是石家庄，在华北诸多地方包括我的家乡都流传着一句话："问我祖先来何处？山西洪洞大槐树。"这个地方令人神往，成为中华大地上许多人的一个共同家园，让人心心念念。

正是槐花盛开的季节，我和妻子专程奔赴洪洞县，开启"寻根"之旅。

从石家庄乘坐高铁到洪洞县，只需三个小时，坐在软座上跷着二郎腿轻轻松松就到了。如果回溯一下时光，当年那些背井离乡的先民或徒步或推着独轮车，扶老携幼，栉风沐雨，忍饥挨饿，还要忍受着思乡的痛苦，真的是举步维艰。

在"洪洞大槐树寻根祭祖园"，槐树可谓胀了眼眶，绿了眼球。遗憾的是，那棵传说为移民之所的大槐树早没了，变为原址一间屋子里的一个牌位，接受着香火的供奉，周边有两棵较老的槐树被标示为二代三代。广济寺门前东侧，耸立着一棵巨大的用水泥做成的假树，"树"上缠绕着繁密的藤萝，绿色盎然，高高的树杈上还有一个"老鸹窝"。猛不丁一看，以为这棵古槐还活着。

地上的 云朵

树前空地演出的情景剧，再现了明初移民的悲惨故事。明初由于战乱，造成中原人口急剧减少，土地荒芜，需要从人口稠密的洪洞县移民。官府在大槐树上贴出告示，不想迁移的到大槐树下集合，想迁移的在家等候。不愿离开故土的民众拖家带口纷纷赶往大槐树下，三天之内聚集了十几万人。谁料想，这是官府的一个骗局，将大槐树下的这些人依次捆绑，逼迫迁往外地。有的一家人分散四处。于是，妻离子散，抛家舍业，哭声震天。大家一步三回头，渐渐远去，视野所及只有大槐树和树上的老鸹窝。人们在被押赴途中，欲去茅房方便，只好向士兵请示解开手上缚着的绳索，于是产生了一个词语："解手"，至今仍在使用。

"老鸹窝"又作"老鹳窝"，因老鸹（乌鸦）被民间视为不祥之鸟，故说成老鹳。鹳是水边之鸟，洪洞境内有多条河包括汾河流经，倒也说得过去。但散布在广大中原地区的移民，多见老鸹，少见老鹳，故仍多称"老鸹窝"。

实际上，大槐树移民只是一个传说。这个发生在明初洪武、永乐年间的事情，明清两季均无正史记载。直到民国六年（1917年）《洪洞县志》才出现有关记述，在《舆地志·古迹》中新增了"大槐树"条目："大槐树在城北广济寺左。按《文献通考》，明洪武、永乐间屡移山西民于北平、山东、河南等处。树下为集会之所。传闻广济寺设局驻员，发给凭照川资，因历年久远，槐树无存，寺亦毁于兵燹。"如此重大的国家移民行动，在一个漫长的时期正史以及地方志都选择了无视，的确令人费解。即使上述《洪洞县志》的这一段记载，也有令人疑惑处，《文献通考》是宋元之际的学者马端临编撰的著作，怎么能记载明代的事情？另外，文中也有"传闻"字样，"传闻"不就是传说吗？那么这个传说源于何时何处？据学者分析，晚明已有蛛丝马迹，到了清代中叶已广泛流行。它最早出现在"族谱"之中，愈传愈盛，以至于"但不见诸史，惟详于谱牒"。正如学者赵世瑜所说："传说进入族谱，便成为可信的史料，族谱所说再被采择进入正史或者学术性著作，历史就这样被亦真亦幻地建构起来了。"（《说不尽的大槐树》）

为使这个传说更加可信，又加了一个生物学上的印证，大槐树移民小脚趾指甲是两瓣的。我幼时就看过自己的小脚趾指甲，果然两瓣。想想估计有成千上万个人捧着脚丫子做过同一动作，多么有趣！

园里影壁墙上红底黄字书写着一个大大的"根"字，格外吸引游客灼热的目光。这个字或许反映出移民传说的潜在文化心理。中国古代是以血缘关系为纽带的宗法社会，崇尚祖先崇拜，寻根的意义在于唤起族群认同、地域认同，进而是家国认同。同种同族同一个家，这是一种天然的关系缩结，"老乡见老乡，两眼泪汪汪"。这个情景剧演出我和妻子看得泪眼婆娑，周围的观众也纷纷唏嘘不已，不是演得多么精彩，而是唤起了大家内心深处浓浓的故乡情愫。

地上的云朵

大槐树移民，即便是传说，也已成为一段抹不去的历史记忆和族群记忆，深深镌刻在灵魂深处，一代一代地赓续下去。

槐树，成为故乡的象征和符号。

我曾经对槐字中有个"鬼"有点不解，木中之鬼？难道暗喻不祥？专门寄生在国槐上的虫子尺蠖，俗名就叫"吊死鬼"。《说文解字》释"槐"曰："木也，从木，鬼声。"元人吴澄注云："槐之言怀也。"再想想带"鬼"的字不都是坏的意思，比如"魁"，北斗星第一星之谓，还有魁伟、魁梧、夺魁、魁首等，都是好词，我也就释然了。

槐树实为吉祥树，要不怎么与"国""大"相匹配？

建安时期，曹丕、曹植和王粲曾分别作《槐树赋》，称槐树为"美树""良木""奇树"，不吝赞词。历代文人对槐树多有吟咏，有人统计，在中国古典文学作品出现的乔木类观赏植物中，槐排在第四位，前三位是柳、梧桐和枫。

宋代大文豪苏东坡对槐树青睐有加，不仅作有多首槐诗，还在知定州期间亲手在文庙种下两棵槐树，至今仍郁郁葱葱，被称作"东坡双槐"；石家庄封龙山一棵古槐旁边留有他的碑刻"槐龙交翠"。苏东坡更为脍炙人口的名篇是《三槐堂铭》，系应朋友王巩之约为他家的三槐堂写的铭文。王巩，字定国，诗人、画家，其祖父王旦曾做过宋真宗朝的宰相。苏东坡的名句"此心安处是吾乡"便与王巩有关。受苏东坡"乌台诗案"牵连，王巩被朝廷贬至宾州（今广西宾阳），家奴歌姬纷纷散去，只有柔奴一人愿陪伴王巩远赴蛮荒之地。后来，苏东坡问柔奴："岭南应是不好？"柔奴从容答道："此心安处，便是吾乡。"东坡极为赞赏，于是填词《定风坡》，便有了这样的句子："万里归来年愈少，微笑，笑时犹带岭梅香。试问岭南应不好，却道，此心安处是吾乡。"《宋史·王旦传》记载："旦父祐手植三槐于庭曰：'吾之后世，必有为三公者，此其所以志也。'"王巩的曾祖王祐曾在庭院里种下三棵槐树，坚信自己的后人肯定有位列三公的，槐树可以作证。没想到他的预言很快就得以实现，他的儿子即王巩的爷爷王旦做了宰相。世人称之"三槐王氏"，并有了"三槐堂"这个堂号。王巩请好友、当时的文坛领袖苏轼撰写铭文，自是情理中事了。《三槐堂铭》有云："魏公之业，与槐俱萌；封植之勤，必世乃成。既相真宗，四方砥平。归视其家，槐荫满庭。……郁郁三槐，惟德之符。"这里将槐树的繁茂葱郁和王家的功德、繁盛紧密联系在一起。

"三槐"喻"三公"，其来有自。《周礼》云："面三槐，三公位焉。"王安石释云："槐华（花）黄，中怀其美，故三公位之。"按照周朝的礼仪，大臣上朝时，需先在宫外列队等候。宫廷外种有二十一棵树，其中左右各有九棵枣树，中有三棵槐树，大臣官员按照职位品级分列于枣树和槐树之下。三棵槐树下的位置是太师、太傅、太保，从此人们以"三槐"

地上的云朵

代称"三公"。

中国古代文化向来有"赋、比、兴"的传统，草木植物从来就不是单纯的自然物，被人植入了不同的情感、心灵和文化，譬如梅兰竹菊被称作"四君子"。所以，槐树有"三公"之喻，自然受到人们的尊崇和垂青。《燕子春秋》载："齐景公有所爱槐，令吏守之。令曰：'犯槐者刑，伤槐者死。'有醉而伤槐者，且加刑焉。"这个齐景公简直视槐为国家神器不可冒渎侵犯，如此爱槐可谓无以复加了。

科举乃古代士子的进身之阶，是登上"槐鼎"之位的敲门砖。故科举也与槐树相勾连，考试的年头叫作槐秋，举子赴考叫作踏槐，考试的月份叫槐黄。唐代李淖《秦中岁时记》谓："进士下第，当年七月复献新文，求拔解，曰：'槐花黄，举子忙。'"唐代的科举制是考试与举荐相结合，考生考前将自己所作诗文呈给达官显贵过目，以博青眼，求得推荐，叫作行卷。因此，当年科考落第之后，考生大都滞留京城，借住在庙院闲宅等僻静之所，精心写出新文章，七月后或请人出题私试，或献给有关官员名流。这个时节正值槐花盛开的季节，苏东坡也有《残句槐花黄》云："槐花黄，举子忙。促织鸣，懒妇惊。"黄庭坚《次韵解文将》云："槐催举子著花黄，来食邯郸道上粱。"范成大《送刘唐卿》云："槐黄灯火困豪英，此去书窗得此生。"

宋代孔平仲的笔记小说《谈苑》讲了一个宰相吕蒙正颇

为传奇的故事：吕蒙正那年参加科考，曾借住建隆观，后赴洛阳应试，锁门而去。历冬至春方回，打开房门一看，床前居然槐枝丛生，高二三尺，吕蒙正恰好可以环抱住那些鼓蓬蓬绿莹莹的嫩叶。当年，吕蒙正登科，并成为状元，十年后拜相。还有更玄乎的，五代笔记小说《玉堂闲话》，说唐代孙家有一老宅，住了几辈人了，有一天堂前的一个柱子忽然长出了槐枝，并且越长越茂，整个柱子都变成了槐树，以至于把屋子都顶坏了。这样的奇事吸引了大量人群参观，把街道堵得水泄不通，大家都认为这是应了"三公"的征兆。果然，后来孙家的孙偓不仅考中状元郎，还当了宰相。

石家庄的槐安路原叫槐南路，与槐北、槐中对应，不知为何改为槐安。这倒让人想起了"槐安国"，想起了"南柯一梦"。它们源自唐代李公佐的传奇小说《南柯太守传》，讲述了侠士淳于棼的故事：淳于棼住宅南面有"大古槐一株，枝干修密，清荫数亩"，淳于棼天天和朋友们在大槐树下喝酒。有一天他喝醉了，身体不适，被两位朋友扶回家，在廊檐下躺下休息，朋友喂马洗脚，待他好些再离开。他在迷迷糊糊中被人请到槐安国，做了驸马，当了二十年的南柯郡太守，生了五男二女，享尽荣华富贵，又尝尽人间冷暖。最后在梦中惊醒，见童仆在打扫院子，朋友还在洗脚，夕阳斜照在西墙上，杯中剩酒还放在窗台上。他向朋友讲了梦中经历，又到大槐树下找到了蚂蚁洞口，他就是从这

地上的云朵

里进入梦中的槐安国的。这个故事和唐代另一个传奇沈既济所著《枕中记》之"黄粱一梦"如出一辙。

"南柯一梦"常被形容为空欢喜一场，实际上梦中的故事并非只有欢喜，也有父子离散、妻子亡故、战败遭黜等悲切。梦中世界与现实人间并无甚区别，是百味人生的一个缩影，说明人生不过就是一场梦罢了。耐人寻味的是，虚拟的槐安国却是蚂蚁的世界，这岂不是说人和蚂蚁原本没有什么两样？元代诗人元好问据此留下"枯槐聚蚁无多地，秋水鸣蛙自一天"的诗句，当代学者钱锺书从中取"槐聚"二字作为其号，且作诗《睡梦》："睡乡分境隔山川，枕坼槐安各一天。那得五丁开路手，为余凿梦两通连。"当是蕴含了他的一种人生认识。

李公佐想象出来的"槐安国"，不禁让人想到陶渊明的"世外桃源"。同样是虚拟，前者是一个梦幻的世界，后者是一个理想的社会，二者相较，如轩如轾，高下分明，前者显然远未达到后者的精神境界。不过，大槐树庇荫下的国度有一个"安"字，也充分寄寓了作者的美好愿景。不管何时何代，国泰民安，安居乐业，从来都是黎民百姓永久的梦想。

又值盛暑，走在街头，只见槐树叶绿花黄，纵横连绵，郁苍苍，势莽莽，有参天之巨，横亘之阔，亭亭如盖，荫庇一方。这是一棵散发着植物气味和文化气息的树，自古及今乃至未来，"托灵根于丰壤，被日月之光华"（曹丕），巍巍然挺立天地间。

有个村庄名诗经

这天正值秋分，中国农民丰收节。田野上玉米组成的方阵一望无际，苍绿中部分已泛白的秸秆仍密密实实地挺立着，只是怀中的棒子已被掰下了，金灿灿地摊放在场院上，或化作颗粒收进仓里。大豆、高粱、芝麻星星点点，而有些地块袒露本来的模样，那是红薯或花生被刨后的情景。

我在一个村庄的村口停下来。天空瓦蓝，白云悠悠，村庄一派安宁祥和。一排排房子看起来都挺新，外墙贴着白瓷砖，屋顶置放着太阳能热水器，门楼也很气派。不少小轿车停放在整洁的水泥路面上。

这是华北平原一个普通的村庄。然而，村口的一面标志墙却显示出村名的不同凡响：诗经村！

当初我在有关文字中初次看到这个名字时，心中犹如一把竖琴被轰然拨响，发出辽远的清音，"关关雎鸠，在河之洲。窈窕淑女，君子好逑""昔我往矣，杨柳依依。今我来思，雨雪霏霏""蒹葭苍苍，白露为霜。所谓伊人，在水一方"……

地上的云朵

这些《诗经》里的美妙句子破空而来，在脑海萦绕。我想，这个以"诗经"命名的村庄，肯定不简单，肯定蕴含着丰饶华赡的文化密码，这犹如磁石一般对我生发出强烈的吸引。于是，在这个秋高气爽的丽日，我专程来到河北省隶属沧州的河间一探究竟。

一

诗经村，是一个古村落，村名早已有之。《河间县地名资料汇编》云："该村系古村。因先秦典籍毁于秦火，汉博士毛苌在此口授《诗经》，从此得名诗经村。"明正德十年（1515年），巡按御史卢雍至河间，发掘毛公冢，得墓志石碑，上有"明道于君子馆，设教于诗经村"的句子，可见至少明代就有这村名了。溯源诗经村，中国文化史上的煌煌一页就此打开。

《诗经》是中国第一部诗歌总集，收集了周初至春秋中叶约五百年的诗作，最早称作《诗》或《诗三百》，由孔子编纂修订，共三百零五篇。孔子说："《诗》三百，一言以蔽之，曰思无邪。"又说："不学《诗》，无以言。"到了汉代，汉武帝推行"罢黜百家，独尊儒术"，《诗》成了《诗经》，被奉为儒家经典，列"五经"之首。《诗经》更是中国文学的泉源。

然而，《诗经》在成为经典之前，险些被野蛮芟除绝灭。秦始皇"焚书坑儒"，《诗经》首当其冲。一把冲天大火，关关的雎鸠，喓喓的草虫，交交的黄鸟，喈喈的仓庚，由哀鸣归于死寂；夭夭的桃花，瀼瀼的蔓草，青青的绿竹，绵绵的葛藟，被火舌舔成了灰烬。倘若《诗经》遭此劫难从此湮没亡佚，消失在历史的尘烟中，那么，没有诗源润泽的中国文明将会多么乏味、枯瘠。

天佑中华，世间幸有毛公！

毛公者，毛亨、毛苌是也。三国吴学者陆玑《毛诗草木鸟兽虫鱼疏》谓："荀卿授鲁国毛亨，亨作《训诂传》，以授赵国毛苌。时人谓亨为大毛公，苌为小毛公。"史传二人为叔侄关系。文献记载，孔子编订《诗经》后，传给弟子子夏，数度辗转由大儒荀子传给了毛亨。但到了毛亨这儿，历史之河陡起滔天巨浪，《诗》《书》被秦帝下令焚毁，而保存传承者面临身死族灭的命运。向秦始皇献此毒计的是丞相李斯，李斯与韩非、毛亨同为荀子的弟子，韩非即为李斯所害，毛亨的处境也岌岌可危，他被迫亡命他乡，一路寻寻觅觅，最后在相对荒僻但水草丰美的武垣县（今属河间）落下脚来。民间传说，他在居所挖了地窖，将《诗经》刻在四壁上。在漫漫逃亡途中，不可能携带那些用竹简木牍做的书卷。所幸，《诗经》是诗，更是歌，每一首都是谱了曲子吟唱的，毛亨作为一代大儒、《诗经》嫡传人，肯定将那些朗朗上口的诗句早已烂熟于心了。

至汉惠帝四年（公元前191年）废除了"挟书律"，毛亨得以对《诗经》正大光明予以整理、注释、训诂，作《故训传》

地上的 云朵

（故，通诂），并传给了侄子毛苌。小毛公接过了大毛公的大旗，以传《诗》为志业。据东汉学者郑玄《毛诗谱》记载，河间献王得《毛诗故训传》并献给国家，封毛苌为博士。这个献王刘德是汉景帝刘启第二子，汉武帝的哥哥，素有"修学好古，实事求是"的美誉，热衷收集整理古籍，所以对毛苌支持甚巨，建君子馆以供毛苌讲学之用。毛苌从此在河间一带广泛传播《诗经》，撒播了诗的种子。汉代传《诗》共有鲁、齐、韩、毛四家，前三家皆先后散亡失传，唯毛一家独存，我们今天读到的《诗经》就是"毛诗"。这是中国文化之幸！毛公厥功至伟！

河间成为"毛诗"的发祥地，毛公最早居住并传播《诗经》的村庄被称作诗经村。这独特的名字散发出诗的芬芳，诵之令人齿颊生香。

二

诗经村往北几里有个君子馆村，就是当年献王刘德为毛苌讲经建的场馆所在地。遗址曾出土汉砖数方，汉隶"君子"二字清晰可见，这些汉砖现藏于天津市博物馆及诗经斋等处。

君子馆村往西北不远，是三十里铺，原名崇德里，因雍正年间在此设递铺遂改为现名。这里有著名的毛公书院和毛公墓。

事也凑巧，来这里之前我去藁城参加活动，与河间籍作家闻章兄闲聊，听说我要写诗经村，他眼睛一亮，说："我就是诗经村的呀，我在毛公书院上过学！"闻章津津有味地讲述当年他在毛公书院读书时的情景。那是1963年至1965年，毛公书院已变为高级小学，学校建在高台之上，进入大门需爬二十多级台阶，大门两侧有两座高大的石狮子。院里有两个正殿，两个偏殿，大约二十间，全是木质结构，四梁八柱，窗户也是格子窗棂，糊纸，没有玻璃。侧墙是青砖垒砌，屋顶是青瓦铺就。学生们就在这里上课。后院是毛公墓，一个大大的坟丘，上面长满葛棘，周围树木蓊郁。那时也不知这大坟里埋着何人。可惜后来，毛公书院被拆毁了。

　　毛公书院始建于元代，河间路总管王思诚奏请朝廷所建。《元史·王思诚传》记载："所辖景州广川镇，汉董仲舒之里也，河间尊福乡，博士毛苌旧居也，皆请建书院，设山长员。"董仲舒、毛苌两位大儒并尊，可见这位总管是有识见的。元末，毛公书院遭兵燹之厄被毁。明正德年间，御史卢雍来到河间，命当地官员在毛公墓南重建毛公书院（毛公祠），"建堂三间，以奉公像，翼以两庑，设重门周垣，树以杂木，越数月，厥功告成。"（大学士李时《重修毛公书院记》）。乾隆二十二年（1757年），乾隆皇帝南巡到了河间，特遣官员到毛公祠致祭。乾隆来到毛诗故乡，诗兴大发，一口气写了十来首，其中一首这样写道："大毛当传小毛说，博士河间领擂

地上的 云朵

绅。谁识诗坛尊揖让，积薪还右后来人。"（《毛精垒》）毛苌墓也称毛精垒。皇帝的重视让当地官员干劲倍增，将毛公书院予以扩建，意欲办成像岳麓、白鹿洞一样的一流书院。戊戌变法后毛公书院改为毛公学堂，并有了新校歌："古柏参天，气象森严。汉留遗迹，毛公墓田。巍巍黄舍，连列垒前。多世沧桑历有年，今学校，昔书院，启迪后生媲美先贤。"

如今的毛公书院旧址，是一座废弃的学校。几排红砖瓦房，关门闭窗，地上长满了青草。院子最北端是毛苌墓，正面立有一通石碑，上书"汉博士毛苌公之墓"，于2005年重新修立。旁有一小碑，上书"毛公墓"，为河北省重点文物保护单位，2013年立。实际上，这个毛公墓是衣冠冢，真墓在河间国国都所在地献县。面前这个衣冠冢不大，但因有毛公书院在，它掩映在树荫下依然令人油然而生恭敬端肃之心。我双手作揖，深深向毛公拜了三拜。

据悉，多年前在河间召开的"毛诗发祥地考察暨国际研讨会"上，河间市曾提交了一份诗经文化旅游开发方案，欲重建毛公祠，塑毛公像，供人祭拜。期盼这一愿景早日实现。

三

见到田国福先生，脑海里涌现出《诗经》里的句子："瞻彼淇奥，绿竹猗猗。有匪君子，如切如磋，如琢如磨。"

（《卫风·淇奥》）"匪"通"斐"，有文采的样子。眼前此人虽满头染霜，却依旧风度翩翩，两目炯然，儒雅和煦，书卷气十足。他就是闻名遐迩的"诗经斋主"。

世界四大文明古国，唯有中华文明没有断层，至今依然灿烂繁盛，原因之一就是薪火相传，弦歌不绝。无数仁人志士为传承中国文化焚膏继晷，孜孜矻矻，穷尽毕生精力而甘之若饴。从大处说先贤毛亨毛苌是这样的人，从小处说田国福也是这样的人。

田国福是半路出家的学者，与《诗经》结缘是因为他当了河间市文化局局长。他敏锐地抓住了河间文化最亮眼的焦点《诗经》，从收藏《诗经》版本入手并开始学术研究。2003年，他因收藏明清以来各种《诗经》版本（含外文）4300册、860函，被吉尼斯总部评为《诗经》版本之最。中国诗经学会原会长夏传才教授参访后啧啧称奇。

我到河间的第一站就是参观田国福的诗经斋。原本诗经斋是田国福的书房名号，因藏书太多，也为了便于保护，让更多的诗经专家及爱好者参观，政府在府衙游览区专辟出一小院，做了他的诗经斋。一个古色古香的门楼，匾额上书史学家史树青题写的"诗经斋"。两侧是楹联："风雅颂三百零五篇皇皇巨著，赋比兴八万四千卷洋洋大观。"院内有一正屋和一厢房，分别收藏着《诗经》的古籍版本和学人研究专著，卷帙盈室，书香氤氲。田国福说，这些书并不是全部，他家的书房里

地上的 云朵

还有。我正在仔细观赏那些书函时，有一只红绿相间的彩鸟飞进来，落在梁上，啾啾鸣叫，仿佛是从《诗经》中破纸而出，静寂的书斋立时有了活泼泼的生动。

由收藏《诗经》进而研究《诗经》，田国福和他的女儿田艳芳出版了多种著述，有《河间遗韵》《历代诗经版本丛刊》《诗经在河间》《诗经长物》等，部分获得国家及省市奖。他的研究成果得到业界专家的首肯，他被邀参加《诗经》国际学术研讨会。

田国福当局长期间以及退休后，都在竭力做诗经文化的传播者、弘扬者、推动者，并卓有成效。在河间有一批像田国福这样的人。

河间，因在九河之间而得名，有深厚的文化底蕴。诗圣杜甫曾留下"子建文笔壮，河间经术存"的诗句，董仲舒、张衡、毛苌、刘长卿、纪晓岚等都属于河间的杰出人物，而毛诗发祥地更是让此地诗意流淌，诗的种子无处不在，生根发芽。河间市建有诗经博物馆，有诗经路，公园的亭子也取名"关雎""河洲"。河间市诗经文化研究会办有正式出版的刊物《河间文化研究》。河间经常利用清明节公祭毛公墓的机会举行诵诗会，用原生态的音韵吟唱《诗经》，被称为"河间歌诗"，2006年被国务院列入第一批国家级非物质文化遗产。同年，"乡乡有诗会，村村有诗人"的河间，被中华诗词学会命名为"中国诗词之乡"。诗经成为河间的一张文化名片。

诗经村，这个毛诗滥觞之地，诗情绵延，弦歌不辍。20世纪中叶由公社文化馆编辑出版诗刊《新诗经》，诗人田间莅临指导，名噪一时。如今诗经村有诗社，办有刊物《诗经村》，登载农民诗人的作品。如："农友吟朋聚一堂，枝头红杏映诗乡。村风野趣融佳句，小院诵诗别有香。"再如："红面绛心出于青，全赖阳光雨露功。亭亭玉立长成后，满脸彩霞笑春风。"这些充满田野气息和乡间野趣的诗句，源自田埂地头，源自大地蓬勃生动的乡风，源自《诗经》亘古新鲜活泼的"国风"。

　　"十亩之间兮，桑者闲闲兮，行与子还兮。"（《诗经·魏风》）劳动者在桑田垄亩间边劳作边悠闲自在地吟唱，快乐地一起回家，这或许是先民之诗的初心原意。

　　我想，已步入小康的中国乡村也都会成为"诗经"村，将诗行写进每一亩田垄、每一个日子，"鼓瑟鼓琴，和乐且湛"，诗意地栖居，快乐地生活，若毛公天上有知，定会领首称许、掀髯而笑吧。

地上的 云朵

远行客

背起行囊，离开家门的那一瞬间，竟在心头漫起了一股离情别绪，虽然淡淡的，像一层薄雾，但还是与平时出门不同，毕竟要远行了。

一周前，朋友电话相约，说要组织一个作家采风团去南方采风，问我有无时间，我没有犹豫，立刻就答应了。今年闹疫情，大半年以来一直憋闷在家，现在好不容易解禁，早就想放飞了，机会来了，怎可错过。

在等待的几天里，有兴奋，有期待，还有一丝紧张。这紧张，不是害怕，不是担忧，而是日常惯性的生活被打破了，平静的湖面丢了一颗石子，忽然起了波澜。

火车站里，熙熙攘攘，人流如织，背包的，提兜的，拉着箱子的，一个一个步履匆匆，行色匆匆。"行色"是啥色？莫道君行早，更有早行人，急急赶路的样子，使得旅行的人难以保持优雅和从容，脸上与做派都会带上一些慌张与匆忙。那里火车就要发车了，再优雅的人也得急吼吼一溜小跑。

在站台等车的时候，我忽然想到这个"站台"，旧时是叫月台的，读过朱自清《背影》或者那个时代文学的人都记得。月台，本是指建筑物前延伸的一块平台，便于赏月，用在火车站，大概是想在等待火车到来的片刻，不妨举头放松心情赏一赏月，可以化解那分匆忙和紧张。月台，多么富有诗意，且美，给行旅增添了一丝浪漫的情调。而站台，只有实用的直白。

坐上高铁，向远方飞奔而去。

望着窗外飞速后退的草木、田野，我参加工作后第一次独自远行的一幕竟然涌至脑海。那时我在邢台一所高校教书，全国一学科会议在山西大同召开，单位派我前往。从邢台到大同并不算太远，但那时没有高铁，乘火车需要二十多个小时。晚上我登上火车，车厢里灯光昏暗，空气污浊，十分拥挤，没有空位。我找到一个稍微松散的地方扶着座椅靠背站着，看窗外黑色的夜，天地一色，有一种被独自抛入荒漠的孤寂之感。远离了家人、同事，周遭的一切都是陌生的。这种陌生感像一堵墙横亘在人与人之间，脸色都是僵滞的，眼神是冷漠的，甚至是警惕的。我的身旁站着一对小夫妻（恋人），始终紧紧搂在一起，行旅成了黏合剂，使他们产生互相依恋互相托付的生死相依感。由于需要在北京换乘，我不敢睡觉（站着也无法睡），也怕招了小绺（小偷），把提包斜挎在肩上紧紧抱在怀里，百无聊赖，大睁着眼睛苦捱时光。

在漫长的人生岁月里，出门远行或因公或因私恐怕都是肯定要做的事情，在当今现代化社会，除非身体不便或阮囊羞涩，没有任何人拒绝诗与远方，甘于在一地一处地老天荒。但不管经历过多少次，每次出行心情都不会有太大不同。任何人对未知的世界都抱有好奇心、探知欲，所以对于没有去过的地方蠢蠢欲动，心生向往，挂在脸上的就是兴奋、激动的表情，眼珠子在眼眶里像池塘两尾受惊吓的鱼，四处乱窜。但是，人的新鲜度是有期限的，身在异乡为异客的感觉，就像生在盆子里的豆芽，随着时间而膨胀疯长，而兴奋度就像霜降后的树叶，日渐零落。梁园虽好，不是久恋之家，时间稍长，远行客就会想家。那年我在澳大利亚旅行，中途身体突发不适，也便意兴阑珊，夜深人静之时想家想得厉害，妻子和儿子像两股汹涌的钱塘潮轮番轰击我的心灵堤岸，万里之遥的空间距离又加大了思念的烈度，剧烈的疼痛无疑火上浇油，让我的焦虑和恐惧在焚烤中绝望到片片成灰。

时间是一种奇妙的东西，它可以淡如水，也可以浓如醇，把它盛在碗里，外表完全没有不同，喝进肚子里，却是天差地别。远行就是一盏醇醪，是时间的浓缩，把日常需要"打发"的稀松咣当的时光，变得紧凑密实。上午异下午，明日非今日。同样长短的时日，远行就像储存在银行的钞票有了增值的利息。俗语有云，山中一日，世上千年，从另一种意义上讲，此之谓也。

如果把时间分为有意义的和无意义的两种，远行无疑属于前者，它会把一个人有限的生命拉广、加宽和增厚，所谓所行之处、步步莲花，也不全然是虚拟夸张之语。见识，见多识广，良有以也。夜郎自大，井底之蛙，鼠目寸光，全是故步自封的反例。宋代大文豪苏东坡仕途坎坷，人生艰蹇，屡屡遭贬成了家常便饭。他曾写诗自嘲曰："心似已灰之木，身如不系之舟。问汝平生功业，黄州惠州儋州。"意思是，一生没干啥事，净瞎逛游了。当然，苏东坡一生的行迹绝不止这三地。贬黜流放，对于官员来说都是痛苦的事情，每到一地，不是游山玩水的美差，而是被动的无奈的不适的苦役。但苏东坡却能在颠蹶中胸襟渐开，境界大升，从生病的蚌壳里炼出一粒珍珠。横看成岭侧成峰，咋瞧咋都是风景。如果说苏东坡的远行是先攒眉后展眉，那么，大诗人李白则始终是主动远足，笑傲江湖，"五岳寻仙不辞远，一生好入名山游"。远行是李白的爱好，更是他的志业，一生差不多都在路上，足迹遍布大半个中国，绣口一吐，气象万千，江山为之多娇。如果没有李白，山不是那个山、水也不是那个水了。远行还是李白治郁的良药，"人生在世不称意，明朝散发弄扁舟"，去他的，走了，散心去！

古诗有云："人生天地间，忽如远行客。"原来，人的一生也是一次远行啊。只不过行旅尚有归程，人生却是没有归程的单行，出发了就再也回不来了。潇洒的旅行家李白看得很

地上的云朵

透彻，很哲学，他在《春夜宴桃李园序》中说："夫天地者，万物之逆旅也；光阴者，百代之过客也。"天地是万事万物的旅舍，时光是古往今来的过客。时间在空间这里驻一下足，就走了，不会停留，也无法停留，过客而已。万物如此，人亦如此。

在高铁上枯坐无聊，念头杂七杂八如乱云飞渡，如脱缰野马，收拢不住。直到车停了，广播里告知，目的地到了。

再远的行走也有目的地，而人生的目的地在哪里呢？且不管在何方，不妨像鲁迅笔下的"过客"那样，"息不下"，往前走哇！

根的生长

大地之上，凡草木植物皆有根，有根方活，根壮方茂，根深方硕。

植物莫不向上生长，朝着天空和太阳的方向伸展，并且各呈其姿，以绿色为主色调，开出的花朵绚丽多彩，构成气象万千的大自然景致。而植物的根恰恰相反，它隐藏在地表下，努力向下生长，将肢体向黑暗处延伸。把一颗种子埋在土里，倘若不小心弄反了，根部朝上，放心好了，它会拐个弯儿依旧向下扎去。向下生长，就是根的方向。

根隐于地下，平时看不到，招致忽略遗忘也是常情。然而根是草木的一部分，有时会以"出土"的方式袒露真容，显示它的存在，并和日常生活发生种种紧密关联。看不见的根和看见的根，其实它都在那里。我最初对根的认识源自去地里拔草，拔草的难易取决于草根。有些草如狗尾巴草、马齿苋等，根短且浅，一薅即出，<u>丝丝缕缕一丢丢</u>。有些草如牛筋草、蒺藜等，茎叶紧紧贴伏地面，根长且深，抓地极牢，费大劲

地上的 云朵

儿拔，呼地一下带出一块泥土，地上凹出一个小坑。故而，用镰刀割草比用手拔省劲，但欲"斩草除根"就难了，留着根儿就是留着草的命，故，大地之上总是芳草萋萋。毫不起眼的草根，其坚韧顽强真叫人不敢小觑。

不只是草，田里的庄稼如高粱、玉米、棉花、小麦、大豆，以及菜畦里的茄子、西红柿等，根都很坚挺。尤其是棉花柴最难拔，秋后的土地少雨干燥，花柴的根深扎于地下，与板结的土地紧密地抱成一团，要将其连根拔出，一条壮汉都极难做到，因此拔花柴有一个专门的工具叫夹子，夹住根部利用杠杆原理将其撬出。麦子、高粱、玉米等收割之后，地里留下的根叫茬子，这些茬子看似是田野里的废弃物，其实是比秸秆更禁烧的柴火。小时候经常干的活儿就是拿着镢头吭哧吭哧刨茬子。在缺煤少炭的年代，这些庄稼的根充当了燃料。煮豆哪里只是燃豆萁，连根一块烧哇。

某一日趁着天气晴好，我和妻开车去西山闲逛。在道旁停好车，信步沿着蜿蜒小路朝里走去。尽管时令已是初冬，田里种的几畦胡萝卜、白萝卜，缨子仍是绿莹莹的。有几棵白萝卜从土里凸出小半截白胖的身子，胡萝卜也闪出一轮红肩。有意思的是，这能吃的萝卜本身就是根，是一种变态的根，叫作肉质直根，肥厚多汁，营养丰富，与一般的根不同。俗语"拔出萝卜带出泥"，其实萝卜是直根，根须单纯直溜，带出的泥土能有多少呢？蔓菁与萝卜类似，只不过它属于肉质块根，圆圆的可爱。红薯、土豆的根都是典型的块根，由侧根与不定根的局部膨大而形成，一棵植株可以长出多个块根。相较而言，萝卜是单根独生，红薯则是多子，寻着秧子一锹挖去，浑身泥土的红薯噗噜噜跳出好几个，这也并非全部，有的躲在深处不肯示人。

　　小时候最喜欢的植物是洋姜，既可食又可观赏。它的学名叫菊芋，种在院子角落，一人来高，绿蓬蓬一片，黄色小花与菊花相似，给小院平添了一分妩媚。洋姜的根属于宿根，生命力强韧，枝枯叶萎后，根还活着，而且地下活动能力超强，四处乱串。因此，种洋姜最省事，一次种植后就不用管了，每年这块地都会自动噌噌蹿出洋姜苗，只待秋后收获就是了。菊花、芍药、秋海棠、君子兰等植物的根都是宿根。苏轼诗云："新荑蔚已满，宿根寒不槁。"（《甘菊》）赵蕃诗云："落叶多新积，苍苔半宿根。"（《病中即事》）佛道也常以"宿根"喻前世的根基。所谓天资聪慧，大抵也是说有宿根吧。

　　对于树木而言，见到树根的机会甚少，除了植树时可看到树苗的毛毛根，再就是刨树的时候了。早年间奶奶死的时候，家里没钱买棺材，就把场院里的一棵榆树锯掉了，榆木木质坚硬，也算是上好的板材。这棵榆树也有些年头了，高大粗壮，锯掉后留下了一个硕大的树根，由于碍事，过了一段时间就刨了。刨树根比锯树干费事得多，沿着根部往下挖，竟然挖了偌大的一个坑，树根在地下盘根错节，有粗有细，纠缠纷杂，织

地上的 云朵

成了一个庞大的地下网络。而且你都无法知道根的终端在哪里，到底有多长。伐掉一棵树容易，倘若想彻底"根除"它的根，不啻是一个无法完成的任务。刨出来的榆树根人称"榆木疙瘩"，坚实顽韧无比，被人扣了一顶"顽固愚笨"的帽子。在地表很少能看到树根，那年在澳大利亚的热带雨林却令我大开眼界，我在那里一睹从未见过的奇异景象：许多树根隆出地面，仿佛条条大蟒弓着脊背，又像苍老的手臂青筋暴露；而寄生植物、藤本植物所生的气根在空中悬吊，向下寻找土地，扎入地下，密密麻麻的，让人难以分清根和茎。因为温度恒高，雨量充沛，根系太强大了，才有了热带雨林的莽莽苍苍，密不通风。

　　根是草木植物的生命之源，无本之木，必死无疑，此谓之根本。明人叶子奇《草木子》云："枝叶之枯，必在根本。"鲁迅《野草》谓："根本不深，草叶不美。""本"字是指事字，木下那一横，指土地，穿越土地之下即谓本，也就是根。俗话说"树大根深"，树大者根必深，反之根深树必大。据说，一棵大树的根在地下蔓延的宽度是树冠的几倍。道理很简单，根是植物的营养器官，负责输送水分和养分，根系越发达，植物得到的养料越充足，就越壮硕。根还负责支撑，向下扎得越深，地面上的植物就越牢固。李耳在《道德经》中云："是谓深根柢固，长生久视之道。"《韩非子·解老》解释道："树木有曼根，有直根。根者，书之所为柢也。柢也者，木之所以建生也。曼根者，木之所以持生也。"意思是根使树木获得生命（建生），而蔓延繁密的根系使树木得以维持生命（持生）。成语"根深蒂固"即由此而来。二位大哲借树根喻道，阐明俭啬修身是治国的根本，如此才能长久永续。

"咬定青山不放松，立根原在破岩中。千磨万击还坚劲，任尔东西南北风。"（《竹石》）这首大家熟悉的诗是郑板桥对竹子的咏叹，其实更是对根的赞美。在山崖上我们也时常看到有孤松长在岩石间，几乎无泥土，稍有缝隙根便深扎其间，生命的顽韧令人惊叹。通常，我们欣赏一棵树，吟咏一朵花，是所呈现出的绰约风姿和馥郁芬芳，令人赏心悦目。而它的根由于隐身地下而常被无视，而且即使现出真身也是土头土脑、色彩暗淡、形貌丑陋，端的是见不得天日。然而，根就像一个母亲，无意荣宠，不惧黑暗，一门心思向下生长，朝深处远处拓展，默默地输送、供养，换取植物向上部分的更高、更壮、更牢。向下与向上看似是两个相反的方向，却是那样浑然一体、和谐统一。根有多重要看看这些词汇就知道："根本""命根""根源""根据""根基""根脉"……假如一棵树一味向上发展，不屑向下扎根，也可能风光一时，最终的结局一定是被风吹倒或枯萎死掉。

向下生长，终是为了向上的枝繁叶茂。

野长城

当山野之上荒圮了的长城闯入眼帘时，心灵的震撼丝毫不逊于首次目睹八达岭、山海关，那种天地悠悠的岁月感、沧桑感、历史感扑面而来，分外真切深刻。这些已经倾颓荒弃、呈自然原始状态、未被修葺开发的长城遗址，被人称作野长城。野长城散落在北中国的崇山峻岭，像一册无字的大书默默等待来访者的破译解读，其苍茫雄浑之气已然氤氲其间。

河北涞源插箭岭，即有野长城残存。

涞源县位处太行山北端与燕山交会处一带，是连接中原与草原的北方门户，战国时期燕和赵以白石山为界分庭抗礼，战略地位十分险要。

涞源的山与一般的太行山形貌不同，山上的白色石头一块一块突兀地裸露着，在长年的风雨侵蚀下失去了棱角，圆滚滚的，仿佛鹅卵石垒砌而成。

那日，刚下过雨不久，空气和地面都有些潮润。我们乘坐的汽车停在插箭岭半山腰的山坳里。插箭岭据说因宋代杨六郎在此弯弓射箭而得名。此时漫山遍野长满了青草、荆棘和矮树，一丛丛不知名的野花在微风中兀自开放摇曳。

抬头远望，山谷两侧皆有长城的遗迹，山脊上一脉弯弯曲曲的灰白色石垣线清晰可见，好似一条蟠龙蜿蜒盘旋。脚下这个山口，其实是当年长城相连的一段，因在凹处后来从这里开凿出一条道路，左侧陡峭险峻，右侧稍微平缓。我选择了右侧沿着羊肠小道拾级而上。在一个烽火台驻足，已是气喘汗出，无法想象当年修筑长城的民工手提肩扛、步履维艰，该付出多少辛劳乃至生命。

长城已基本看不到墙体了，唯余墙基，就地取材用石头砌成，在高高的山梁上迤逦宛转，顽强地挺立着长城的一脉脊梁。如果没有这些墙基，那么长城就被肢解得支离破碎不成样子了。因此，野长城尽管残破，从远处看，依然不失整体格局和宏大气象。烽火台用青砖垒成，大部坍塌，破烂不堪，但仍有一截拱圈式"屋顶"大体完好，进到里边，可以遮风避雨。上山的、放羊的如果遇到天气不好，在此躲避一时应无问题。

我抚摩着长城的砖头石块，似乎嗅到了战争的硝烟和旧时的气息，兵戈相击的博斗与呐喊好像在耳畔响起。与其说这长城是用糯米汤浇筑的"固若金汤"的防御体系，不如说是用士兵的血肉生命铸成。

对于长城，我最早的认知源自"孟姜女哭长城"的故事。那时方知，这道城墙不是城郭的外墙，而是国家的外墙和界

地上的 云朵

墙，修筑在高高的山岭上。

长城始建于春秋战国。各诸侯国除了以山、河为自然屏障，还修筑长城作为防御工事。譬如赵国有沿滏漳之滨修筑的南长城（今已湮没不存），还有在阴山沿包头、呼和浩特一带修筑的北长城。秦代在战国基础上大规模修长城，据《史记》载："使蒙恬将三十万众，北逐戎狄，收河南，筑长城，因地形用险制塞，起临洮，至辽东，延袤万余里。"这之后历代中原王朝修长城的目的很明确，就是抵御北方游牧民族的入侵和袭扰。

我们现在看到的长城主要是明长城。元帝国虽然被明王朝推翻，被迫北退至大漠深处，并分裂成几个部落，但依然对中原政权形成巨大威胁，稍有喘息便伺机南下。为了防止鞑靼、瓦剌卷土重来，明朝再次大修长城。原本太祖朱元璋称王之前就善于"高筑墙"，这下更有筑墙的必要。所以，明代长城不叫"长城"，叫"边墙"。明中叶发生"土木之变"，明英宗率军御驾亲征，战败被瓦剌俘获，使统治者对北方民族的凶悍更加忧惧。嘉靖以后，除了全线完成西起嘉峪关东抵山海关的"外长城"，还在大同、宣化以南及山西河北界上筑有"内长城"，称为"次边"。等于给京都加了双保险。

在我以前的印象中，长城肯定在北京北边，东西走向，组成一道拱卫京师的防线。而涞源在北京的西南，怎会有长城？而且是南北走向？不免有些疑惑。后来才知道这就是"内长城"，它以京城正北的响水湖关口为起点，沿军都山、太行山逶迤南下，八达岭、居庸关都属于内长城。《简明中国历史地图集》中有两张明代地图，其中第二张是万历十年（1582年）时的疆域，与第一张相比有明显收缩，且出现了内长城的标识。

如今几百年过去了，正如一首歌唱的那样，暗淡了刀光剑影，远去了鼓角争鸣，湮没了黄尘古道，荒芜了烽火边城。历史虽然远遁，却并未消失，只是隐入时间的深处，被忠实地记录在山脊之上，断壁残垣成为肉眼可见的物证。眼前的野长城，使人想起了古人的慨叹："万里长城坏，荒营野草秋。"（刘禹锡）"昔日长城战，咸言意气高。黄尘足今古，白骨乱蓬蒿。"（王昌龄）"楼船夜雪瓜洲渡，铁马秋风大散关。塞上长城空自许，镜中衰鬓已先斑。"（陆游）不管是何时何代的长城，都无不渗透着血泪伤痛，也镌刻着铁血精神。其实，野长城虽然残破，却也另有一种美：废墟之美，荒凉之美。

野长城，莽苍苍。

地上的云朵

自行车驮着的日月

当我骑着自家的自行车在大街上行驶的时候，环顾左右，除了小汽车，满眼都是电动车以及共享单车，像我这样的寥若晨星。不过不管怎样，自行车至今未从我们的生活中消失，尽管它变化了种种式样。自行车所驮着的不只是人和物，更有绵长的日月。

中国出现自行车是在清末。中国派团出洋考察，看见一辆两轮车，人骑在上面，无马拉牛牵，却疾奔如飞，状如自行，大为惊奇，遂称之为"自行车"。随后慢慢引进，有些地方称作"脚踏车"或"单车"。

我对自行车的记忆最初源于父亲。父亲在县城工作，偶尔周末回家，家里唯一的自行车归他使用。它是父亲的影子，当我从外面回到家，看到院子里停着自行车，便知道父亲回来了。而自行车不见了，便意味着父亲走了。如果正巧碰上父亲离开，我会拖拽着自行车的后架不撒手，身子后坠着，嘴里嘟囔着：我不让你走！我不让你走！这样的情景重复了好几年，直到我长大。

父亲常骑自行车驮着我赶路。他是一个脾气温和的人，骑车不疾不徐，少有一路狂奔的时候。通常他蹬一阵子就停下来，让车子靠惯性滑行，过一会儿再蹬，周而复始，我只要听到链子唰啦啦空响，便知父亲歇了脚。我更喜欢疾速如飞的感觉，却不敢让父亲骑快些，好在我自己找到了"快感"的小窍门。如果抬头看天、看道旁的树，车子就慢悠悠，而目光瞧向车轱辘底下，顿时就快如流星，嗖嗖，路面迅速后移，快得眼晕——那时还不懂是参照物不同的缘故。父亲骑车专心致志，不说话，也不哼小曲，令我坐车颇觉无趣无聊，不知不觉打起瞌睡，有时险些从大梁上出溜下去。坐得久了，右腿被大梁硌麻了，仿若一截木头，下车后一瘸一拐，好一会儿才血流通畅。

后来，家里又添了一辆自行车，我个子稍高车子一点，就开始学骑。最初是两手扶住把，左脚踩着脚镫子，右脚使劲点地，向前滑行，仿如今天小孩儿的滑板车。后来是左脚踩住脚蹬，右脚伸到三角叉另一侧的脚镫子上，半圈半圈倒腾。如果从远处看，人吊在自行车左半边，车子向右倾斜，咯呀咯呀前行，怪异且有趣。这是专属儿童的骑法，每人小时候都这么干过。有一回我在胡同里斜着骑，还不太会用闸，骑得太猛了，正好本家堂哥从门洞走出，我径直撞了过去，他猝不及防被撞翻在地，爬起来急赤白脸地训斥我说，会骑呗？不会骑就甭瞎

地上的 云朵

骑！我也被摔得跟头咕噜，丢了人，挨了呲，心里窝火，不仅没有道歉，反而悻悻地哼了一声，推起车子走了。

20世纪六七十年代的农村，"二八大杠"加重自行车不仅是家庭的交通工具，也是生活用具。出门办事、赶集、串亲戚都是骑自行车。男人骑车，前梁坐一个小孩儿，后架坐着女人，有时怀里再抱一个，这是在路上常见的风景。自行车驮载着一家子。粜粮籴面也靠自行车，百把斤重的布袋压在后架，车子摇摇晃晃，车把都难以扶稳，此时都似乎听到自行车咔吧咔吧不堪重负的呻吟。自行车驮着一家人的生计。

一辆绿色自行车连接了村庄和外面的世界，那是县里的邮递员每天骑着它来村里送报刊信件。绿色，是邮政的专属颜色。学校是村里设的唯一的收发点。我特别羡慕那些拿走信件的同学，信封上面有美丽图案的邮票，有的还是"航空"邮件，信封四边是红蓝相间的斜矩形方块。可惜我家从来没收到过任何信件，因为没有一个亲人在外地，这让我生出一丝惆怅和向往。忽然有一天，当邮递员骑着绿色自行车来到学校后，我发现这是一张新的却熟悉的面孔——我大姨家的大表哥！他拍着绿色自行车的座子神气地对我说："咋样三弟？洋气吧！"表哥的神气感染了我，也让我在同学中博取了歆羡的目光。

大约十岁的时候，我迁到了县城上学。我所看到的自行车，不再是粗粗笨笨，而是与人一样，轻盈干净，洋里洋气。

许多是在村里很少见到的"飞鸽""永久""凤凰"等名牌，且式样新鲜，有的撑子还是斜棍，大梁也不是横的，而是斜竖或弯的，女的上车时腿从前面一撇就过了，不需要张开腿从后边划一道弧形做飞燕状。那些年轻的男女，衣着光鲜，面孔白净，骑着时髦的车子，按着清脆的铃声，成群结队飞驰而过，让我这个村里娃大开眼界。同样是自行车，城乡却是两样的世界。

20世纪80年代初我去北京，清早从旅馆起来到前门大栅栏吃饭，正值上班高峰时间，只见自行车汇成滚滚洪流，每一辆速度都非常快，用"风驰电掣"来形容一点不为过，欻欻从眼前掠过，骑车人不论男女个个从容淡定，脚下生风，看得我眼花缭乱，心跳加快。所谓的"自行车王国"正是彼时的写照。

我结婚以后托人买了一辆绿色"永久"牌自行车。这时绿色已不再为邮政专属，却让我想起了"神气"和外面的世界，我终于走到了"外面"，是一个可以给家乡写信的人了。妻子给自行车的大梁和立叉用绒布包裹起来，给车座加了套，生怕有所损毁，宝贝似的宝贝着。那时家里值钱的物件也就是自行车，还有手表和缝纫机。然而，我的这辆绿色自行车骑了不到一年就丢了。那天我要出门照常去车棚，却发现自行车不翼而飞，我明白招了小偷了。我久久盯着那个空白处，心里隐隐作痛，仿佛一个亲人不见了，但是再也找不回来了。如今想来，打有自行车起我家总共丢了不下五六辆吧。然而，这样的情景

地上的 云朵

如今却画上了休止符。前不久，我外出回来将自行车放到地下车棚，几天后才猛然想起忘了上锁，赶紧到车棚查看，自行车如同一个淑女乖乖地还在那里。不是天下无贼，而是自行车已经在"贵重"的名册里被注销了。

在我人生起步的那些岁月里，自行车是不可或缺的伙伴。在车上绑上小椅子驮着儿子游玩，后来每天接送他上下学；外出办事、逛商场、去公园、买米买面、驮液化气罐、载人……哪里少得了自行车呢。双手扶把，目视前方，双脚踩住脚蹬一圈一圈地转，带动车轮向前飞奔。日日月月，周而复始，自行车驮载了生活的碎屑和人生的梦想。

十几年前家里就有了小汽车，我也喜欢驾车那种御风而行的快感。但自行车并未遗弃在车棚任其蒙尘，短途出行依然首选骑车。也不只是所谓的环保、绿色、健身，是人生链条的接续？还是情感的时光绵延？一时也说不清。自行车早已不是早年间那般威武雄壮的模样，也放下了曾经驮载的重负，在沙沙沙的行驶中将日月变成了怡人的风景。

洗澡去

村西头有一个大坑，每到夏天雨季蓄满了水，就成了村里人尤其是半大小子天然的浴池。

那时我们不说洗澡，而是说洗身子。走喽，到坑里洗身子去啦！呼朋引伴，一溜烟，脱了衣服甩到坑沿，扑通扑通，跳到水里，像下饺子一样。说是洗，其实更多是玩儿，学凫水，打扑腾，大热天泡在水里，凉快。所以，晌午头太阳最毒的时候，坑里人最多，主要是男孩儿和汉们。击水声，喧闹声，搅得大坑像一锅烧沸的水。及晚，水坑里也有女的，只不过她们在西侧长着芦苇的浅水里，只闻人声，形影绰绰。

这算是我最早的洗澡经历。

而真正意义上的洗澡，是我十岁那年冬天，父亲第一次带我去县城澡堂。一池热水，冒着热气，跳进去似乎能把皮肤烫熟，红红的仿佛焖炸的大虾。屋里热气蒸腾，弥漫着一股子肥皂味、汗味、脚丫子味等说不清的味道，让人气闷。洗到后来，池子里清水变成浑汤，上面还飘着一层污垢油腻。到蓬蓬

地上的 云朵

头那里冲洗干净，擦干，穿上棉衣走出来，感觉身轻如燕，脚底仿佛安上了弹簧。看见旁边女池出来的年轻女子，披散着湿漉漉的头发，脸上红扑扑的，好看。

20世纪六七十年代，能花钱进到澡堂洗一次澡是一件奢侈的事。在农村，隆冬时分天寒地冻，屋子里水缸都结了冰，整个冬天人们基本上是不洗澡的。其他季节就好多了，通常是注满一大盆水在太阳底下晒，晒热了洗一回。到了夏天可以洗凉水浴。

如今洗澡成了日常最简单的事，即便在农村，家家都有热水器或太阳能，想洗就洗。如果想享受还可以到澡堂——不，改叫洗浴中心了，什么桑拿、汗蒸等种类繁多，附之于搓背、按摩、足疗等服务。不过，太容易得到的反而让人容易忘记，犹如在沙土上写字，一股风或一阵雨就漫漶消失了。

洗澡是人类生活的日常，女娲当年抟黄土造人就决定了，人是泥人，与生俱来带有污浊，只有经常洗浴，才能保持清洁，焕发人的光彩。

洗澡，古多称沐浴。《说文解字》释云："沐，濯发也；浴，洒身也。"《礼记》载："男女夙兴，沐浴衣服，具视朔食。"日常起居，男女要早起，沐浴更衣，然后吃早饭。大体上三日洗一次头，五日洗一次澡。古人无论男女都长发绾结，故要勤洗头，现在的男人多板寸或光头，倒也省事。汉朝甚至有"休沐"制，"五日一假洗沐，亦曰休沐"（《汉官

仪》），五天放一天假，专门用来洗澡。唐朝则是十天一个
"休澣"。祭祀、朝拜等重大礼仪都要沐浴斋戒，可见洗澡多
么要紧。《论语》中有一段描述："莫春者，春服既成，冠者
五六人，童子六七人，浴乎沂，风乎舞雩，咏而归。"春天
里，一伙人乘着明媚春光踏青、沐浴，载歌载舞，没想到一本
正经的夫子论道中竟然还有这等的浪漫旖旎。

　　人要洗澡，天上的日月、神仙也要洗澡。古代有"浴
日""浴月"的神话传说："日出于旸谷，浴于咸池，拂于扶
桑。"（《淮南子》）牛郎织女的故事更是由织女下凡到湖中
洗澡而引起。老牛教牛郎取走了湖边织女的红衣衫，织女因此
回不到天庭，二人方结为夫妇。这个美丽的故事代代相传，还
上了课本。然而，居然有人质疑牛郎偷窥美女洗澡是流氓行
为，呵呵，此言者是否该洗洗脑袋里的腌臜龌龊？

　　给新生儿洗澡有着吉祥的寓意，传统习俗中有"洗三"
的礼仪，即给出生三天的婴儿洗澡。医圣孙思邈《千金方》
谓："儿生三日，宜用桃根汤浴，桃根、梅根、李根各二两，
枝亦得。咀，以水三斗煮二十沸，去滓，浴儿，良，去不祥，
令儿终身无疮疥。"史书中就有唐玄宗为皇太孙李豫在宫中举
行"洗三"仪式的记载。不料，这一礼仪被杨贵妃活学活用在
了干儿子安禄山身上，一次杨贵妃在安禄山生日后三天，在
一个大澡盆里为其洗浴，然后用锦绣衣料特制一个大襁褓将安
包裹，口呼"禄儿"取乐，丑态百出。到了宋代，也有满月洗

儿的风俗。苏东坡的侍妾朝云生了个儿子，举行满月洗儿仪式，亲朋好友齐来庆贺，苏东坡写了首《洗儿》诗，虽言"戏作"，却的确与众不同："人皆养子望聪明，我为聪明误一生。惟愿孩儿愚且鲁，无灾无难到公卿。"诗里透露出一股激愤和牢骚之气，是其屡遭贬谪的一种情绪宣泄。虽然诗中也有"无灾无难"的祈愿，但这次洗儿并没有给儿子带来好运，很早就夭折了。

洗澡令人干净体面，经常不洗澡自然邋遢污秽。而在文人那里，不洗澡居然也能被视为一种特立独行的风度。魏晋时期有三月三"修禊"之习，人们到河中沐浴、水边嬉戏，以涤旧布新，祓除不祥，王羲之《兰亭序》即有记。但嵇康却是一个另类，他在《与山巨源绝交书》中坦承："性复疏懒，筋驽肉缓，头面常一月十五日不洗，不大闷痒，不能沐也。"宋代当过宰相的王安石更是邋遢大王，《石林燕话》中云："王荆公性不善饰，经年不洗沐。"常年不洗澡，以致身上都生了虱子，一次上朝虱子竟然爬到了胡须上面，弄得皇帝都忍俊不禁。唐代大诗人白居易也不讲究，有诗为证："经年不沐浴，尘垢满肌肤。今朝一澡濯，衰瘦颇有余。"好家伙，好几年不洗澡，洗一次瘦好几斤。这几位都是朝廷大员，许多祭祀、朝拜等隆重礼仪，就这样浑身脏兮兮臭烘烘地上了台面？真是不可思议。

也不必太惊讶，在西方也有近两个世纪尤其是17世纪，人们是不洗澡的。法国学者乔治·维伽雷罗在《干净与肮脏》中说，"朝臣的干洗浴"时代开始了。人们用浸透香水的毛巾擦手、擦脸、搓身，用频繁换内衣代替洗浴。贵族和社会名流平均拥有三十件衬衣，比如莫里哀，比如拉辛。人们认为洗澡会流失体液导致虚弱，公众浴室会带来流行病和纵欲享乐。因此，洁白的内衣和浓郁的香水大为流行。

一般来讲，女性比男性更爱干净，也更爱洗澡。西方有许多以"浴女"为名的油画，如塞尚、雷诺阿、安格尔等，洗浴中的女性以裸露的身体表现青春的美和生命的健硕。中国古代也多有咏"美人出浴"的诗词，以白居易的《长恨歌》最为著名，写杨贵妃在华清池沐浴："春寒赐浴华清池，温泉水滑洗凝脂。侍儿扶起娇无力，始是新承恩泽时。"还有李清照"香脸半开娇旖旎，当庭际，玉人浴出新妆洗"。都是写女人出浴后容光焕发的娇媚。身体清洁了，精神也随之愉悦，水的润泽使生命的叶片沃若如春。

庄子《知北游》曰："汝齐戒，疏瀹而心，澡雪而精神。"看哪，以雪澡身，雪乃洁白至纯之物，冰玉其质，纯正其心，这当是洗澡的最高境界了。因此可以说，洗澡，不只是清洁身体，也是清洁精神，洗涤内里外在的尘垢，让人神清气爽，焕然一新。

走，洗澡去！

地上的 云朵

火炬高擎

　　我家书橱里摆放着我的一张照片，生客看到后都会流露出惊讶的表情："你还当过奥运火炬手？"那张照片是我2008年在山东临沂传递奥运火炬时新华社记者拍的，网上也可搜到。照片上，我在小跑，左手握拳，手腕戴着护套，右手高擎火炬，可清晰看到燃烧着的金色的火苗；左右是一对青年男女护跑；背景是缤纷的彩旗和沸腾的人群。

　　如今说来这已是十几年前的事了，每当想起却仿佛就在昨天，那欢腾热闹的场景仍历历在目。

　　2008年7月21日18时08分，山东临沂，滨河大道。一名英俊威武的奥运护卫手用钥匙熄灭了我手中的火炬，取掉里面袖珍燃气罐，微笑着对我说："祝贺你，火炬传递得很成功！"

　　我向他道了声谢，长长舒了一口气。火炬传递还在进行中，热浪继续向前席卷，我刚刚完成了自己的使命，跑完了我的一段路程。双脚停下了，心还在胸腔里像一面鼓被擂得咚咚响，脸颊仿佛被火烤得热乎乎的。一时恍如梦寐，似真似幻，这么快，结束了？

那一刻如电影胶片拷贝在大脑中，时放时新。

2008年，是一个注定令中国人刻骨铭心的年份。改革开放三十周年，四川汶川大地震，北京奥运会。大悲大喜，大起大伏，备感煎熬，又彻底释放。那一年幸亏有个奥运会，不仅使中国人百年梦想得以实现，还及时让遭受重大自然灾害情感创伤的国人得到了一次集体心灵抚慰。奥运会的意义远远超出了体育的范畴。更何况，奥运"更高更快更强"的宗旨，契合了人类文明的精神内核。

从大学起，我就是一个狂热的球迷，熬到半夜或半夜爬起来看球是家常便饭。记得有一天夜晚，中国男排在一次重大比赛中获胜，北大学生喊出了"振兴中华"的口号，消息传来，群情激昂，学生们聚集在校门口，我的师兄、后来著名的诗评家陈超攀上门卫房顶做了激情似火的演讲。体育从来就和青春、热血相生相伴、水乳交融。而奥运会更是体育之塔最顶尖的那一层，尤其令人神往。还记得1988年汉城奥运会开幕式，坐在电视机前，看到世界不分种族、不分男女的人们，在主题歌《手拉手》的伴随中，手拉手欢快幸福地翩翩起舞，我的眼里突然噙满了泪水。

从未想到奥运还会与我发生最直接的联系，我成了奥运火炬手！

地上的 云朵

奥运火炬手由社会各界人士组成，经过奥组委甄别筛选，我作为新闻界代表被荣幸选中。收到奥组委从北京寄来的火炬手确认函，正是3月下旬，温煦的春风吹醒了树上的绿叶，南来的燕子叽叽喳喳传递春的消息，我将确认函捧在手中仔细看了一遍又一遍，反复"确认"，心中如冰河乍裂，一条欢快的小河汩汩流淌。

　　碰巧的是，3月份我作为报社副总编辑轮值夜班，而奥运会的启动仪式——在奥运会发祥地雅典的奥林匹亚采火种——就在3月24号举行，让我这个火炬手第一时间进入状态，发布新闻，这看起来似乎就是一种天意。按照奥运程序，采完火种，接下来在全世界五大洲由火炬手们一棒一棒接力传递，最后到达举办国，在开幕式上点燃主火炬。那天，我先在电视上看了仪式转播，有一种身临其境的沉浸感，到了晚上，从新华社大量图片中精心挑选了一张希腊圣女点火图，破天荒以通版的方式发在一版。我值班我做主，算是一次"以权谋公"吧。圣女，圣火，天人合一，纯洁典雅，神圣庄严，彩色巨幅照片极富视觉冲击力。古希腊神话里，普罗米修斯盗取天火带到人间，从此，人类成为万物之灵。恩格斯说："火第一次支配了一种自然力，从而把人从动物界分离开来。"火，成为光明和温暖的象征。奥运以火炬传递的方式，把文明和光明的种子播撒到全世界，其中所蕴含的意义极其动人和美好。

　　全球奥运火炬手共有两万多人，从奥林匹亚开始，白的手，黑的手，黄的手，棕的手，男人的手，女人的手，一棒一棒接力传递，我有幸成为这其中的一棒，是传递链条中不可或缺的一环。

自从火炬开始传递，便成为我每天的"特别关注"。从电视新闻中看到火炬在巴黎、伦敦传递时发生了一些意外，有破坏分子捣乱，不由得令我直眉瞪眼，攥紧拳头，恨不得钻进电视里头将那些人渣胖揍一顿，因为每一个火炬手都将是我的战友，我已经不是一名旁观者。

终于，奥运火炬穿越千山万水抵达中国境内，奥运气氛也像是被火炬点燃了，神州大地热情似火，热浪滚滚。7月14日，我接到奥组委通知，我的传递地点由原定的青岛改为临沂。可能是出于安全和时间的考虑，山东只保留了青岛和临沂两站，而烟台站、威海站、日照站被取消，日程和传递距离被压缩，火炬手予以重新调整分配。还好，我去过青岛，而临沂对我更有新鲜感。

临沂古称琅琊，位于山东省东南部，出过书圣王羲之、大书法家颜真卿等名人。临沂更广为人知的是沂蒙山，著名的革命老区，早年看的小说与同名电影《红日》《南征北战》《红嫂》、芭蕾舞剧《沂蒙颂》等反映的都是那儿的人和事，国民党王牌74师师长张灵甫在孟良崮战役中被解放军击毙，更是史上经典战例。所以，身虽未至而心向往之，能在临沂这个红色

地上的 云朵

的土地传递火炬该是一件多么有意义的事。

7月19日，我乘车从石家庄出发，从青银高速转京沪高速奔驰六个多小时，傍晚时分到达临沂市，下榻陶然居酒店。稍事休整，随意走到街道转悠，找了一家干净的小店专挑了几样临沂小吃来品尝，有糁（肉粥，当地读作萨）、渣豆腐、光棍鸡等，喝了一听青岛啤酒，大快朵颐。吃完饭逛了逛城市夜景，只见沂河在灯光下缓缓流过，泛着斑斓的波纹。《论语》中写到了这条河，"莫（暮）春者，春服既成，冠者五六人，童子六七人，浴乎沂，风乎舞雩，咏而归"。临沂便因临沂河而得名。我国不少地方如临汾、临漳、临渭、临清等都是因临河而得名。临水而居，这座城市就有了几分水气和灵气。临沂完全没有脑海中固有的落后破旧的印象，而是生机勃勃，一派繁荣。所谓"百闻不如一见"，只有实地踏足才能得出踏实的结论。

次日一天没什么安排，组织者要求我们不能出酒店，避免磕磕碰碰出现意外。只好待在房间，拿出带的书翻了几页，魂儿荡在书外不肯入内，拿起又放下，徘徊复徘徊。正五脊六兽之时，有人敲门，哈，工作人员送来了火炬服！我赶紧打开试穿。上衣和短裤都是经过专业人员精心设计，很早以前根据每人身体尺寸订做好的。上衣以白色为主调，代表圣洁，右侧四分之一是红色，代表热烈，形成左右不对称的图案设计和曲线分割，边缘呈流线型弯曲，富有动感，象征火焰升腾。以前多次在电视上看到过，今日穿上身，镜前一照，果真是"人配衣服马配鞍"，还真有那么点英气勃勃之感，心里美美哒。

21日，奥运火炬开始了在山东境内的传递，上午在青岛，下午在临沂。

13：30，我们这一组火炬手共19人从酒店出发，到新闻大厦与其他组火炬手会合。宽阔的大厅，满眼皆是穿着火炬服的人，挤挤挨挨，鱼儿般穿梭往来，大家一律白鞋白袜，手戴护腕，个个精神百倍，英姿飒爽，兴奋和豪情不可遏制地写在脸上。那个劲头颇像将要出征的将士，跃跃欲试，按捺不住，又像匹匹战马喷着响鼻，昂首奋蹄，一俟一声令下便会奔跃而出。在等待的间歇，我找到了我的下一棒，很巧也是我的新闻同行，我俩边聊边把交接棒的设计动作搞定。

讵料，真应了那句"天有不测风云"，突然下起雨来，天空急剧地砸下雨滴，地上树上一阵噼啪噼啪响，接着暴雨如注，天地一色。雨水溅到窗户玻璃上面，形成一股一股小水流往下冲去。望着窗外的雨水，心不由得提到嗓子眼儿，照这么下去，火炬传递岂不要泡汤？我们临沂这一站是否就得取消了？心里着急，不由得握紧了拳头，手心里满是汗，顺着小拇指下的横纹处流出来。心里念叨着不会这么倒霉吧。我眼光扫向大家，发现他们都跟我差不多的表情，眼睛盯着窗外，忧虑替代了兴奋，一个个面色凝重，大厅一片安静，只有外面风雨

地上的 云朵

声劈天盖地轰隆隆作响。正所谓来得疾去得快，大约一个小时后，雨停了。沉寂的大厅转眼又变得人声鼎沸了。天虽然还阴着，但雨总算不下了，不禁暗暗松了一口气。我们这个组多是文人，想象力丰富，很快便有人对这场大雨有了一个传奇式的演绎——临沂是革命老区，无数英烈牺牲在这里，大概是他们的英魂为盛世盛事而激动万分，"泪飞顿作倾盆雨"，但又不能误了后人的大事啊。

15：40，临沂站109位火炬手分乘三辆大巴驶往传递路段——滨河大道。哈，滨河，不就是江滨嘛，这分明就是我的主场，缘分啊。我乘坐的是4号车，在指定的路段停下，工作人员分发了每个人的号码牌，我的编号是318，这个号码是山东火炬手的整体编号，在临沂我是第59棒。我把号码牌粘贴在衣服的右上角。

雨停后天空仍然布满乌云，倒也不错，酷暑的季节一场大雨又加阴天，没有太阳暴晒，起到了降温的作用，不是太热，临沂的传递起始时间是17：34，届时会凉爽些。这时，只见组织的助威群众打着五彩旗子陆续涌来，在道路两侧排列聚集。等待的过程十分漫长，在车上干坐着百无聊赖。没有想到，忽然空中又扯起了蒙蒙雨丝，路边的群众纷纷以物遮首，不一会儿，马路全被打湿，形成水流流向路两侧低洼之地。我不禁心中又是一紧，怎么又下起来了？到时候下大了怎么办？火炬岂不是要被雨水浇灭？据说只要不是极端恶劣天气或大暴雨，传递照常进行，以前在电视上也看到过冒雨传递的情形。即使小雨无妨，但一副落汤鸡似的形象也有碍观瞻啊，传递过程可是要向全国电视直播的。车上的工作人员可能是看到了大家的担心，安慰说，如果雨下得比较大，手持火炬时就要注意倾斜一点，火炬上端有许多透气孔，火炬是浇不灭的，设计时已考虑到这个问题。

说到设计，有人在座位上闲翻《火炬手手册》时，发现"祥云"火炬的设计者姚映佳赫然在册，而且就在我们4号车上！于是引起一阵骚动。姚映佳在一阵热烈的掌声中从座位上站起来，微笑点头，走到车厢前部，应大家的要求讲了讲"祥云"的设计理念和过程。姚映佳是联想集团副总裁，首席设计师，理着平头，鬓发染霜，彬彬有礼，老成持重，一副谦和儒雅的学者模样，看上去得有五十来岁，其实还不到四十岁呢。他说起火炬像说自家孩子一样熟稔，娓娓道来。他介绍，他们设计的火炬有三个方案，除了"祥云"，还有"长城"和"凤凰"，都强调中国元素和中国文化符号，最终采用的是"祥云"。"祥云"有三个元素：纸卷形状、云纹图案、大红漆色。最关键的是不管是什么样的人，手大手小，握在手里都有一种舒适、温暖、亲近、友好的感觉。火炬材质虽然是铝合金做的，但并没有冷冰冰之感，它传递的是情感。他说他的祖籍就是山东，这次以火炬手的身份来临沂传递，非常激动和自豪。他讲完后，车内一片欢声。姚映佳的现身，化解了等待的

地上的 云朵

焦灼和对下雨的担忧，能亲聆火炬设计者的讲解，可谓可遇不可求，有此巧遇，真是太幸运了。

姚映佳刚讲完，"祥云"火炬就运来了，一一分发到我们手上。对照设计师的讲解，理性与感性一结合，就有了不一样的感觉。原来听介绍，火炬重985克，即不到2斤，但拿到手中还是觉得很有些分量，沉甸甸的。尤其是造型太漂亮了，用"精妙绝伦"这个词形容也不为过，上部图案祥云朵朵，下部红色如丝绸般的柔滑，握在手中手感格外舒服妥帖，让人忍不住有亲吻一下的冲动。那感觉就像小时候得到一个心爱的玩具，不肯撒手。什么叫"爱不释手"，这就是了。哦，我的奥运火炬！按照规定，这枚火炬在完成传递后就作为纪念品归火炬手所有了。

大家坐在车上，心早就飞到了外面，不断地打探前方的消息——火炬到了临沂了，沂蒙广场火炬点燃了，火炬传递开始了，快了，快了……

将近18点的时候，我们的4号车缓缓开始启动，像空投伞兵一般，火炬手被依次投放到指定地点，有大学生志愿者持号码牌迎候。轮到我了，我跳下车，两侧群众欢声雷动，向我招手，还有不少人竖起大拇指。我急忙微笑着招手致意。此时，不知小雨何时已停了，太阳从云朵的罅隙射出光芒，像是给云彩镶上了金边，端的是祥云朵朵，天地明亮了许多。

我的上一棒317号跑过来了，庞大的车队开过来了，电视上多次看到的英俊威武的护卫手跑过来了。该我上场了！我的心脏像骤然启动的马达，怦怦怦剧烈跳动起来。

　　护卫手跑到我面前，把我手中的火炬用钥匙开启燃气，我双手紧握与317号交接点火，火炬上端忽地一下飘出了金色的火焰。这火，是来自天上的圣火，是来自希腊奥林匹亚的奥运之火，是象征人类文明与活力的光明之火，经过五大洲各色人的手现在传到我的手上。此时此刻，全世界的目光通过电视直播聚焦到我的身上，我的手里捏着一团火，心里燃着一把火，我在燃烧。我举起火炬，往前迈了两步，然后停下，亲吻了一下火炬柄，深深吸了一口气，慢慢跑起来，开始了我的51米传递历程。由于紧张，起初的脚步有些滞重，两腿发沉，随后便轻盈起来。道路两边彩旗招展，群众高声呐喊："奥运加油！北京加油！中国加油！"震耳欲聋，响彻云霄。整个现场气氛如同阳光暴晒下的木柴，一个火星就能燃起漫天大火。在这种火热的气氛中，任何一个人都会被感染，即使你再冷静、再平和、再深沉，都不可能不燃烧，冷血动物也得热血沸腾。我前方的媒体车架着各种"长枪大炮"，那是在向全国全世界实况转播。虽然紧张激动，我的大脑却一直清醒着，按照预先的设计，在跑的过程中，做出挥手、握拳、竖大拇指等动作，保持着面部表情的微笑、坚毅、自信……

　　51米，很短，很短，短得目不及瞬；51米，又很长，很长，长得星汉迢迢。51米，在我们日常生活里常常被忽略不计，没有什么特别的意义，除非是在田径赛场，漫漫人生路谁又会在意几十米的长短呢？但这51米对于我来讲，却有如宋词"杨柳荫中长堤路，一片笙歌暖响"（黄人杰）那般惬意美好，在生命的年轮中刻下深深的印痕，永不磨灭。

我停下来，完成了与下一棒的交接，引燃了他的火炬，按照事先的设计做了一个"V"字造型，目送他远去。一名英俊威武的奥运护卫手走过来，用钥匙熄灭了我手中的火炬，微笑着对我说："祝贺你，火炬传递得很成功！"此时，时间定格在2008年7月21日18时08分。

火炬传递结束第二天，我所在单位的报纸头版刊发了我传递火炬的消息，配发了一张我高擎火炬的大照片，引发了许多朋友的热切关注。他们对我当奥运火炬手羡慕嫉妒，呵呵，不恨，待我从山东临沂回来，不断有人来到家里，穿上我的318号服装，手举火炬，拍照留念。家里很是热闹了一阵儿。有个收藏爱好者闻讯要高价购买我的"祥云"火炬，大抵可换一辆高级轿车，那时我还没有车，算是一个不小的诱惑，但我还是没有犹豫就婉拒了。这把火炬不仅是我的一件藏品，更含蕴了一份珍贵的情感。不是什么东西都可以用钱来计算来交换的。人的一生很漫长，大多时光是在庸常和碎屑中被打发消磨掉，日复一日，年复一年，可资咀嚼和回味的事情可能寥寥可数，珍视它，犹如窖藏，年份愈久，味道就会愈加醇厚。火炬高擎，更像是一个隐喻，将驱除黑暗与寒寂，照亮和温暖我的生命前路。

地上的云朵

人间有梧桐

那日，随朋友去西郊山坳里一处旧村落游玩，老远就看见一棵大树苍郁挺拔，颇为吸睛。走到近前，只见栅栏木门上挂有一个牌子写着"梧桐庭院"，征得主人同意便走进去细细观赏。这棵树高约十米，树干粗大，约两人合抱才成，树皮纵裂呈灰褐色，碧绿的叶子密密匝匝，形成一柄巨伞浓荫，部分树冠伸到墙外，树顶有数只鸟雀叽叽喳喳飞来飞去，搭有巢穴也未可知。我不禁有些好奇，还没见过这么高大粗壮的梧桐树，问主人树龄，回答说有七十年了。

我用手机软件扫描，显示这棵树叫毛泡桐。这让我讶然，与我印象中的泡桐迥异。小时候在县城父亲的单位居住，胡同里有一棵泡桐，有砂锅口般粗，好像没几年就长这样了。有一天，我在胡同玩耍，对着树干练"飞刀"，小刀甩出去，插入树身，待我往出拔时，却见刀口处往外渗出了汁液，像人的眼泪咕噜咕噜滴落。那时小孩子不会多想，只觉得好玩，人挨了疼会哭，树咋也会哭哇。后来读李渔的《闲情偶寄》，知他小时候也干过用簪子在梧桐树上刻诗的事。这与木质疏松有关。如今想来，泡桐之"泡"即松软之意，自然含有水分。然而，眼前这棵泡桐，以手拍之，坚硬如铁，如果冲它甩小刀，定会"折戟沉沙"了。莫非树老皮就硬实了？

更让我讶然的是，泡桐居然与梧桐压根不是一回事，二者没有任何"血缘关系"，完全是两类树种！泡桐是玄参科，梧桐是梧桐科。这颠覆了我头脑中泡桐属于梧桐之一种的惯有认知。可能是两树外观有较高的相似度吧，又都有桐字，故容易弄混。但从生物学上细察，区别还是明显的，比如，梧桐夏天开花，黄绿色小花，不太显眼。泡桐是春天开花，"季春之月……桐始华"（《礼记·月令》），呈白色或淡紫色，一树繁花，分外绚丽。梧桐叶子状如手掌，而泡桐叶子像心脏。梧桐树皮为青色，称为青桐，泡桐则称为白桐，《辞海》亦如是称之。北魏贾思勰《齐民要术》谓："桐叶花而不实者曰白桐。实而皮青者曰梧桐，按今人以其皮青，号曰'青桐'也。"实际上，泡桐也结果实的。

我打了一个电话给农大毕业的朋友，请教梧桐和泡桐的有关问题，他也有点蒙，说查查吧。其实，也不怪我们今人把二桐混为一谈，许多古人也分不清呢。最为典型的是，宋代科学家陈翥撰有专著《桐谱》，在他看来，"故《诗》《书》或称桐，或云梧，或曰梧桐，其实一也"。陈翥年至不惑，在西山之南数亩之地植桐八十株，"及数年，桐茂森然"。从他的实

076

践经验和描述来看，他所植的"桐"是泡桐无疑。但他在《桐谱》里误将泡桐当梧桐，二者不分，引用的诸多文献亦说明了这一点。故有学者怀疑，陈翥是否压根就没见过梧桐，故有郢书燕说、张冠李戴之误。至今学界公认《桐谱》是研究泡桐的科学专著。

一日傍晚，我沿街道遛弯儿，信步走到一个院落门口，见有一棵青皮的树葱郁茂然，心忽有所动，用手机软件没有查出来，遂问坐在一旁纳凉的老汉："这是什么树哇？"老汉回答不打锛儿："梧桐！"又呵呵一笑："人不都说嘛，'栽有梧桐树，引得凤凰来'。好树！"是啊，这无疑是关于梧桐树最有名的一句话，尽人皆知。此语源自《诗经》："凤凰鸣矣，于彼高冈。梧桐生矣，于彼朝阳。菶菶萋萋，雍雍喈喈。"凤凰是传说中高贵圣洁的神鸟，非梧桐不栖，非竹实不食，非醴泉不饮，可见梧桐乃绝佳良木、有灵性的神树，与凤凰的不凡品性相得益彰，相伴相配。由此，梧桐在文人士子心目中植入了高洁傲岸的意象基因。和竹、松一样，由于身躯高大、挺直，常被称为"孤桐"，成为贤人君子的化身，赋予独特的意蕴。唐代白居易诗云："一株青玉立，千叶绿云委。亭亭五丈余，高意犹未已。……四面无附枝，中心有通理。寄言立身者，孤直当如此。"（《云居寺孤桐》）"青玉"，显然是指青桐、梧桐，其中的寓意不言自明。宋代王安石也写有《孤桐》，诗里有言"天质自森森，孤高几百寻。凌霄不屈己，得地本虚心"。王安石绰号"拗相公",为人正直,耿介倔强,为变法,提出"天变不足畏,祖宗不足法,人言不足恤",不达目的誓不罢休,在人言汹汹中孤独地战斗,"孤桐"正是自身境况的写照。

《红楼梦》第八十九回,写贾宝玉去潇湘馆看林黛玉,见壁上挂着一张琴,就问怎么这么短?黛玉笑道:"这张琴不是短,因我小时学抚的时候别的琴都够不着,因此特地做起来的。虽不是焦尾枯桐,这鹤山凤尾还配得齐整,龙池雁足高下还相宜。"这里"焦尾枯桐"是一个典故,出自《后汉书·蔡邕传》。说蔡邕在吴地隐居,遇人以干枯的桐木烧火煮饭,燃烧爆裂之声不同凡响,心中一震,急忙从火中抽出这段桐木,请人做成了琴,果然声音清越悦耳,妙不可言。因琴尾尚有焦痕,世称"焦尾琴"。从这个故事可知,桐木是制琴的良材。但问题又来了,这"桐"是梧桐还是泡桐呢?《齐民要术》云:"白桐……成树之后,任为乐器。青桐则不中用。于山石之间生者,乐器则鸣。"这里说得明白,白桐宜作乐器,青桐则不中用。李贺诗《追和柳浑》诗云"酒杯箬叶露,玉轸蜀桐虚",清人王琦对"蜀桐"的解释是:"古称益州白桐宜为琴瑟,所谓蜀桐也。"唐代诗人白居易也是位音乐家,弹得一手好琴,诗《答〈桐花〉》写道:"山木多蓊郁,兹桐独亭亭。叶重碧云片,花簇紫霞英。"从花朵颜色到诗里提到开花的季节在清明,这个"桐"自然是泡桐。"裁为天子琴"云云,对应起来也即泡桐木了。但是，同为唐代的诗人戴叔伦《咏梧桐》云："天然韵雅兴，不愧知音识。"这又说的是梧桐木了。我查阅了许多资料，各种说法皆有，想必是梧桐、泡桐都属轻柔软木，皆可做琴，古人将二者混淆也是有可能的。

孔子说，读《诗经》可"多识于鸟兽草木之名"，长长知识，增加认知，自然亦为读书的目的之一，但诗意的澎湃更能令心灵湖水卷起波澜。据有人统计，在中国古代文学作品中乔木观赏类植物被涉及的次数，在二十七种植物中梧桐（或许含泡桐）排在柳、竹、松之后，列第四位。由此可见历代文人对梧桐的钟爱。除了借梧桐抒发清洁高致的情感外，诗人们还时常将梧桐与秋和愁联系在一起。古语有云："梧桐一叶落，天下尽知秋。"是说梧桐有灵性，对自然变化有极强的感应能力，在立秋日第一时间会坠落一片叶子，告知世人秋天来了。我想，这与桐叶阔大也有关系吧，比那些细碎的树叶飘落更显得郑重其事，更有仪式感，更惹人注目。秋天的细雨落在桐叶上，簌簌作响，打湿了凝重的愁绪，点点滴滴都在心头。温庭筠词云："梧桐树，三更雨。不道离情正苦。一叶叶，一声声，空阶滴到明。"（《更漏子》）李清照词云："梧桐更兼细雨，到黄昏，点点滴滴。这次第，怎一个愁字了得。"（《声声慢》）白居易诗云："春风桃李花开日，秋雨梧桐叶落时。"（《长恨歌》）……在文人笔下，梧桐还被赋予爱情的旖旎之情，因凤凰雄为凤，雌为凰，故有人称梧桐雄为梧，雌为桐，组成复合意象。《孔雀东南飞》写刘兰芝、董仲卿死后的坟茔前，"东西植松柏，左右种梧桐。枝枝相覆盖，叶叶相交通"，忠贞缱绻之情如状在目前。

在我们小区的院子里，街道旁，处处可见一种"梧桐"，名曰：法国梧桐，树身高大，树冠成荫，皮青叶碧。其实，这种树叫悬铃木，与梧桐的血缘更远，是外来树种。20世纪初，法国人在上海租界种植，树皮和树叶以及整个模样皆与梧桐相仿，因而被国人称作法国梧桐。想想也挺有趣，原本梧桐、泡桐就极易弄混，如今又添了一个悬铃木，真是热闹了。不过，从心理上我更愿意模糊梧桐的称谓，统称其为梧桐也无妨，乐见它们在大地上翁郁蕃秀，栖居其间的人们岂不是都有了凤凰的高贵？

地上的 云朵

菜也开花

　　假如给你一片园子，你是把它当作花园还是菜园？换句话说，你是选择养花还是种菜？

　　不同的人群、环境、年代，相信会有不同的答案。比如，食不果腹的年代农人若把菜地弄成了花地，定被周围的人视为异类；再比如，城市街道两侧应是姹紫嫣红装点，若满眼茄子豆角，也肯定不像话。但有一点却可达成共识，即花属精神层面，审美层面；菜属物质层面，实用层面。清人李渔尝谓："菜为至贱之物，又非众花之等伦。"明显是贵花而贱菜。但在我们大多数人眼里，花和菜虽属不同层面，却并无轩轾高下之分。花固然悦目养心，菜却是生命的必需品。

　　小时候，我家在村西北有一块自留地，专门种菜。按季节种有韭菜、葱、蒜、胡萝卜、白萝卜、白菜、芫荽、芥菜、南瓜、冬瓜等。那时庄稼地是生产队的，自留地是自家的，所以，对这片菜地便有特殊的感情。望着一地的青翠，欢喜中生出珍视之感。有些菜还可以生吃，如茄子、黄瓜、西红柿，摘下来也不洗，用手捋吧捋吧就咔咔大嚼起来，茄子虽不好吃，还稍有些辣口，但顶饿。有时，家里突然来了亲戚，母亲就命我拿着镰刀去菜地割一把韭菜，掐几根葱。菜吃不完有时还偶尔出村卖。一次，我跟着二哥去邻村扛着篮子卖韭菜，我五六岁，二哥十三四岁。卖菜得吆喝，不喊"卖"而是喊"抽"。二哥喊不出口，就让我吆喝，我不喊，二哥没法，只得涨红着脸吆喝："抽——韭——菜——嘞！"刚喊了几声，从巷口闪出一个半大小子，挤眉弄眼地说："抽一根呗，伙计！"上前作势要抽，二哥急忙捂住篮子，小伙子哈哈大笑。

这块菜地后来被收回了，种上了庄稼，吃菜成了难题。冬天顿顿吃腌制的京白秆，嚼在嘴里咯吱咯吱响，都想吐酸水。有时干脆没菜可吃，在碗里放上点盐和水，搅和搅和，滴一两滴香油，拿窝头蘸着吃。

春夏秋三季就好多了，可以采野菜。汪曾祺写有《故乡的野菜》，写到了荠菜和马齿苋，这两种野菜南方有，北方也有。荠菜可以剁碎当馅儿包成菜团子，荠菜涩，微苦，并不好吃。马齿苋叶子肥嘟嘟，根茎圆溜溜，一般是凉拌着吃，切成细段，调上香油和醋，再剁了蒜末搅拌，滋味倒也不错，口感柔滑。另外，榆树叶、洋槐花、苜蓿都可做菜，多是用面调和加盐蒸熟了吃，连主食带菜都有了，我们称之"苦楚"，也有的地方叫"苦累"，从名字上透出所含的辛酸，是穷人的菜饭。当然现在是人们调口味的菜蔬了。

《论语》有云："樊迟请学稼，子曰：'吾不如老农。'请学为圃，曰：'吾不如老圃。'"这里"稼"是种庄稼，"圃"即种菜。《说文》谓："种菜曰圃。"吃饭离不开吃菜，菜事同样重要。而且古时的菜名大多单字，那么雅致隽美。如《诗经·谷风》："采葑采菲，无以下体。"葑，即蔓菁，菲，即萝卜。《诗经·采薇》："采薇采薇，薇亦作止。"薇，豌豆苗是也。陆游祖父陆佃《埤雅》云："菘性凌冬晚凋，四时长见，有松之操，故曰菘。"苏轼诗曰："早韭欲争春，晚菘先破寒。"菘是啥？哈，大白菜呀！还有薤，念作谢，古诗中常出现，一眼望去就透着雅意。白居易诗云："望黍作冬酒，留薤为春菜。"薤就是小野蒜，小时候田野里常见的。我们常把人间烟火事当做俗事，白菜萝卜难登大雅之堂，看看古人，化俗为雅，在日常生活中发现诗与美，这种本事足令今人瞠乎其后。

　　动物有草食和肉食之分，人类的菜也有素菜和肉菜之别，然而除非有特别的禁忌，大多荤素皆食。一般而言，肉菜比素菜更高级、更贵重些。《左传》有云："肉食者鄙，不能远谋。"尽管是鄙视吃肉的人，其实视之为权贵。《论语》有云："子在齐闻韶，三月不知肉味。"把"尽善尽美"的韶乐和肉味放在一个量级衡量了。古代学生给老师送礼或酬劳，叫作束脩，即一捆（十条）干肉，这是比较贵重的礼物，如果给老师送一把韭菜或一捆葱就不像话了。在20世纪六七十年代，物资匮乏，吃上新鲜蔬菜尚且不易，能在菜里见上荤腥就算是过节一般了。我姥娘家开过肉铺，母亲说从小不缺肉吃，她讲她小时候吃肉的事，我们几个孩子听得口水直流。曹植《与吴质书》有句话："过屠门而大嚼，虽不得肉，贵且快意。"闻闻肉香，抑或听听故事，都觉得美气。记得有一晚上母亲炖胡萝卜，放了少许肉片，我坐在炕头一直等着菜熟，母亲说你先睡吧，等熟了我叫你，我说不困。我坐着，眼巴巴瞅着锅冒出热气，香味逐渐弥散，上下眼皮打架，使劲睁着，恨不得在眼皮上支根棍儿，终于还是抵不过睡魔，睡着了。还是母亲在菜熟后叫醒了我，一骨碌爬起来，用筷子夹起一片放到嘴里，小心翼翼地咬着，嚼着，别提有多香！这情景一生难忘。

　　菜事是我们的日常，却也延伸赋予了许多人生意蕴。比如，我们把容易做到的事叫作"小菜一碟"；把胆怯、懦弱叫作"菜"，进而把新手或水平较差称作"菜鸟"；把不是意中人说成是"不是我的菜"；"萝卜白菜，各有所爱"喻喜好不同；"一个萝卜一个坑"是说没有富余位置；当下一个网络热词"青椒"，指四十岁以下青年教师；等等。明代大太监魏忠贤依仗从小在叔叔饭馆学会的厨艺，抓住了王才人和天启帝的胃，从而飞黄腾达，位至九千岁，实践了老子所言"治大国若烹小鲜"，当然最终炒煳了——江山社稷岂是鼎镬里的菜肴。"青梅煮酒论英雄"发生在菜园里，刘备以种菜韬光养晦，迷惑曹操——菜园里有乾坤。

地上的 云朵

李渔是个生活艺术家，还是宅心仁厚的善人，他说："吾谓饮食之道，脍不如肉，肉不如蔬，亦以其渐近自然也。草衣木食，上古之风，人能疏远肥腻，食蔬蕨而甘之，腹中菜园，不使羊来踏破。"（《闲情偶寄》）他首倡蔬菜而后肉菜，其旨一是崇俭，二是复古，更重要的，是肉菜关涉生命的宰杀，不免让人生出怜惜和慈悲之念。孟子所谓"君子远庖厨"，也是仁善存乎其间。

再回到开头菜园和花园之辩。菜园固然世俗，花园固然风雅，但在我看来，菜园其实也是花园，哪棵菜不开花呢？

芦苇秀

有水的地方就有芦苇。池塘、河岸、湖边，不用刻意寻找，它都会不经意地出现在你的视野中。一丛丛，一片片，天然一派野趣。

我最早见到芦苇是在村西的池塘。我们当地将池塘唤作大坑，那时坑里常年有水，夏天水多些，冬天水浅些。南北岸皆有一眼甜水井，也从不干涸。我们这个平原小村，无山峦之高峻，无河流之汤汤，平淡无奇，了无风景。然而，大坑里的芦苇丛却长得葳蕤茂盛，给单调乏味的村野平添了一份怡人的景致。

春暖时分，"蒌蒿满地芦芽短"，芦芽从湿润的泥土里拱出来，状似竹笋，只是更加尖细。及长，远远望去，仿佛地上插满了箭矢。倏忽数日间，芦苇蓦地满坑葱绿，蓬蓬勃勃，犹如长成的少女，舒展高挑曼妙的身姿。芦苇与竹子有几分相像，都属禾本科，高大，有节，茎中空，但竹子硬挺，芦苇柔脆。叶子长而尖，茎秆细而高，芦花在顶端飘散，一阵风吹

地上的 云朵

来，芦苇集体随风起舞，摇曳多姿，令人赏心悦目。"蒹葭苍苍，白露为霜"，待到秋末，芦苇丛一片金黄，芦花白茫茫，好像下了一场小雪。正如唐代诗人雍裕之所写："夹岸复连沙，枝枝摇浪花。月明浑似雪，无处认渔家。"（《芦花》）

村西这大坑，呈椭圆形，东深西浅，东半部是水面，西半部是芦苇丛。芦苇丛又一半在水里，一半在陆地。每到暑天，大坑就麇集了村里不少男人尤其是男孩儿。炎炎烈日下，水面温烫，水下却沁凉，跳入水中泡一泡，暑气全消，打打扑腾，更是畅美。这情景，令有些路过的、挑水的或在大坑边洗衣的女人，汗渍衣衫，不免眼馋。不过不要紧，芦苇派上了用场。及晚，或星斗满天，或皓月当空，可听见西侧浅水的苇丛中传来哗啦哗啦的撩水声、喁喁私语声，只闻语响，不见人影，芦苇充当了护花的卫兵。

到了枯水季节，大坑的水完全退到东侧，芦苇丛只是呼吸着水气的潮润，地面如同庄稼地。苇丛有繁密处，也有稀疏处，我有时会跑到里边去玩，享受隐没其中外面绝对看不见的乐趣。没想到，这一玩竟然红运当头，偶遇意外的惊喜。那天，我又钻进苇丛，却见一只母鸡摇摇摆摆往出走，我好奇心顿起，顺着母鸡出来的方向，往深处一走，天哪，一堆柔软发黄的苇叶上竟然卧有四五个鸡蛋，白灿灿晃眼！原来母鸡丢蛋丢到这里来了！在农村，母鸡下蛋不下到自家鸡窝，却下到别处，叫"丢蛋"。这样的事常有，因丢蛋产生邻里纠纷也常见。主家女人疑心母鸡将蛋丢到谁家，而不见还回，便会在院里甚至站到房顶指桑骂槐。也别怪人们吝啬小气，为一枚鸡蛋撕破脸皮，要知道，在生活困难时期，养鸡有"鸡屁股银行"之称，家里收入全靠几只母鸡哩。如此一说，你便知我是多么的高兴，恍惚间似乎闻到了馏鸡蛋的清甜和炒鸡蛋的香味，有多久没吃过鸡蛋了？都不记得了。这芦苇丛与农舍并没有挨着，不知这只母鸡为何跑这么远丢蛋，恐怕主人家都不会想到。尝到这次甜头，我就不时去苇丛蹚摸，但可惜再也没有遇上这种好事，以至于在苇丛玩都意兴阑珊了。

　　小时候我有一度痴迷吹笛子，一支竹笛，口吹指按，很是神气。笛子有一孔叫膜孔，贴的膜就是苇膜。选几根品相好的芦苇，用刀削断茎秆，取出一个拇指大小的薄膜，在膜孔周边涂上胶水，粘上即可。这个膜是必需的，声音的清亮宛转由其震动而发出，没膜也能吹响，却聒噪刺耳。然而，苇膜取之极难，稍不留神就破了，而且合适的苇秆不好寻觅。久之就失去耐心，我常撕一片白纸甚至报纸代替苇膜，倒也马马虎虎。记得常吹的歌曲是《东方红》《北风那个吹》《洪湖水浪打浪》，痴迷之深，以至于握住有把儿的东西，手指就不由自主地起伏翻飞，好似在按笛孔。后来读书看到一则轶事：唐玄宗一次上朝，神情恍惚，手指不住地在肚子上按来按去，散朝后，高力士问皇上是否龙体欠安，唐玄宗说，昨夜梦见吹奏玉笛，嘹亮清越，所以我一直在回味寻找呢。读此，不禁会心一笑。只是不知道，皇帝老儿的玉笛用的也是苇膜吗？

芦苇天然生长，年年绿了黄，黄了绿。掰一把苇叶可包粽子，轻柔的芦花可作枕芯，绑一束芦花（穗）可作扫帚，苇秆编成箔，当帘子、苫屋顶用。家里铺的炕席和凉席，差不多都是苇子编成的，躺在上面一股清新的苇子气息依稀尚闻。说起编席，不禁想起孙犁小说《荷花淀》中的一段描写："月亮升起来，院子里凉爽得很，干净得很，白天破好的苇眉子潮润润的，正好编席。女人坐在小院当中，手指上缠绞着柔滑修长的苇眉子。苇眉子又薄又细，在她怀里跳跃着。……这女人编着席。不久在她的身子下面，就编成了一大片。她像坐在一片洁白的雪地上，也像坐在一片洁白的云彩上。"在孙犁笔下，女人夜晚编苇席的劳作被赋予优美的诗意。

2003年夏天，白洋淀孙犁纪念馆举行落成典礼，我躬逢其盛，第一次见识了芦苇荡的浩渺与广袤。相比我们村那小片苇丛，这里才是芦苇的世界。乘一叶轻舟在芦苇丛中穿梭，水道沟沟汊汊，七纵八横，浓密繁茂的芦苇仿佛暧暧的绿云，又像一道道绿色的屏障。高挺尖细的芦苇与圆润阔大的荷叶相映成趣，朵朵艳红的荷花绽放其间，亮人眼目。一群水鸟在空中飞翔，在水面掠过，啾啾鸣叫，给这偌大的芦苇荡增添了勃勃生气。遥想当年，雁翎队在芦苇荡伏击日寇，战士们头顶荷叶，嘴衔苇秆，神出鬼没，打得鬼子晕头转向。这在孙犁小说和徐光耀《小兵张嘎》等作品中都有鲜活的描述。京剧《沙家浜》

中那个新四军隐藏战斗的芦苇荡，也铭刻了一个时代的红色记忆。芦苇荡和平原上的青纱帐一样，书写了人民战争不朽的传奇。

芦苇是生在水边的寻常植物，却也被文人赋予了精神的意蕴。《诗经》有云："谁谓河广，一苇杭之。"谁说黄河宽阔啊，凭一根芦苇就可渡过去。这当然是夸张之词，极言游子思归的急迫。有学者胶柱鼓瑟，说"一苇"不是指一根，而是一束，如同桴筏（唐·孔颖达），真是大煞风景。禅宗始祖达摩"一苇渡江"的故事，也源于此。达摩被人追至江边，无船可渡，遂信手折一根芦苇，立在上面飘然而过。这才是令人惊叹的神奇。古代二十四孝中有一个"芦衣顺母"，一件轻飘飘的芦花冬衣，无法承受人性之重。法国思想家帕斯卡尔有一句名言"人是会思想的芦苇"，他说："人只不过是一根芦苇，是自然界最脆弱的东西；但他是一根能思想的芦苇。"我想，帕斯卡尔之所以拿芦苇说事，想必是他经常在河畔徘徊，目睹芦苇由春及秋，从葱郁到枯萎，想到人亦不过如此，但他找到了二者的不同之处，人的尊严与高贵在于有思想，思想可以使人永生。

我喜欢芦苇，或许因为它和我的名字有一种天然的缘分？每到一处公园或河边湖畔，看到芦苇即顿生快意，总是要驻足流连一番。芦苇和草一样多为野生，一块湿地即可滋生蔓延，生命力勃郁强韧，无须像那些名花佳木要人精心侍弄。然而，

地上的 云朵

即便它不被注目，无人理会，仍自由自在地存乎天地间，有风即作飘摇之态，无风则呈玉立之姿，默默地展露出别样的风致，别样的美。

公园小记

　　我家临河，河对岸是公园，凭窗即可看河水波光粼粼，眺公园草木青青。当初买房时，这个新建小区在河边且紧挨公园，环境幽美，小区与公园之间还搭了一座软桥，名曰康桥，这些都成了卖点。我在临河的一排中选择了靠里的一栋，十分僻静，朋友戏称"河景房"。

　　对面公园便成了我经常光顾的地方。公园名叫"欧韵公园"，里边的建筑、雕塑都是一派欧洲风味，大理石廊柱、亭子，汉白玉雕塑的古罗马半裸的女子、手持刀盾的武士；北门处，高高矗立着一尊意大利科学家伽利略的雕像。如果在公园拍照发在朋友圈，大家会以为你去欧洲旅游了呢。公园不大，利用地段呈三角形，我在公园行走，一圈下来大概是一千余步。公园里有几方水池、草坪、广场，还有两处儿童游乐场。

　　在城市，车站、机场、码头，还有医院、商场和公园都是日常人群麇集之地，但不同的场所给人打上了不同的表情标记，呈现出迥异的形态。在车站（机场、码头），看到的情形

地上的 云朵

大多是人们行色匆匆，大步流星，有几分焦急和慌张，还有一丝离愁别绪隐约在眉宇间；在医院，每天进进出出的人，无论是匆忙还是缓慢，神色无不写着沉闷和凝重，甚至是悲愁；只有商场，尤其是公园这种地方，人们以"逛"言之，那种悠闲、从容和轻松的神态尽情显露出来。

公园里的人群可以分成几类情形，有随意溜达闲逛的，有走（跑）步健身的，有坐在椅子上出神的，有抖空竹的，更多的是跳舞的。近些年出现了一个新词汇叫"广场舞"，主要由中老年妇女组成，伴随着流行的《最炫民族风》《小苹果》等音乐，公园随便一块空地即可跳起来，集自娱、表演和健身于一身，兴致勃勃，不亦乐乎。另一个舞群是交谊舞，这个本起源于西方宫廷的舞蹈，从贵族的舞会走向了大众的舞厅，又走向了露天的公园广场，其形态也从庄重高雅变为随性适意，彻底成为世俗化的民间欢舞。这个舞群稍微年轻些，有趣的是，由于男性舞者略少，不少是女女在跳。

随着暴走团的兴起，这两年公园里一早一晚都会出现暴走的队伍，打着旗子，放着音乐，有些人穿着整齐的"队服"，是队伍的基干，后边跟续着形形色色的人流，颇为壮观。我有几次正好在公园行走，就趁机加入大部队之中，听着口令，迈动双腿大步疾行，在强劲的音乐伴随下，脚底如同安了弹簧，走得格外带劲。这和个人漫步大为不同，汇入群体之中个体的力量会成倍增加。

公园每天都仿佛上演着大体相似的实景剧，是市民热气腾腾生活的日常呈示。如果说每一栋楼每一个窗口象征着个人的私密性，那么公园无疑就代表着公共的开放性。那里的市声尘影意味着城市的人气和活力。尽管我曾经对公园的歌声乐声破窗而入、扰乱我的写作心绪而厌烦，但有一度因疫情静默管理，从窗口望去，公园里了无人影，空寂无声，安静得令人发慌。人是一种适应性很强的动物，习惯成自然，见惯不怪，所谓"久居芝兰之室而不闻其香"即是此理，打破这个习惯反而觉得怪异。

这座城市的公园大大小小总有几十个吧，有闲的时候，我也喜欢去那些有特色的公园游玩。比如，赵佗公园，那里有两座巨大的坟茔，埋葬着有"南下干部第一人"之誉的南越王赵佗的先人，历史的气息萦绕于角角落落；比如，西山森林公园，在这里拥入山的怀抱，沿着蜿蜒的山路拾级而上，登高一望，偌大的城市轮廓尽收眼底，不由得豪情满怀；比如，环城水系公园，在城市的边缘一带，有宽阔的河流，茂密的树林，斑斓的花草，景色清幽，空气新鲜，徜徉其间，每一片肺叶都是舒展的；比如，友谊公园，是一片竹的园林，生长着北方少见的茶杯粗细的青青翠竹，氤氲出雅致和文气……

逛公园，已成了日常生活的一部分。然而，我在十岁以前根本不知道世界上还有公园这回事。我生在农村，童年玩耍之地在场院、胡同、林间和田野，捉迷藏、逮知了、跳格子、推

地上的云朵

铁圈、弹琉璃球等游戏项目众多，并不逊于如今的儿童乐园，而且不用花钱。后来转到县城上学，县城就是几个村并在一起的大村庄而已，也没有公园。直到20世纪70年代，我十岁那年跟随母亲去邢台市看望上中专的二哥，才平生第一次逛了公园——人民公园兼动物园。严格说来还不能叫"逛"，因为进公园需要买门票，叫"参观"才更合适。犹记得第一次的紧张和拘谨，像刘姥姥进大观园，手足无措，眼睛都不够使了。山（假山）、亭阁、长在水里的荷花、各种关在笼子里的飞禽走兽，等等，都是初次见到，可谓大开眼界，让我这个农村长大的野孩子初识了公园之妙、公园之美。

上大学不久，我们小组去长安公园游玩。这个公园最早叫解放公园，后曾改名为东方红公园，是石家庄当时最大的公园，公园一角有辛亥革命烈士、燕晋联军大将军吴禄贞墓。男女同学游走在走廊、花丛、树林、湖畔，蓬勃的青春气息，令人生出一分隐秘的快乐。后来，我们租了一只船，在湖上荡起双桨，可双桨不听指挥，小船在原地打转，大家哈哈大笑。当船转来转去转到岸边与堤岸缠绵不肯分离时，班长老大自告奋勇，弓起身子奋力用手推岸，船与岸分开了，人却失去重心，扑通一声落入水中。大家慌作一团，所幸湖边水不深，班长自己爬上了岸，浑身透湿，好在那时天还较热一会儿就干了。这一次逛公园连同班长落水成为一帧清晰的青春底片，多年之后，同学相聚还要不时漂洗，并不忘打趣老班长当年奋不顾身的"英勇壮举"。

　　至今游览过多少公园已难以计数了，择其荦荦大者，既有北方的皇家园林如北海、颐和园、避暑山庄，也有南方的私家园林如拙政园、留园、网师园等，这些以前都属于"私园"，如今都是"公园"了。说起皇家园林，被誉为"中国最早的园林"的"沙丘苑台"，正在我的老家平乡广宗一带，为商纣王所建。《史记》载其"益广沙丘苑台，多取野兽蜚鸟于其中"，地处大陆泽湖畔，水丰草美，风景幽绝，"酒池肉林"的典故即源于此。汉代梁孝王刘武的梁园，也非常著名，葛洪《西京杂记》云："诸宫观相连，奇果佳树，瑰禽异兽，靡不毕备。"亭台楼阁，山水草木，珍禽异兽，将建筑之美、植物之美和动物之美咸备一体。《红楼梦》将贾府的园子称作"大观园"，蔚为大观，名副其实。私园多为商贾巨子、达官贵人、文人雅士所建，在其中可游玩休憩，吟风弄月，宴饮宾客，引为风雅高致之举。宋代苏舜钦在自家的园子里作《沧浪亭记》，难掩快意："予时榜小舟，幅巾以往，至则洒然忘其归。觞而浩歌，踞而仰啸，野老不至，鱼鸟共乐。"私园虽然有时也对公众开放，如顾禄《清嘉录》言"吾乡园林第宅，为近日游人所争集者"，但毕竟园主或为示慈善，或为炫慷慨，对民众游园总不免有一种居高临下的施舍，而只有园子姓"公"，民众才会真正拥有主人公闲庭信步的舒心惬意。

　　公园是城市之肺，是画中的留白，是房屋的窗户，是心灵

地上的 云朵

的牧场。不管大和小，只要里面有草木花树，有一池碧水，有曲径通幽，有长椅亭台，走进去，就仿佛鱼儿入水，怎么说都是畅快的。

小村的灯光

从县城出发，开车向南沿着明亮宽阔的大道行驶十来分钟，往东拐入乡间公路，眼前倏地一暗，唯见车灯的两束光柱向前方延伸。真黑呀，城市的黑夜都被繁密的灯光稀释了，乍见乡野这苍茫浓郁的浑然一色，令我有些微微沉醉。公路两侧的树林里，有几拨晃动的人影，打着手电，不用说肯定是在寻找知了猴（蝉蛹）。一场雨后，正是知了猴纷纷拱出地面爬树蜕皮的时候。

行不多远，望见了我的故乡小村，准确地说是望见了村口的灯光。虽然黑夜蘸着浓浓的墨汁试图涂抹它的边界，但灯光勾勒出了它的局部。

故乡因位于古漳河湾而名湾子，是冀南平原的一个小村，只有三百来户，千余口人。我小的时候只有一条街，后来村北又扩了个后街。我来到后街，如今叫九安路，只见一溜路灯，在线杆上端发出洁白柔和的光亮，平展展的水泥路面略有积水，却并无泥泞之虞。每条胡同里也有路灯，清楚地看到天

地上的 云朵

然气管道沿墙壁铺设通往每家每户。我的老宅临街，一个亲戚借用搭了一间小卖部，此时已熄灯关门。路灯下的一座院落门口，坐着几个妇女摇着蒲扇闲话。我没有打扰她们，晚上9点来钟，正是睡前的悠闲时光，小村安宁而静谧。

家乡的夜晚对我来说有些陌生了。父母过世后，每年清明节回来上坟，都是白天，也不进村，在坟茔前拜祭完就离开了。已有十几年没在村里住过了，这番回来，特别想到村里看看，尤其是晚上。父母故去，故乡仍在，这里可能地无一垄、房无一间，但生于斯，长于斯，便有了根根须须的牵系，岁月久了心里像长了一棵树。

故乡的夜晚，夜幕之下最亮眼的是灯光——沿街几栋二层小楼的窗口透出多彩的灯光；路灯闪耀出明亮柔和的灯光。

这灯光，却照亮了我记忆的通道。

20世纪60年代中期我生于这个小村。童年常猜的一个谜语是"豆大豆大，一间屋子盛不下"，谜底是油灯。还有一个童谣："小老鼠，上灯台，偷油吃，下不来。"说的也是油灯。那时主要的照明工具是油灯，多用煤油，也用豆油、棉油、蓖麻籽油。油灯的火苗只有豆粒那么大，灯光微弱昏暗。条件稍好一点，油灯加了玻璃罩，不仅防风，灯头不再摇曳，一侧还有一个旋钮可以控制灯芯的升降，来调节亮度，屋内明亮了许多。清晰记得，大多数夜晚，母亲坐在屋地的蒲墩上纺线，油灯搁在地上，她一手摇动纺车一手抻线的身影投射到墙上，是那般夸张硕大。还记得，冬天上早自习，黑咕隆咚到了教室，点上了我们自制的煤油灯：用墨水瓶做灯身，一块铁片盖住瓶口，中间打上眼，穿上一根棉绳当灯芯。每个孩子面前一盏灯，火苗在风中跳舞，青烟缕缕，童声朗朗。待天亮熄灯，每个人的鼻翼留下黑黑的两道印痕。

日常照明除了煤油灯，有时也用蜡烛。可能蜡烛比煤油贵，用得较少。相比白蜡，红蜡就更贵一些，人们只有过年或办喜事才用，红彤彤的，透着喜庆。

油灯的灯芯燃成灰烬结成灯花，晦暗不明，需要用针挑拨一下才重新亮堂起来，故民谚有云：灯不挑不亮，话不说不明。有时，灯花会自动脱落，啪的一声，一闪一跳。宋人赵师秀留下"有约不来过夜半，闲敲棋子落灯花"的佳句。而蜡烛的灯芯也要将灰烬剪去，唐人李商隐有诗云："何当共剪西窗烛，却话巴山夜雨时。"不管过着怎样的日子，诗意无处不在。

记不清是哪一年，村里通了电。那时，我们向往的生活是"楼上楼下，电灯电话"。用上电灯，是一件不得了的大事情，那时刻村庄比过年都热闹。那天，村里电工将电线拉到我家，把钨丝白炽灯泡吊在房梁上，开关安在屋门一侧，合上闸后，一拽灯绳，灯霎时亮了！我仰头看着，兴奋地蹦了起来。我抢过灯绳，不停地一拉一拽，咔吧咔吧，灯就一亮一灭。电工赶紧制止说，可不能老这么拽，一会儿灯就撅了。及晚，天

地上的 云朵

刚擦黑，我就迫不及待地拉灯绳，生怕被别人抢了先。哇，好明啊，满屋子犄角旮旯儿都被灯光照亮了，仿佛月亮挂到屋子里。后来听人笑谈，刚拉电灯那会儿，有的老汉凑到灯泡点袋烟，吸溜半天点不着，还纳闷，恁亮的灯头咋点不着火？

后来，村里又有了路灯，不过只在春节那几天才安装。所以，路灯总跟过年联系在一起。如果某一天看见村里的电工爬上电杆安灯泡，神经立马也像通了电一样兴奋起来，哈，要过年了呀，节日的气氛随之陡然升温。那些天，路灯每晚都散出晕黄轻柔的光亮，小孩子三三两两聚到灯下，不顾天冷，踢毽子，放小鞭儿，碰拐，跳格子，玩得不亦乐乎。大人们拜年、串门，因有路灯，走起路来挺胸阔步，不用低头猫腰小心翼翼。家里条件好一些的人家，在自家院里高高挑起了电灯，更讲究的还把灯泡装到红灯笼里，挂在门口，一派喜气洋洋。

如今，我在一个寻常的日子瞧见路灯高悬，它不再仅属于春节，而是属于每个夜晚。灯光驱散了村庄的黑暗，也照亮了游子回家的路。

夜晚回乡，端的是浮光掠影。随行的侄子告诉我，村庄看起来很安静，其实我们看不见的灯光下，多少人仍在忙碌着。这些年，村民有的做电商，有的做自行车零配件，有的组装成品直销外商，有的家庭拥有上千万元的资产。我听后唯有啧啧称叹。

在村里转了一圈儿，在村西口我下了车，借光路灯拍照留念，正好碰见本家一个三哥走了过来。他年近七十岁，光着脊梁，背稍驮，黑黝黝的。三哥说，你咋黑价回来了？我说想家了呗，随便转转看看。我又问他，大黑价你咋还出村？他指着不远处说，我看看羊，养着一百多只呢。我顺着他的手指方向看去，模模糊糊看见有一片羊圈，用栅栏围着，隐约传来咩咩的叫声。我默算了一下，一只成羊大约七八百块钱，那么一百只即值七八万块。我这个三哥弟兄六人，当年穷得叮当响，娶个媳妇难得很，这下怕是孙子都不用愁了吧。

通往县城的路，叫定魏线，县里称作迎宾大道，这条路连接了高速，也连接了乡村，两侧的光柱红黄蓝三色在黑夜中显得分外绚丽。我想，这绚丽多彩或许正是故乡小村未来的"光景"。

地上的 云朵

万斛泉源

听朋友说，邢台的百泉复涌了，且水量奇大，还给我发来照片和视频。我禁不住好奇和兴奋，趁某天晴空丽日，开车从石家庄径直南下。

我曾在邢台这座城市工作生活了十四年，人离开了，却像树挪之后依然留下了根根须须，情有所牵，心有所系。

邢台和济南一样，是有名的泉城，当地志书记载："环邢皆泉，水涌百穴，遍野甘露溢，平地群泉涌。"故有"百泉"之称。城西北与东南分布有十几个泉群，每个泉群有上百个泉眼。这次复涌的有三个泉坑：狗头泉、黑龙潭和百泉。

水势最为浩荡的是狗头泉。周边的土地潮湿甚至泥泞，像刚下了雨不久似的。走到水边，只见一泓清水向远处铺展，水位差不多与坑沿齐平，蓝天下仿佛一面巨大的镜子，水天一色，波澜不兴，北岸楼房倒影在水中，画一般。南岸武家村的几座房子底部被水浸泡，有一面墙还坍塌了，看来村民对泉水喷涌之迅猛准备不足。几个农民工在岸边清理着绿色的水藻，其中一个年约七旬的老汉说，自狗头泉1986年断流，中间也出过几次水，跟这回水量比差老鼻子了，从9月份开始喷涌，天天都在涨。仿佛给他的话作证，不远一块平地，圈起来的一个机井管道呼突呼突冒水，犹如一锅水烧沸了。这不断上涌的水顺着一条排水渠注入附近的七里河。

在我的记忆册上，狗头泉曾留下一帧青春的剪影。大约1985年清明前后，我所在的高校教工团支部组织团员踏青游玩，男女团员一行十几人，骑自行车近一小时来到这儿。狗头泉，大抵是因泉坑状如狗头而得名吧，当时还为这个怪怪的名字而暗自发笑。那时水面还不算小，但跟岸边有些落差。我们租了两只小船，在湖中荡起了双桨。我是团支书，大家起哄让我带头唱歌，当时正热播电视剧《万水千山总是情》，我就模仿汪明荃用粤语唱了同名主题歌。接着就是大家歌曲联唱了，青春的嗓音唱绿了湖边的青草，唱蓝了天空，唱得泉水鼓掌冒泡。其实，我1984年刚分到邢台的时候，"泉城"还名副其实，到处都是水。单位北邻就是一片湿地，与牛尾河相连，一块一块的水域被芦苇分割，时常有鸟群起落啁啾。但很快水没了，地里种上了庄稼和蔬菜。狗头泉大概也是那个时候断流枯竭了，自我20世纪90年代末离开邢台再也没来过这里。

黑龙潭，这个名字容易让人想到山谷，而不是平原。《邢台县志》载："黑龙潭……深不可测，传有黑龙潜焉，祈雨有应，东疏为渠，下入七里河。"水幽深呈黑色，水泡旋出如龙

地上的 云朵

搅动，因而名之。我踩着两脚泥走到潭边，却看到一个好笑又有趣的场景，村民修建的龙王庙被淹没了，围墙只露出墙脊，水与大门门楣齐平，真应了那句"大水冲了龙王庙"。不过反过来说，黑龙不是终于又有了潜身之处了吗？

乾隆本《顺德府志》载："百泉，在城东南八里，泉自平地沸出。百，名多也。"所以，"百泉"之名，一是泛指众泉，二是特指百泉村之泉。我来到百泉村，目光一下子被一座大桥所吸引，三孔拱桥，长约一百米，横跨两村之间的水面上。据说这座桥建于20世纪70年代，可见那时水之大。桥北一片树林被淹没，只露出树梢，说明此次复涌之前泉坑多年干枯，成了苗圃和庄稼地。水面上有数只野鸭悠闲地游弋，平添一派天然野趣。

在桥上遇见一个六旬老汉戴着口罩遛狗，便跟他攀谈起来。他说他就是百泉村的，小的时候泉水大得很，水里有鱼，地里有稻，真是鱼米之乡啊。一到冬天下了大雪，就会出现一种奇观，村西地里一片白茫茫，雪埋着的草枯萎焦黄，而村东的泉坑水是温的，芦苇地里芦根都长了好长，水边的草绿茵茵的。一边是冬天，一边是春天，那风景可好看了。有水的地方风水就好，村里出过尚书，死后埋在村西，坟丘像小山一样，孩子们爬上爬下玩。坟前有石马石羊，小孩儿边念叨边骑——骑骑马，不挨打，骑骑羊，不挨响（吵），把个石马石羊骑得光溜溜的。他又指着北边一处高地说，原来那里有座庙，挂着光绪皇帝写的一块匾"千里求成"，说是有一年全国大旱，一天夜里光绪梦见直隶百泉水神显灵了，向空中挥洒水滴，果然一场大雨普降。皇帝大喜，第二天就写了匾派人送到百泉村。破"四旧"的时候，庙被拆了，那块匾也不知去向。这百泉的水干了差不多有四十年啊。这下好了，盼着这水能保持下去，芦苇长起来，就又能看到村西冬天村东春天的美景了。

在人们的印象里，一般来说泉和山联系在一起，泉水叮咚，流水淙淙，而平原主要是凿井取水。那么邢台咋有如此丰富的泉群？这与特殊的地理位置和地质构造有关。这里处于太行山东麓山前地带，海拔有较大落差，降水和地表径流渗透，沿地下河或岩隙东流，由于断裂带形成阻隔，地下水涌出地面成泉。20世纪80年代中期，由于地下水过度开采，生态环境恶化，河流干涸，降水减少，百泉成了无源之泉，焉能不干？而今的复涌正是源于南水北调补水、严禁超采、关闭自备井等措施，河里有了水，空气湿润，降水增多，生态改善，百泉复涌的盛景再现也就在情理之中了。

泉是水源之一，故有源泉之说。而且是活水，清冽，甘甜，几无杂质。这是大自然的赐予，有水就有灵气，有泉即成风景。故而古代诗人留下咏泉的诗句不计其数，如"泉水出幽谷，原流本自清"（司马光），"明月松间照，清泉石上流"（王维），"泉眼无声惜细流，树阴照水爱晴柔"（杨万里），等。泉之水或喷溅，或潺湲，或淙淙，千姿百态，蔚为

地上的 云朵

大观。文人写作还喜欢以泉作比："文思泉涌"。苏东坡尝自况："吾文如万斛泉源，不择地皆可出，在平地滔滔汩汩，虽一日千里无难。"虽自负，却字字凿实。民谚也有"滴水之恩，当涌泉相报"的豪迈义气。古代还将钱币称作"泉"：泉布、泉货、泉刀等，从五行来讲，水生金，也暗喻财富如泉水哗哗流不断，同时也是一个雅称，直接谈钱总归有点俗嘛。

水是生命之源。《道德经》云："上善若水。水善利万物而不争。"邢台之"邢"，古通"井"，"穴地出水曰井"，泉涌遍地，灵动润泽，地腴物阜，故能成为华夏最古老的城市之一。而今百泉复涌，涌出的是水，是美，是生态，更是灵气和灵感，相信邢台人定会以泉作墨，大地作纸，书写滔滔汩汩、一日千里的壮美时代篇章。

飞鸿雪泥

杜甫的爱情

如果身边有人不时将老婆挂在嘴边，那说此人爱妻大抵不会错吧；如果一个诗人将妻的字眼屡屡镶嵌于他的诗行呢？而且还是一位古代诗人，那么由此断定诗人对妻子爱深情永恐怕也是妥妥的了。

这位诗人就是唐代杜甫。

读杜甫诗，妻的字眼频频刷目，如珠玉般闪烁出温柔旖旎的光芒，令人心有戚戚焉，一根爱情的琴弦被悄然拨动，铮然作响。这妻字多为"老妻"，老妻不就是老婆嘛。在唐诗中，如此高频率以妻入诗，除了老杜，还找不出第二个。

杜甫被称为诗圣，圣人嘛，给人的感觉就是严肃端正、不苟言笑的样子。对于杜甫具体的形象，浮现在我们脑海中的是画家蒋兆和先生画的那幅画像，清癯瘦弱，沉郁儒雅，心事浩茫，视通广宇，忧国忧民。至于爱情，钱锺书称之为闲人之忙事，更应该像是"眸子炯然""风流蕴藉"、浪漫又潇洒的李太白这类诗人的事。事实上也是，唐代诗人中，白居易有和湘灵的故事，写过爱情诗《长恨歌》，留下了"在天愿作比翼鸟，在地愿为连理枝"等爱情名句；元稹堪称多情种子，有和莺莺、薛涛、刘采春等多名女子的故事，其"曾经沧海难为水，除却巫山不是云"脍炙人口；李商隐更是似乎为爱情而生，他的爱情诗名句太多了，诸如"春蚕到死丝方尽，蜡炬成灰泪始干""身无彩凤双飞翼，心有灵犀一点通"等为历代传诵。一脸苦大仇深的杜甫，也有爱情？当然！虽然我们在他的诗里很难找出爱情金句，他也没有可上娱乐版头条的爱情故事，但那些散落在诗行里的妻字，如寒夜里的点点灯火，寻常，平淡，却照亮了生活，温暖了心灵。

杜甫妻子叫什么名字，史无记载，因其父为司农少卿杨怡，故称她为杨氏。杜甫娶杨氏那年大约是二十九岁，杨氏十九岁。两家皆为官宦人家，算是门当户对。杜甫祖父杜审言是初唐著名诗人，与苏东坡的老祖宗苏味道等合称"文章四友"，是近体诗奠基人之一，所以，杜甫给儿子生日赠诗时傲称"诗是吾家事"。杜甫结婚前后那些年，家境还是可以的，故有条件达成诗与远方。"放荡齐赵间，裘马颇清狂。春歌丛台上，冬猎青丘旁。"（《壮游》）先后两次跟着偶像大哥李白徜徉自然山水间，优哉游哉。然而，好景不长，随着父亲去世，应试不第，仕途艰蹇，杜甫生活陷入困顿。尤其是安史之乱爆发之后，往昔的"壮游"也变成"漂游"了，像无根的浮萍一样，颠沛流离，漂泊不定。在这种离乱颠踬的日子里，患

地上的 云朵

难夫妻相依为命、不离不弃，感情愈发深厚笃实。杨氏长什么样？我们连杜甫的相貌都无从得知，只是从他晚年的诗中几次见其自述"老丑"，"白头搔更短，浑欲不胜簪"，发白且稀，李白曾诗言之"太瘦"，那杨氏的样貌更得从诗中猜度了。《月夜》里有一个名句："香雾云鬟湿，清辉玉臂寒。"这是直接写妻子的。安史之乱后，杜甫被叛军俘获，困居长安，妻子和孩子寄居鄜州。这首诗写杜甫怀念妻儿，却反向写妻儿怀念自己。这时候我们看到了一个女人的形象：月夜闺中，女人一个人呆呆地举头望月，思念远在长安的丈夫，时间长了，带着脂粉香味的雾气打湿了头发，月亮的清辉映照下玉一样洁白温润的胳臂有了凉意。有人说，哈，老杜这诗很香艳啊。的确，很美！这里虽然没有写妻子的眉眼，但从这个满含喜爱欣赏意味的画面中，可以断定，杨氏是个美丽的女子，即使说情人眼里出西施，也不会差到哪里去。这首诗写于756年，杨氏三十出头，正是女子灼灼其华时。老杜另一首诗《一百五日夜对月》可谓《月夜》姊妹篇，"一百五日"指寒食节，杜甫不说节日，而是用时日代替，足见思念妻子至深，一日一日是掰着手指头过来的。诗中有一句"仳离放红蕊，想像嚬青蛾"，想像，即想念，嚬，即颦，皱眉的样子。红蕊和青蛾，两个意象间接描绘了妻子之美。由此，可以说，杨氏出身富贵，相貌昳丽，是一位知书达理的淑女。老杜说，有妻如斯，叫我如何不爱她？

然而，杜甫一生蹭蹬，命乖运蹇，几乎就没有顺心风光的时候，杨氏跟着丈夫只有受累吃苦的份儿了。"经年至茅屋，妻子衣百结"，常年住着茅屋草舍，穿着补丁摞补丁的衣裳，一个千金小姐沦落为一贫如洗的妇人，浆洗缝补，忍饥挨饿，为杜甫默默操持守护着风雨飘摇的家巢。甚至，在兵荒马乱的动荡年代，连维持一个安稳的家都是奢望，"妻子寄他食""老妻寄异县"，投亲靠友，寄人篱下，更悲惨的是"幼子饥已卒"，小儿子活活饿死了。虽然杜甫"所愧为人父""飘飘愧老妻"，没能让妻儿过上好日子，但依然是这个家庭的依靠，是妻子心中最大的牵挂。"去年潼关破，妻子隔绝久"（《述怀》），时隔一年的分别，杜甫千里迢迢回到妻子寄居的鄜州羌村，"妻孥怪我在，惊定还拭泪"（《羌村三首》），天哪，你还活着！看到丈夫从天而降，一声惊呼，泪水止不住流淌，擦个不停。"世乱遭飘荡，生还偶然遂"，遭逢兵连祸结的乱世，能活着回来真是侥幸啊。"夜阑更秉烛，相对如梦寐"，夜已经很深了，在摇曳的烛光下，夫妻二人相对而坐，为久别重逢而兴奋着，毫无睡意，你看看我，我看看你，恍如在梦中。王尊岩对此评价云："一字一句，镂出肺肠。"杜甫是深爱他的妻子的，尽管经常"囊里还羞涩，留取一文看"，从外面回来仍不忘给妻子带一些女人喜欢的礼物，"粉黛亦解苞，衾裯稍罗列。瘦妻面复光，痴女头自栉"（《北征》），女人毕竟是女人，看到丈夫带回的粉黛啊、被绸啊，脸上还是露出了欣悦的光彩。这种画面温馨中又满含心酸，真是叫人别有一番滋味在心头。固然贫贱夫妻百事哀，但能于苦难中相濡以沫、生死相依，又何尝没有幸福温暖？何尝不是伟大的爱情！

有一年我去成都出差，自然要去杜甫草堂游览。草堂尽管是后人所建，终还是杜甫留在世上的可视可触的物质存在，与完全从诗中感受是不一样的。那天我是午后去的，阳光透过浓密的树枝斑斑驳驳筛在地上，游人寥寥，一片宁静。茅屋伫立在浓荫之中，没风，不用担心茅草被吹翻。因为一首《茅屋为秋风所破歌》以及"安得广厦千万间，大庇天下寒士俱欢颜，风雨不动安如山。呜呼！何时眼前见此屋，吾庐独破受冻死亦足"的名句，杜甫草堂成为千古圣地。而实际上，杜甫在草堂生活的不足四年的时间，虽然是依靠亲友接济帮助过活，却是他和妻子二十年间少有的闲适、惬意的时光。草堂建在浣花溪畔，林青竹翠，鸥翔燕飞，环境清幽怡人，一派田园风光。"老妻画纸为棋局，稚子敲针作钓钩"（《江村》），"昼引老妻乘小艇，晴看稚子浴清江"（《进艇》），哈，老杜一口一个"老妻"，简直甜腻死个人。这种岁月静好的家居生活，夫妻终日厮守相伴，没有棋盘，在纸上画个棋盘对弈，白天两人一起泛舟江上，形影相随，如蛱蝶相逐，芙蓉并蒂。不慕大富大贵，只求现世安稳，人世之乐，又夫复何求呀。这个草堂，可以说，既是精神的圣殿，又是爱情的港湾。

有唐一代，社会风气开放，才子风流，官员蓄伎，男人纳妾，是再正常不过的事情，大家"不以其事为非"（陈寅恪语）。但也有帅哥王维这样丧妻不再娶、独居三十年的素心人。尽管《旧唐书》称杜甫"褊躁""傲诞"，他也自称"放诞""性豪"，是个有脾气的人，但对爱情却是忠贞不贰，一生唯有杨氏一个妻子。在他的诗里也看不到佻达狎邪的"不正经"的字眼，也找不到他出入秦楼楚馆的蛛丝马迹。或有人将这归结为贫穷，连肚子都填不饱，哪还有别的绮念？问题的根本不在这里。后人之所以尊杜甫为"诗圣"，盖因杜甫是一个有大抱负大胸怀大悲悯之人，"致君尧舜上，再使风俗淳"，"男儿生世间，及壮当封侯"，即使他的人生理想被残酷的现实击打得粉碎，心中的家国情怀却依然坚如磐石。"国破山河在，城春草木深"，"烽火连三月，家书抵万金"，身在江湖，心存魏阙，家国一体，念兹在兹。在命若蝼蚁的乱世，杜甫最深沉的惦念，有妻子儿女，有弟妹友朋，更有江山社稷、黎民百姓。老杜是一个深情纯情的诗人，故梁启超奉之以"情圣"的桂冠，这样的男人怎能不深爱他的妻子呢？

世上的爱情，大凡轰轰烈烈、感天动地者，多如夏天的闪电倏忽而逝，璀璨耀眼但短暂，且结局大多不妙。那些柴米油盐、寻常凡俗的夫妻之爱，反而能如山间的小溪细水长流，长久且美好。杜甫和杨氏的爱情，历三十年始终如一，虽有离

地上的 云朵

乱中的生离死别，却点点滴滴都是些碎屑家常，平淡无奇，"随风潜入夜，润物细无声"。听吧，那一声一声的"老妻"，是眷恋，是疼爱，是甜蜜，带着温热的气息，冲破时空的阻隔，直抵人的灵府，如一夜春风，催醒世间无数的心花，怒放。

不堪被俘

唐天宝十四年（755年），安史之乱爆发。

天宝十五年（756年），王维被俘。杜甫被俘。

至德二年（757年），李白被俘。

盛唐最负盛名的三大诗人，在这一扭转历史走向的大事变中相继被俘，从云端跌入泥淖。一时间，大唐诗坛被愁云惨雾笼罩。

自三闾大夫屈原被当权者放逐、披发散衽在江畔苦吟之后，历代诗人遭遇贬谪已成见怪不怪的常态。宋代文豪苏东坡自嘲云："问汝平生功业，黄州惠州儋州。"其中酸辛，如鱼饮水冷暖自知。身如不系之舟，漂泊不定，心若砧板鱼肉，血迹斑斑，一部古代文学史说是一部放逐史也大体不差。然而，贬谪是皇帝与文臣之间的博弈与较量，说到底还是属于"人民内部矛盾"，而比遭贬谪更悲惨的是被俘，那就完全属于"敌我矛盾"了。矛盾性质不同，对人的考量标准也相异，前者主要考验是否忠诚，后者主要看其有无气节。失之忠，则为奸，

地上的 云朵

失之节，则为伪。逆臣贼子比奸佞小人更加不堪，更让人不齿，奸佞犹可自辩，可自我粉饰，附逆则千夫所指，无可原谅了。因此，被俘的心态肯定与被贬谪更为糟糕，人生的考验就更为峻烈。

有唐一代，诗坛排行榜前三名李白、杜甫、王维，被人分别奉送尊号"诗仙""诗圣""诗佛"，可谓比肩齐名，而其命运冥冥之中竟也有如此惊人的巧合，三人都有被俘的经历！稍加思忖，一身冷汗，这历史也太吊诡了，成心安排一出大戏给后人看。您三位诗人不是史上最牛吗？咱就不玩贬谪那一套了，来点刺激新鲜的。本来是大唐盛世，太平气象，富贵风流，"兰陵美酒郁金香，玉碗盛来琥珀光"（李白），"满耳笙歌满眼花，满楼珠翠胜吴娃"（韦庄），"九天阊阖开宫殿，万国衣冠拜冕旒"（王维），偏偏朗朗乾坤突然就晴天霹雳，中间插播一段安史之乱，一切都被改变了。头一天还或高居朝堂，或流连山水，或安稳静好，次日就一顿霜剑雪刀劈头飞舞，零落风尘，成为阶下之囚，大有性命之虞。犹如失足从高空跌落，剧情陡然翻转，命运的一壶老酒足令三大诗人够够地品咂人生万千滋味。

王维的被俘最为悲催。

天宝十五年（756年）六月十三日，王维和其他大臣们早早来到大明宫外准备上朝，王维的职务是门下省正五品上给事中。此时，宫外戒卫森严，安静得一根针掉到地上都听得见。眼见过了上朝时辰了，依然动静皆无，大家心中惴惴不安，潼关已经失守，皇上有御驾亲征的打算，今天的朝会该当如何呢？好不容易等到宫门开启，只见数个宫女慌慌张张衣冠不整从里边跑出，连声说，快跑吧！快跑吧！原来，唐玄宗连一声招呼都不打，携宰相、贵妃、近臣已连夜跑路逃奔川蜀而去了。群龙无首，六神无主，王维不知该如何是好，踟蹰间还未及逃走，长安陷落，王维被俘！正史是这样记载的："禄山陷两都，玄宗出幸，维扈从不及，为贼所得。维服药取痢，伪称瘖病。禄山素怜之，遣人迎置洛阳，拘于普施寺，迫以伪署。"（《旧唐书》）文字记述很简略，里边却翻涌着重重惊涛骇浪！可以想见，王维被叛军俘获时刹那间的恐惧、痛苦和绝望，他会明白落在反贼手里意味着什么，会有什么等待着他。面对这灾厄的突然降临，生性淡泊的王维没有束手待毙，采取的首要行动就是服药造成腹泻，俗话说"好汉架不住三泡屎"，迅速把自己变成一个憔悴羸弱的病人，而且假装嗓子喑哑，发不出声音，以此拒绝和贼人交流。应该说，这是在无法逃走的情况下，一个文弱书生所能想到的最好的逃避办法，除非以死殉节，又能如何呢？但是，王维名气太大了，又曾和安禄山同朝为官，安禄山怎肯轻易放过他呢？专门派人把王维接到伪都洛阳，看押在普施寺，逼迫王维接受了伪职，还是那个职位：给事中。

　　几个月后，老朋友裴迪来普施寺看望王维，说了一件事

地上的云朵

情，令王维神经大受刺激。安禄山一天在凝碧池大宴群臣，令乐工奏乐助兴，这些乐工都是原来唐宫廷的乐师和梨园弟子，此时忍辱含垢为贼人演奏，不觉相对泪流满面，其中一位叫雷海青的乐师愤而当场将琴摔在地上，面向西方放声大哭。安禄山大怒，命兵士将雷海青活活肢解，惨不忍睹。王维听罢，已是悲愤盈腹，泪满衣襟，不觉口占一首："万户伤心生野烟，百官何日再朝天。秋槐叶落空宫里，凝碧池头奏管弦。"这首诗名为《凝碧池》，这是后人起的标题，原题挺长：《菩提寺禁裴迪来相看说逆贼等凝碧池上作音乐供奉人等举声便一时泪下私成口号示裴迪》。"口号"即口诵，这首诗是念给裴迪听的，却最终救了王维一命。这里稍加说明，史书称王维被关押在"普施寺"，王维诗里称是"菩提寺"，不相一致，究竟是什么寺，已无关宏旨，关系不大，不考。

　　一年后的秋天，唐军相继收复长安、洛阳，安禄山的"大燕"朝廷伪官三百多人被押解到长安，王维作为其中一员再次被官方俘获。唐廷将伪官分成六等罪，分别处以斩首、赐自尽、重杖、发配流放等刑罚，王维被定为三等。在此紧要关头，王维的那首《凝碧池》救了他，当年他口诵给裴迪，继而早已传遍天下，唐肃宗也有耳闻，对诗中流露出的忠心颇为嘉许。此诗充分证明王维虽然接受了伪职，却是被逼迫的，并且只有官职之名，并无事敌之实，一颗心始终向着唐廷，并无附逆变节的行为。王维的胞弟王缙时任刑部侍郎，在平叛中立有大功，深受皇帝宠爱信任，他上奏唐肃宗愿意削去自己的官职为哥哥赎罪。这些都打动了皇帝，于是王维被朝廷宽恕，不仅被免去罪责，还被授予"太子中允"的职位，仍然是正五品上，嗣后官复原职"给事中"。王维喜悦之余赋诗一首《既蒙宥罪旋复拜官伏感圣恩窃书鄙意兼奉简新除使君等诸公》："忽蒙汉诏还冠冕，始觉殷王解网罗。日比皇明犹自暗，天齐圣寿未云多。花迎喜气皆含笑，鸟识欢心亦解歌。闻道百城新佩印，还来双阙共鸣珂。"

至此，王维被俘并出任伪职一页被轻轻翻去。诗人杜甫写有一首《奉赠王中允维》，对王中允做出了"中允"的评价："中允声名久，如今契阔深。共传收庾信，不得比陈琳。一病缘明主，三年独此心。穷愁应有作，试诵白头吟。"

杜甫能如此评价王维，不仅是诗人间惺惺相惜，更是因为他也有相似的经历。他也在这场安史之乱中被叛军俘获。

杜甫的被俘最为清白。

战乱爆发后，杜甫携家带口过起了颠沛流离的流亡生活，从奉先逃到白水，又从白水逃到鄜州，在羌村把家安顿下来。尽管身处乱离之中，却没有只汲汲于自身安危和小家的日子，他时刻关心着时局，一颗忧国忧民的心从未停歇。他打听到太子李亨在灵武即位，便动身前去投奔，不料还没走出鄜州便被叛军俘获，押解到长安。杜甫也被俘了！杜甫时年四十五岁，小王维十一岁（王维与李白同庚），却长得一副苦大仇深的样

地上的 云朵

子，头发花白，身体孱弱，像个垂垂老翁。值得说明的是，杜甫当时还没啥名气，跟李白、王维大佬级的名扬天下完全不在一个层级上，杜甫的诗名是在中晚唐以后才广为人知，韩愈有诗云"李杜文章在，光焰万丈长"，至于其"诗圣"桂冠的加冕已经到了明朝了。杜甫此时却沾了无名的光，加上官职小，无足轻重，叛军没人认识他，也不知道他，基本不怎么理睬，杜甫得以没有像王维等那些高官们一样被押到伪都洛阳，而是留在了长安，除了出城，相对还是自由的。因此，杜甫也就没有遭遇王维那样刀架到脖子上被逼任职的痛苦和窘迫，士大夫最为看重的气节也就得以保全。官微名薄，如果在太平年代当是文人们最失意最不堪最不甘的事情，只能证明你的无能和失败，可是，在兵荒马乱的世道，却成了最好的护身符，可见任何事情的好与坏都是相对的。

至德二年（757年）四月，杜甫在大云经寺僧人赞公的帮助下，从城西的金光门逃出长安。在草木深深的小径上潜行，历经千辛万苦，终于到达凤翔，蓬头垢面，衣衫褴褛，穿着露出脚趾的麻鞋，两肘露在衣服外面，杜甫站在了唐肃宗的面前。对于安史之乱，杜甫写下了许多纪实性的诗篇，被后人称为"诗史"，其中最有名的一首是《春望》："国破山河在，城春草木深。感时花溅泪，恨别鸟惊心。烽火连三月，家书抵万金。白头搔更短，浑欲不胜簪。"

李白的被俘最为尴尬。

与王维和杜甫不同，李白没有为叛军所俘，而是作为叛臣被朝廷所俘。但和王维类似的是，王维出任了叛军的伪职，李白在叛臣幕下服务，二者被朝廷捕获之后陷入同样的难堪境地。

李白自二十五岁"仗剑去国，辞亲远游"，便立下凌云之志，要出将入相，建功立业。他是一个自视甚高、狂傲自尊的文人，"我本楚狂人，凤歌笑孔丘"，"仰天大笑出门去，我辈岂是蓬蒿人"。曾入朝任翰林供奉，享受过"龙巾拭吐，御手调羹"的超级礼遇。但在皇帝眼里只是一介吟花弄月的御用文人罢了，不堪大用，李白又狂放不羁，得罪了宦官高力士和杨贵妃，终被皇帝"赐金放还"，镇日流连于名山大川，沉醉于觥筹美酒。然而，李白的雄心壮志从来不曾泯灭，貌似的灰烬里边埋藏着火种，稍遇风吹，便会熊熊燃烧。安史之乱致天下大乱，乾纲大乱，唐玄宗逃亡川蜀，几个王子有机可乘，蠢蠢欲动。其中永王璘闹腾得最猛，他是唐玄宗第十六子，从小丧母，被三哥唐肃宗收养，每天晚上都抱在怀里睡觉，兄弟极为友爱。永王璘聪敏好学，长得比较难看，眼睛还有点毛病。国家发生叛乱，皇帝把王子们都发动起来参与平叛，这没问题，但乘机壮大势力，尾大不掉，却是皇帝最大的忌讳。永王璘被玄宗诏令为四道节度使兼江陵郡大都督，遂招募数万兵士，广积财富，声威赫赫。这引起新皇帝唐肃宗的猜忌，他刚把老爹逼成了太上皇，岂容老弟坐大觊觎皇位？于是诏令永王

地上的 云朵

璘回蜀，去到老爹膝下继续承欢吧，却遭到拒绝。不仅如此，永王璘还大大咧咧令水军挥师东上，这分明是与朝廷分庭抗礼，要造反的节奏啊。我们的诗仙李白先生对政治一窍不通，醉醺醺地就应邀从庐山投到永王璘幕府了，幻想着就此大干一番，一显身手，实现自己的政治抱负。当时他写了《别内赴征三首》，其二曰："出门妻子强牵衣，问我西行几日归？归时倘佩黄金印，莫见苏秦不下机。"呵呵，李白虽然和妻子依依不舍，但还是很乐观啊，自比成功了的苏秦，到时候会带着黄金印回家。在唐代，文人入幕，加入某一官员的团队，一谋薪水，二谋高就，是一件常见的事情，如杜甫、韩愈、白居易、李商隐、杜牧等都有过这种经历，被称作"幕僚"。这种依附的关系最容易一荣俱荣，一损俱损，有潜在的危险。在王子幕府中任职，李白似乎是少见的一个，荣耀，但高危。书生李白只看到了荣耀，没有觉察到高危，都年近花甲了，依然幼稚如孩童，意气风发，斗志昂扬，丝毫不知永王璘心有异志，却对其大唱赞歌，写了一组诗《永王东巡歌》，其中有这样的句子："丹阳北固是吴关，画出楼船云水间。前沿烽火连沧海，两岸旌旗绕碧山。""王出三江按五湖，楼船跨海次扬都。战舰森森罗虎士，征帆一一引龙驹。""长风挂席势难回，海动山倾古月摧。君看帝子浮江日，似以龙骧出峡来。""试借君王御马鞭，指挥戎虏坐琼筵。南风一扫胡尘静，西入长安到日边。"这些美词壮句只能献给皇帝陛下，岂能献给王臣？即使永王璘没有反心二志，你这样写，岂不是把永王架到火上烤吗？何况永王璘正在磨刀霍霍呢！《旧唐书》云："璘生于宫中，不更人事，……为左右眩惑，遂谋狂悖。"这"左右眩惑"难免没有大诗人李白写诗鼓噪的成分。一个政治白痴遇到一个书呆子，不遭败也难。

　　尽管唐肃宗和永王璘从小关系不错，然而一旦龙椅受到威胁就绝对翻脸无情，立即派大军镇压。永王璘兵败，中箭身亡，树倒猢狲散，李白因此被政府军俘获。按唐律，李白应该被处斩，这时，李白以前救过的人救了他，这人就是大将军郭子仪。郭子仪在平叛中立下赫赫战功，他上奏皇上愿意削职为李白赎罪，他的话很有分量，故李白被改为流放到夜郎。李白的铁粉杜甫闻讯写了《梦李白》，"其一"云："死别已吞声，生别常恻恻。江南瘴疬地，逐客无消息。故人入我梦，明我长相忆。恐非平生魂，路远不可测。魂来枫林青，魂返关塞黑。君今在罗网，何以有羽翼？落月满屋梁，犹疑照颜色。水深波浪阔，无使蛟龙得。""其二"更有名："浮云终日行，游子久不至。三夜频梦君，情亲见君意。告归常局促，苦道来不易。江湖多风波，舟楫恐失坠。出门搔白首，若负平生志。冠盖满京华，斯人独憔悴。孰云网恢恢，将老身反累。千秋万岁名，寂寞身后事。"李白身戴枷锁，精神颓唐，拖着老迈病弱之躯，步履趔趄，辗转前往流放地夜郎。途中他写了一首《南流夜郎寄内》："夜郎天外怨离居，明月楼中音信疏。北

地上的云朵

雁春归看欲尽，南来不得豫章书。"从中可以看到李白心中的伤痛极深。行行复行行，从浔阳迤逦行至白帝城，走了将近一年，眼看再往前走就要到夜郎了，突然喜从天降，因遇大旱朝廷大赦天下，李白因此被赦免。喜悦的心情在《早发白帝城》一诗中显露无遗："朝辞白帝彩云间，千里江陵一日还。两岸猿声啼不住，轻舟已过万重山。"

李白曾写过一首《南奔书怀》，对其入幕永王璘府中一事做了较为详尽的描述和反思，自然也有自辩之意，从中可以一窥李白的心路历程。"宁戚未匡齐，陈平终佐汉"——这是其初心；"侍笔黄金台，传觞青玉案"——这是其工作；"主将动谗疑，王师忽离叛"——这是写事实；"太白夜食昴，长虹日中贯"——这是表忠心；"拔剑击前柱，悲歌难重论"——这是抒感慨。清代学者王琦评曰："'拔剑击前柱'二句，自伤其志之不能遂，而反有从王为乱之名，身败名裂，更向何人一为申论。拔剑击柱，慷慨悲歌，出处之难，太白盖自嗟其不幸矣。"这句话算是说到点子上了。

中国古代对文人士大夫"气节"的要求是非常严格的，"气节"二字，重于泰山，甚至重于生命。孔子曰："志士仁人，无求生以害仁，有杀身以成仁。"孟子曰："富贵不能淫，贫贱不能移，威武不能屈。""生，亦我所欲也，义，亦我所欲也；二者不可得兼，舍生而取义者也。"自古而来诸多节操清白、品行高尚者，如伯夷叔齐饿死不食周粟，苏武牧羊不改其志，陶渊明不为五斗米折腰，文天祥留取丹心照汗青，于谦留得清白在人间，等等，那种屈原"香草美人"般的人格操守，为历代人们所高山仰止。而那些屈膝投降、附逆变节、觍颜事敌者莫不遭人唾弃，遗臭万年。所以，文人不幸被俘，面临着最大考验就是能否保持气节。虽然李白信道，王维信佛，但儒家思想在中国文化中占据绝对主流核心的位置，无人能够置身其外。从李白、杜甫、王维三人的经历来看，杜甫最清白，被叛军俘获之后，无人理睬，一年后设法逃出，千辛万苦找到朝廷，忠心殷殷天日可鉴；李白属于站错队，政治上幼稚糊涂，居于叛臣的行列，被朝廷俘获之后，判了重罪，但谈不上变节与否；王维先被叛军俘获，后被朝廷俘获，不管怎样，他接受了伪职，成了贰臣，这是擦不去的污点，好在他那首《凝碧池》是他真实内心的最好证明，皇帝都原谅他了，我们还有什么必要纠缠不放呢？从性格来讲，杜甫沉郁，李白豪放，王维淡泊，故杜甫能成圣，李白能成仙，王维能成佛。也因此，杜甫能够脚踏实地，忧国爱民；李白天马行空，我行我素；王维飘然隐逸，随性随缘。说到底，性格决定命运，也决定了他们在被俘之后的行为。幸运的是，三位大诗人在经历了"被俘"这一最严酷的考验之后，历史最终都在审查证书上钤上了"通过"的大印。三人都长舒了一口气，我们也长舒了一口气，历史也长舒了一口气。

张爱玲有句名言："生命是一袭华美的袍，爬满了蚤

地上的 云朵

子。"此言颇为扎心，人生真相大抵如此。当我们今天摇头晃脑吟诵盛唐三大诗人的美丽诗篇，沉醉迷恋其中时，可否想到他们这绚烂的背后隐藏着诗人多少难以言说的隐痛和悲伤？生命的华彩乐章里边又跳荡着几多不堪和不谐的音符？重新翻开这隐秘的一页，不是为了揭短爆丑，诗人那蚀骨噬心的痛苦幽怨，让我们触摸到他们作为一个个体的生命最真实的心跳和体温，一窥历史皱褶深处发出的人性微光。

安能摧眉折腰

　　"安能摧眉折腰事权贵，使我不得开心颜！"

　　这是唐代大诗人李白的著名诗句，一位傲岸不羁、独立奔放的人格形象呼之欲出，替沉郁压抑的人群吐出了一口浊气。清高自持，不入俗流，维护个人尊严，可谓在每一个文人内心深处奉为圭臬。可是，李白为什么会作此慨叹？他是否做到了在权贵面前决不"摧眉折腰"？近一段时间，我大量阅读了唐代诗人的传记，被一个词语"干谒"频频打眼，心眼俱痛。一个烈火烹油、鲜花著锦的朝代，一个昂扬豪迈、雄视千秋的诗的时代，居然在诗页的背面浸透出若干不堪的字眼，正如阳光下必有阴影，"卑微""愤懑""无奈""愁苦""哀怜"等如怨鬼纠缠，撕掳不开，又如一根根利刺针肌砭肤，渗出丝丝血迹。或许，这才是真实的唐诗，完整的唐诗，唐代诗人就是这个样子。

　　先从"干谒"说起。干，求也，谒，拜见也，干谒即有所请求而拜见。"干谒"一词大抵最早出现于南北朝时期，到

地上的 云朵

了唐代，即如繁星点点，密布于诗文的天空。干谒或也称干、干进、干禄、干赏、贽谒等。干谒之风，唐代为盛。这跟唐朝的取士制度有关。自隋以降，科举制度滥觞，寒门士子有了通过考试晋身做官的机会，无疑这是划时代的一大进步。到了唐朝，取士制度是科举与荐举并行。所谓荐举就是不用考试，达官贵人向朝廷举荐即可直接获取官位。而科举，反而麻烦一些，不仅要参加考试，而且也要有王公大臣向主考官提前举荐，或者考生向主考官"行卷"，即把自己平时的得意之作做成轴卷让其过目，以便使考官对考生有一个全面的认识，做到心中有数。唐朝的科举考试，不糊名，不誊录，端的是"公开透明"啊。这样，考试反倒成了走过场，还没考试，名次就提前定下了，王维的第一名、杜牧的第五名都是未考先知，有关大人物当面许诺。所以，不管是科举还是荐举，都必须有人推荐，而且，向朝廷举贤荐才成为王公大臣的责任和义务，不擢一善，不荐一才，要被皇帝责罚，还会招来社会物议。如此，干谒之风盛行就势在必然。干谒，是敲门之砖，是晋身之阶，是获取功名的必由之路，不二之选。

唐代薛用弱所著《集异记》记载了王维通过干谒得状元的故事。王维少年成名，懂音律，能琵琶，游走于诸贵之间，尤为唐玄宗之弟岐王所眷重。当时进士张九皋声名赫赫，据说走的是公主的门路，京兆试考官已拟定他为解头。王维正欲应试，听说此事后，请求岐王帮助。岐王为其擘画出招，让他准备诗歌代表作十首，新作一曲声调哀切的琵琶乐。五天后，王维依命而至，岐王又拿出锦绣华服让王维穿上，带着琵琶一同到了公主府邸。当着公主，王维弹了琵琶新曲，献出诗作，小伙子本就"妙年洁白，风姿都美"，一下子打动了公主的芳心。公主对王维的才华大为惊叹，说，我经常诵习的诗歌，一直以为是古人佳作，原来是你写的呀！岐王见状赶紧说道，今年考试若能让主考官得此考生为解头，实在是国家的荣幸啊。公主说，为何不让他应试呢？岐王说，此生若不得解头，就不参加考试，但听说您有意让张九皋做解头。公主笑着说，区区小事，那也是他人所托。又对王维说，你诚心想当解头，我尽力帮你。过后，公主将主考官召到府邸，让属下传达了意旨。于是，王维一举登第，做了解头，至于后来成为状元也就水到渠成了。

这部《集异记》虽说是唐传奇，但为当朝人所写还是很真实的。这就是唐代的科举，不结交权贵，无人推荐，就无法实现自己的鸿鹄之志。白居易在《见尹公亮新诗偶赠绝句》中做此感慨："袖里新诗十首余，吟看句句是琼琚。如何持此将干谒，不及公卿一字书。"岑参《至大梁却寄匡城主人》云："一从弃鱼钓，十载干明王。无由谒天阶，却欲归沧浪。"唐代科举与后来有很大不同，进士科诗赋也是考试内容，人人竞相写诗，所以才造就了一个"唐诗"的繁荣时代。但其时科举制并不完善，纳贤荐才成为社会的主流，权贵公卿以发现人

地上的 云朵

才、荐举人才延揽美誉，布衣文人也不把干谒当作多么羞耻的事情。社会风气如此，何人能独善其身呢？像元代高明《琵琶记》所云"十年寒窗无人问，一举成名天下知"，在唐代是不可能的事。不行干谒事，难为人上人。孟浩然写过一首著名的"干谒诗"《临洞庭湖赠张丞相》："八月湖水平，涵虚混太清。气蒸云梦泽，波撼岳阳城。欲济无舟楫，端居耻圣明。坐观垂钓者，徒有羡鱼情。"但孟老夫子脸皮太薄，写得过于含蓄了。这是唐代写得艺术性最好的干谒诗，也是最无用的干谒诗。孟浩然曾有直接干谒皇帝的绝佳机会，但被他搞砸了。一次，在朝廷任职的王维，把即将离京的哥们孟浩然领进皇宫他的办公室，这绝对是违禁的。本来心里边就忐忑不安，如小鹿乱撞，恰恰皇帝李隆基来找王维了。尽管违反宫禁，皇帝龙颜大怒可不是闹着玩的，但弄好了，却也是孟浩然千载难逢的干谒良机。所幸唐玄宗并未发怒，反而给了孟浩然机会，让他献出一首近作。孟浩然是大才子啊，好诗有的是，可能是见了皇帝发蒙，头有点大，未及多想，张口就念出了近作："不才明主弃，多病故人疏。白发催年老，青阳逼岁除。永怀愁不寐，松月夜窗虚。"老李一听就火了，你从来没找过我呀，怎么说我抛弃你了？嗯？拂袖而去。孟浩然可能有点老祖宗孟轲的脾气，蔑视权贵，不屑干谒，考了一次科举，名落孙山，从此云游山水，躬耕田园，终身一介布衣。李白诗云："我爱孟夫子，风流天下闻。红颜弃轩冕，白首卧松云。醉月频中圣，迷花不事君。高山安可仰，徒此揖清芬。"这是孟浩然想要的生活吗？绝对不是，他一生都为此郁闷着呢。一个男人，修身齐家治国平天下，从来都是一生孜孜以求的恢宏梦想。

唐代诗人中李白、杜甫可谓两座并峙的高峰，堪称伟大的诗仙诗圣，但两人又是在干谒中最活跃的人物，既行干谒之事，又写干谒诗文。李白在《代寿山答孟少府移文书》中尝谓："近者逸人李白，自峨眉而来，尔其天为容，道为貌，不屈己，不干人，巢、由以来，一人而已。"实际情形并非如此，他在《与韩荆州书》中又说："十五好剑术，遍干诸侯；三十成文章，历抵卿相。"李白是一个不世出的天才，故狂傲，"我本楚狂人，凤歌笑孔丘"。"仰天大笑出门去，我辈岂是蓬蒿人。"如此骄傲的人，怎肯循规蹈矩按部就班去报名参加考试呢？所以，李白从未参加过科举考试。当然，也有人说李白出身商人之家，没有考试资格。那么，"心雄万夫"、怀"四方之志"的李白该如何实现自己的抱负呢？唯有行干谒之事，华山一条路，别无他途。《与韩荆州书》是李白一篇典型的干谒文，既行干谒，有求于人，就得称颂对方，不吝溢美之词。你看此文开头几句："白闻天下谈士相聚而言曰：'生不用封万户侯，但愿一识韩荆州。'何令人之景慕，一至于此耶！岂不以有周公之风，躬吐握之事，使海内豪俊，奔走而归之，一登龙门，则声价十倍！"李白"遍干诸侯"的结果，终于声名鹊起，上达圣听，奉诏入京。在长安得遇文坛泰斗级

地上的云朵

人物、写过《咏柳》等名篇的贺知章，看了他的诗作《蜀道难》，惊呼其为"谪仙人"，并引荐给皇帝李隆基，因此做了翰林供奉，从此李白声名登峰造极，广为人知。但李白在宫中仅仅待了三年就被"赐金放还"——被放逐了。原因有多种，小人排挤啦，李白放浪形骸、喝酒误事啦，等等，主要原因还是李白对现状的深深失望，他无法实现安邦济世的宏图大略，充其量只不过是皇帝身边的一个御用文人罢了，写出"云想衣裳花想容，春风拂槛露华浓"一类的艳辞丽句，供皇帝贵妃消遣娱乐而已。所以，干谒权贵也好，博得皇上欢心也罢，都是看人脸色、仰人鼻息、扭曲自我的一种不得已而为之的无奈之举。因此，李白离开长安之后，写出了《行路难》三首，充分表达了自己愤懑难纾、郁郁不得志的感慨："大道如青天，我独不得出。"在《梦游天姥吟留别》中又直接喊出："安能摧眉折腰事权贵，使我不得开心颜！"只有经历过在权贵面前"摧眉折腰"的自我矮化和内心的痛苦，才能得出如此深痛的诛心之论。

按世俗的眼光看来，李白总算在世上风光过，璀璨过，曾受到皇帝降辇迎步、亲手调羹的恩宠，虽然只当过"翰林供奉"或言"翰林待诏"，算不得什么官，却也在巍峨庄严、金碧辉煌的皇宫中出入行走，这些也算配得上李白的骄傲。与此相比，杜甫的境遇就差得不是一星半点了，仕途蹭蹬，一生竭蹶，穷困潦倒，几乎就没过过几天好日子。二十四岁时，杜甫第一次参加科考，铩羽不第。十三年后，皇帝昭告天下，凡有一技之长者可参加制举考试，杜甫兴冲冲再入考场，结果，奸相李林甫弄出一件史上可谓空前绝后的咄咄怪事——无一人登第！用李林甫向皇帝汇报的话说，是政治清明，"野无遗贤"！杜甫"致君尧舜上，再使风俗淳"的政治抱负被残酷的现实击打得粉碎。困居长安的杜甫只好频频出入权贵之门，写出大量的干谒诗，为权贵大唱赞歌，拼命拍马屁，同时诉说自己的困顿与可怜。如《奉赠韦左丞丈二十二韵》云："骑驴十三载，旅食京华春。朝扣富儿门，暮随肥马尘。残杯与冷炙，到处潜悲辛。"从诗中可以看出杜甫是一个实诚人，没有因为虚荣打掉牙往肚子里咽，而是将自己的惨状与辛酸和盘托出。一个堂堂的诗人啊，早晨敲人家权贵的门，傍晚追在肥马的屁股后面吃土，吃点剩饭，喝点残酒，真是卑微到家了。当时，除了干谒侯门权贵，还可以通过投匦献书的方式直接上书皇帝。《新唐书》记载了杜甫如此向皇帝陈情："臣赖绪业，自七岁属辞，且四十年，然衣不盖体，常寄食于人，窃恐转死沟壑，伏惟天子哀怜之。……臣之述作，虽不足鼓吹六经，至沉郁顿挫，随时敏给，扬雄、枚皋可企及也。有臣如此，陛下其忍弃之？"这段文字简直就是哭诉哀求了。值得一提的是，在这里我发现了一个词语"沉郁顿挫"，以前我以为这是后人对杜甫诗歌最经典最精准的评价，却原来，是他老先生在干谒书中的自我评价。杜甫的投匦献书有了效果，在苦等了若干

地上的 云朵

年之后，被授予河西县尉从九品的小官，杜甫没有接受，后又改任右卫率府兵曹参军，八品，虽然级别高了点，但也只是个管理门禁钥匙的芝麻小官，什么胸怀抱负根本无从谈起，连维持生计都很困难，甚至小儿子都被饿死了。即使这样，安史之乱很快爆发，长安被叛军攻陷，杜甫开始了颠沛流离的流亡生活。思痛常在痛定之后，杜甫终于对干谒做出了清醒的认知："艰危作远客，干请伤直性。"（《早发》）"以兹悟生理，独耻事干谒。"（《自京赴奉先县咏怀五百字》）不管当时的社会风气是否视干谒为正常现象，但清高自尊的文人骨子里还是引以为耻的。谁愿意在权贵面前"摧眉折腰"呢？没办法呀，为了实现理想，或者为了生计，只能忍辱含垢，愧对先贤巢由了。

如果说李白杜甫在干谒之事上做了许多违心的事，不得不向权贵"摧眉折腰"，但还算中规中矩，没有太离谱，没有失去基本的人格操守，那么，另一位唐代大儒韩愈在干谒之事上面就走得有点远了，以至于让后人对他的人品有所质疑和诟病。韩愈二十五岁进士及第，当然也是经人举荐的。但科考成功只是获得了当官的资格，还要经过吏部的博学鸿词科考试，即使通过考试，还要"守选"，等有了官位才能真正被授予官职。这种复杂烦琐的官僚体制的确考验人的耐心，不啻是一种折腾和折磨。韩愈考了三次博学鸿词科，均未能如愿，只好频频干谒投书，据统计，他的干谒文至少有十四篇。韩愈曾谓：

"烂死于泥沙，吾宁乐之；若俯首帖耳摇尾而乞怜者，非我之志也。"（《与韦舍人》）话虽如此说，实际上恰恰做了"俯首帖耳摇尾而乞怜者"。他曾经连续三次上书干谒宰相赵憬，其中有这样的句子："一亩之官其可怀，遑遑乎四海无所归，恤恤乎饥不得食，寒不得衣。"希望宰相能看到自己的"行卷"，"冀辱赐观焉，干黩尊严，伏地待罪，愈再拜"。我们心目中的一代文宗，居然如此低三下四、摇尾乞怜，很是让人不堪啊。即使这样，三次投书没有得到片纸的回应。韩愈对人说："仆见险不能止，动不得时，颠顿狼狈，失其所操持，困不知变，以至辱于再三。君子小人之所悯笑。"（《答崔立之书》）韩愈命乖时蹇，经过近十年的"守选"才弄了一个无职无权的九品下芝麻小官。无奈，还得厚着脸皮继续干谒。为了博得权贵的欢心，进而换取官位，韩愈极尽阿谀逢迎、吹牛拍马之能事。如《上李尚书书》这样奉承李实："所见公卿大臣，不可胜数，皆能守官奉职，无过失而已；未见有赤心事上，忧国如家如阁下者。""老奸宿赃，销缩摧沮，魂亡魄丧，影灭迹绝。非阁下条理镇服，宣布天子威德，其何能及此！"这个李实其实是唐德宗的幸臣，权奸一枚，臭名昭著，韩愈为了达到目的，胡乱吹捧，罔顾事实，且言辞谄媚，令人肉麻，实非君子所为，让今天的我们亦为之赧颜汗出。

王维、李白、杜甫、韩愈，都是唐代最杰出的诗人作家，是中国文化史上最璀璨的明星。然而，任何光鲜明媚的事物背

地上的 云朵

后，都有不为人知的隐痛和秘密。越是伟大的人物，承受背负的东西就越多，人性的复杂使世界的真相呈现出多面性繁复性。孔雀开屏时展现在我们面前的是美丽多姿和五彩绚烂，待其转过身去，我们也不必隐讳它的不堪。尤其对于古人，我们无须一味溢美，把其装扮成忧国忧民、心怀天下、道德高尚、几近完美的至人、圣人，也不必孜孜苛求，戴上放大镜专门挑人毛病，而是应该和那个时代紧密联系起来，和当时的社会环境联系起来，才能知人论世，从中获取有益的启示，如鲁迅所言，人不能提着自己的头发离开地球。韩愈对干谒之事，也有深刻的反思，他在《答李翱书》中云："当时行之不觉也，今而思之，如痛定之人思当痛之时，不知何能自处。"这就是"痛定思痛"一词的来历。"干谒"一词，在今天已经被扬弃了，成为历史的尘埃被尘封于史籍的册页之中，但干谒之事并未绝迹，只不过换了一种名词、换了一种形式而已。"安能摧眉折腰事权贵，使我不得开心颜"，李白此言大声镗鞳，同陶渊明的"岂能为五斗米折腰向乡里小儿"一样，已成为一种精神营养注入历代文人的灵魂中，画出了一条守护尊严风骨的人格底线。

　　"洞房昨夜停红烛，待晓堂前拜舅姑。妆罢低声问夫婿，画眉深浅入时无？"这首朱庆馀的《近试上张籍水部》是与孟浩然《临洞庭湖赠张丞相》齐名比肩的干谒诗，别出心裁，构思巧妙，幸运的是他得到了张籍的积极回应："越女新妆出镜心，自知明艳更沉吟。齐纨未足时人贵，一曲菱歌敌万金。"暗示作品不错，不用担心。其实，如此干谒也挺好玩的。无须"摧眉折腰"，摇尾乞怜，低声下气，既能含蓄表达自己的心意，又能达到实际效果，文人嘛，总是爱面子的。但前提是，要有足够好的运气，在对的时间遇上对的人。

地上的 云朵

"元白"的友谊小船

唐代诗人元稹、白居易因友谊深厚闻名于世，故世人以"元白"合称之。白居易长元稹七岁，两人同年登科，同年入仕，又几乎同时被贬，人生经历相似，尤其在诗歌方面同为"新乐府运动"的主要倡导者，两人建立了一生的情谊。《唐才子传》云："微之与白乐天最密，虽骨肉未至，爱慕之情，可欺金石，千里神交，若合符契，唱和之多，无逾二公者。"白居易自称："金石胶漆，未足为喻，死生契阔者三十载，歌诗唱和者九百章，播于人间。""如胶似漆"常用来形容男女之间的绵绵缱绻之情，白居易以此来表达朋友之间的感情，可见情殷义笃。

元白之间抒发友情的诗篇有很多，感人至深。"我今因病魂颠倒，唯梦闲人不梦君。"（元稹）"不知忆我因何事，昨夜三更梦见君。"（白居易）"嘉陵江岸驿楼中，江在楼前月在空。"（元稹）"谁料江边怀我夜，正当池畔望君时。"（白居易）"无人会得此时意，一夜独眠西畔廊。"（元稹）"怜君独卧无言语，唯我知君此夜心。"（白居易）你看这些诗句，梦啊，忆啊，夜不成寐啊，甜腻得像一对恋人，叫人酸掉大牙。

还有更神奇的：元和四年（809年），元稹任监察御史，奉使川南，走了约十天的时候，白居易和弟弟白行简、朋友李杓直到曲江、慈恩寺游玩，晚上到李杓直府上饮酒，席间，白居易念叨，微之该走到梁州了。随后赋诗一首《同李十一醉忆元九》："花时同醉破春愁，醉折花枝作酒筹。忽忆故人天际去，计程今日到梁州。"过了十天，白居易收到元稹的信，附诗一首《梁州梦》："梦君同绕曲江头，也向慈恩院里游。亭吏呼人排去马，忽惊身在古梁州。"元稹在诗后还有一个说明，竟然也梦见和白居易、李杓直同游曲江、慈恩寺。天啊，同一天写诗，同一个情境，并且同一个韵脚，心心相印、心有灵犀到如此程度，真是不可思议，传为千古佳话也是自然而然的事。

然而，元白这只友谊的小船也曾倾覆过，不大为人提及。人们对其友谊津津乐道，却对二人曾产生的龃龉交恶讳莫如深。或许是因后来两人和好之故，元稹死后白居易深深怀念，又写祭文，又写墓志铭，那一段不快被轻轻掩去。但是，发生过的事情如同刀砍斧凿留下深深印痕，是无法抹掉的。

元稹与白居易固然是千古知音，有太多的契合相似，但世界上从来没有完全相同的两片树叶，即使同胞兄弟如鲁迅和周作人，一棵蔓上也会结出不同的瓜，何况他人乎？元稹素有才子之名，人品却颇为人诟病，可谓劣迹斑斑。对待女人譬如

地上的 云朵

莺莺，"始乱终弃"这个成语就是拜他所赐。对女诗人薛涛、刘采春等皆是狎玩、霸占，即使付有真情，也如阳光下的露水。对待同僚，羡慕嫉妒恨，能踩就踩。"鬼才"李贺科考时，因其父名晋肃，元稹作为礼部郎中以"晋""进"同音，应避父讳，剥夺了李贺举进士的资格。诗人张祜的作品被人推荐给皇帝，皇帝找来元稹品评，元稹却说，这诗是雕虫小技，壮夫不为，如果奖赏过分，会坏了陛下的风俗教化。一句话，毁了张祜的前程。元稹勾结宦官当上宰相，惹得朝中大臣鄙视嘲笑，他排挤平叛功臣裴度更是人神共愤。朋友间互相包容，互相谅解，这是友谊长存的基础，但是在大是大非原则问题上，不能含糊，必须遵循良知，坚持立场。白居易正是在这个时候，站了出来，抛去私人情感，站在了正义一边，他为裴度抱屈，给皇上写了一封《谏请不用奸臣表》，弹劾元稹。其中有这样的句子："矫诈乱邪，实元稹之过，朝廷俱恶，卿士同怨。""臣素与元稹至交，不欲发明，伏以大臣沉屈，不利于国，方断往日之交，以存国章之政。"这里直称元稹为"奸臣"，大有割袍断义的架势。

"元白"的友谊小船就此说翻就翻了。

千余年之后我却为此大大点个赞。这样的友谊小船如果不翻，只能说明元白二人狼狈为奸，沆瀣一气，同流合污，因私废公，是只喻于利而不喻于义的小人，这样的友情越厚就越遭人鄙弃。至于结党营私、党同伐异更是隳堕国器的禄蠹，危害更甚。孔子说，益者三友，"友直、友谅、友多闻"，正直排在第一位。故此，白居易为"存国章之政"，宁与元稹"断往日之交"，不为私情蒙蔽双眼，不因交厚丧失原则，亲手弄翻了元白的友谊小船，引得朝野一片赞叹。《新唐书》也为之大大点赞，"呜呼，居易其贤哉！"

人们至今仍然神往于元白之间的深情厚谊，其实，记住二人曾经交恶这一段插曲，更有意义。

地上的云朵

除却巫山

——诗人元稹的情爱风流

一

曾经沧海难为水，除却巫山不是云。

取次花丛懒回顾，半缘修道半缘君。

这是唐代诗人元稹写给亡妻韦丛《离思》五首中的一首，可谓千古名篇。那种对爱情的忠贞不贰、矢志不渝感动了历代无数痴情男女。据此加封元稹一个情痴情圣的桂冠，大抵也不为过吧。你看他多么深情款款：经历过辽阔的大海，一切水都难称其为水了，除去巫山神女的云哪里还叫云？再从花丛走过，都懒得回头，一半是因为修道，一半是因为你呀，韦丛！

我一点都不怀疑元稹对妻子韦丛的真情。韦丛是元稹的发妻、原配夫人，二十岁即"下嫁"元稹。之所以说"下嫁"，是因为韦丛是京兆尹（帝都市长）、太子少保韦夏卿的小女儿，可谓掌上明珠，而元稹幼年丧父，跟着寡母过生活，日子拮据，他自己也是刚有了份差事，在秘书省做了九品的校书郎。韦丛自嫁给元稹以后，告别了锦衣玉食，过上"贫贱夫妻"的生活。元稹在另一组悼亡诗《遣悲怀三首》中描述了他们的贫困和艰辛。元稹没有多余的衣服可换，韦丛搜箱倒箧地找；没钱买酒了，韦丛拔下头上的金钗当了给丈夫买酒；家里没有粮食了，韦丛去地里采来豆叶一类的野菜充饥，吃得还很香甜；没有柴火了，韦丛把老槐树飘落的叶子搜罗起来做炊薪……元稹为此感叹出一个名句："诚知此恨人人有，贫贱夫妻百事哀。"正是由于这样凄惨贫穷的日子侵蚀了韦丛的健康，二十七岁就丢下一个女儿撒手人寰了。对于失去如此贤淑的妻子，元稹陷入深深哀痛之中，"惟将终夜长开眼，报答平生未展眉"。学者陈寅恪在《元白诗笺证稿》评价道："夫微之悼亡诗中其最为世所传诵者，莫若《遣悲怀》之七律三首。……所以特为佳作者，直以韦氏之不好虚荣，微之之尚未富贵，贫贱夫妻，关系纯洁，因能措意遣词，悉为真实之故。夫唯真实，遂造诣独绝欤！"

真实，真情，好诗，佳句，这都没错。元稹这个鲜卑族拓跋氏后裔的诗人，在唐代素有"元才子"之名，新乐府诗的倡导者之一，与白居易齐名，且友情甚笃，被人合称"元白"，还曾官至宰相，绝对是个成功人士。然而，历史不能细看，金玉其外败絮其中的事比比皆是，元稹的锦衣华袍里边也藏着诸多不堪，散发出扑鼻的异味。仔细审视他的情感世界，冰做的

地上的 云朵

情圣雕像经不起太阳的照射，委地成泥，节操碎了一地。那些真情动人的诗句，保鲜期竟是如此短暂，泪未干，转脸就是笑逐颜开。却原来，一时情圣，竟是一生情渣。不错，"情渣"，这是我基于元稹情史赋予他的桂冠，只有这个词和其相配。如此看来，他那些关于爱情的"金句"，就像随意抛撒的残渣余屑，只配湫隘潮湿的阴沟老鼠果腹，而给那些痴心如水的女子们逐食，岂不是一种轻慢和亵渎?

二

韦丛之前，元稹有过一段刻骨铭心的恋情，他后来据此写了一部传奇《莺莺传》。元代大戏剧家王实甫又据此写了一出名剧《西厢记》。张生和崔莺莺的故事，与元稹的个人经历太相似了，故陈寅恪说："《莺莺传》为微之自叙之作，其所谓张生即微之之化名，此固无可疑。"鲁迅在《中国小说史略》中也说："《莺莺传》者，即叙张、崔故事，元稹以张生自寓，述其亲历之境。"两位大学者的意见高度一致，所以我们对此也应"固无可疑"。

元稹十五岁明经及第，但唐代文人更看重的是进士科，有"三十老明经，五十少进士"之说，进士每次只有二三十个名额，非常难考。799年，二十岁的元稹经朋友杨巨源推荐，到山西蒲州做了一名文吏小官。一天，闲来无事，到城东十余里的普救寺游玩，并盘桓数日。有崔氏寡妇一家回归长安途中，也暂寓普救寺。这崔氏寡妇姓郑，元稹母亲也姓郑，说起来还是远房亲戚，是元稹的姨母。此时，蒲州一带发生兵乱，大肆劫掠，崔家所携财产甚厚，还带着许多仆人，郑姨母十分惊慌，不知该咋办？元稹跟有关的将领有些关系，托人保护崔家。过了些时日，兵乱结束，安定下来了，郑姨母非常感激元稹，设宴答谢，还请其女儿莺莺出来拜谢表哥。这年，莺莺十七岁，虽然穿着平常的衣服，不加妆饰，却依然"颜色艳异，光辉动人"，元稹乍见惊为天人，一见钟情，进而神魂为之颠倒了。这莺莺，真名叫双文，元稹有一首《赠双文》，写尽对其美貌的倾慕："艳极翻含怨，怜多转自娇。有时还暂笑，闲坐爱无憀。晓月行看堕，春酥见欲消。何因肯垂手，不敢望回腰。"可与《莺莺传》对看。

此时元稹青春年少，相貌俊朗，且尚未婚配，爱上美少女也是正常的事情。经过丫鬟红娘的穿针引线，元稹待月西厢，元稹爬树攀墙，几番曲折，二人终成好事。夜晚偷偷进来，清早悄悄出去，二人如此这般柔情蜜意、密约欢会达一个月之久。欢愉嫌时短，寂寞恨更长。这样的好日子终究有尽时，元稹要去长安了。尽管元稹数月后忍不住又跑来蒲州，与莺莺再度缱绻缠绵了几个月，但最终还是分开了。没有婚约的云情雨意，即是一时苟且，怎能长久？《莺莺传》的结局和《西厢记》不同，不是"有情人终成眷属"的大团圆，而是"始乱

地上的 云朵

之，终弃之"的悲剧。"始乱终弃"这个成语即拜元稹大才子所赐。

这事还不算完。第二年，元稹没有考中，滞留京城，给莺莺写信抒情。痴情女子莺莺给元稹复了一封长信，情意绵绵，字里行间缀满了"忧思""绸缪""泪零""呜咽"等字眼，并赠给元稹一枚玉环、一缕发丝、一个文竹茶碾子。这封信元稹拿给朋友们看了，二人的私情很快弄得尽人皆知。把自己女朋友的私信、情书给别人看，无非就是炫耀、显摆自己的魅力，瞧瞧，小哥撩妹的本事咋样？多么轻浮，简直太可恶了！更可恶的是，元稹还把深爱自己的莺莺称为妖！"大凡天之所命尤物也，不妖其身，必妖于人。……予之德不足以胜妖孽，是用忍情。"这种典型的腐朽发臭的"女人祸水"论调，不过是给自己始乱终弃找借口罢了。

几年之后，莺莺嫁人，元稹娶妻，两人各自有了家庭。按说该是喝了那杯忘情水，两不相干了，元稹却旧情难忘，意欲鸳梦重温。一次公干，恰巧路过莺莺的居住地，通过其夫传信，以表哥的身份要求见一面。莺莺拒绝了，给元稹留了一首诗："弃我今何道，当时且自亲。还将旧时意，怜取眼前人。"莺莺拒绝见面并留诗敦劝，可谓给了元稹一耳光，别再吃着锅里看着碗里了，好好待你的老婆吧！

如前所述，元稹不是对妻子韦丛忠贞不贰吗？怎么还背着她偷偷约见前女友，还想春风一度？元稹不是称莺莺是"妖孽"吗？抛弃了人家姑娘，还自美曰"忍情"，都过去几年了，怎么又忍不住了？

元稹既然爱莺莺，那么为何弃莺莺而娶韦丛？陈寅恪有过精到的分析："微之所以弃双文而娶成之，及乐天、公垂诸人之所以不以其事为非，正当时社会舆论道德之所容许。但微之因当时社会一部分尚沿袭北朝以来重门第婚姻之旧风，故亦利用之，而乐于去旧就新，名实兼得。然则微之乘此社会不同之道德标准及习俗并存杂用之时，自私自利。综其一生行迹，巧宦固不待言，而巧婚尤为可恶也。岂其多情哉？实多诈而已矣。"这里说得很明白了，在爱情面前元稹更看重的是功利，莺莺没了父亲，无法在政治前途上给元稹提供臂助，而做韦府的乘龙快婿显然是一条终南捷径。有人说，韦夏卿不两年就去世了，元稹并未沾上光，那是另外一回事了。

三

元和四年（809年）七月九日，韦丛病故。之前的三月，元稹作为监察御史到川蜀办案。在韦丛死之前的几个月里，元稹和女诗人薛涛发生了一段你侬我侬的惊世之恋！呵呵，背着老婆约见前女友也就罢了，还和别的女人做了一对野鸳鸯，曾经沧海难为水，说来只配骗骗鬼！

20世纪90年代，我曾在《散文百家》做过两年特约编辑，

地上的云朵

有一天，编辑部王玉民老师送我一沓粉红色的纸笺，适合用小楷毛笔写信，雅致精巧，玲珑可爱，他说这叫"薛涛笺"。这是我第一次闻听薛涛的名字。

薛涛是唐代四大女诗人之一，素有才名。八岁时其父手指院内梧桐树，随口吟出一句诗："庭除一古桐，耸干入云中。"薛涛应声续道："枝迎南北鸟，叶送往来风。"才思敏捷，令人惊叹，但也兆示了其未来的命运。十四岁父母皆丧后被迫入乐籍，成为歌伎，在仕宦间迎来送往，宴乐酬唱，一生飘零无依。西川节度使韦皋曾对其大为青睐，甚至奏请朝廷任命其为校书，虽然未果，然而"女校书"一名却不胫而走。元和四年三月，在梓州，元稹这名曾经的校书郎和"女校书"萍水相逢，一见如故，火花四溅，立即双双坠入情网。薛涛比元稹大十一岁，时年已四十一，郎情妾意，飞蛾扑火，两人不管不顾疯到了一处。薛涛有一首《池上双鸟》："双栖绿池上，朝暮共飞还。更忆将雏日，同心莲叶间。"写尽了两人的浓情蜜意，真是双栖双飞，朝朝暮暮。可惜这样的鸳鸯交颈只有三个月的光阴，便曲未终而人已散。元稹《寄赠薛涛》有"别后相思隔烟水，菖蒲花发五云高"的句子，薛涛《牡丹》也有"只欲栏边安枕席，夜深闲共说相思"的句子，两人的"相思"之情表露无遗，然终是意犹未尽的余绪，路遥影杳，渐行渐远了。元稹的见异思迁、始乱终弃的风流本性决定了这场爱情必为露水姻缘，见光即死。薛涛精心制作的"薛涛笺"使用的频率日渐稀疏，终于尘封于时光的蛛网里。竹篮打水，担雪填井，终是一场空，薛涛在无望中脱下红裙，穿上灰色道袍，在岑寂落寞中挨过余生。

韦丛病逝两年后，元稹被贬江陵，由朋友李景俭作伐，纳安仙嫔为妾。妻亡续弦，倒也没毛病，只不过他著名的悼亡诗《遣悲怀》即写于这一年，一边怀念着亡妻，一边又将别的女人拥入怀中，是否有些违和感与别扭？安仙嫔和元稹生活了四年，生下一子一女，元和九年（814年）病故。元稹亲笔写了一篇《葬安氏志》，赞其贤淑，"供侍吾宾友，主视吾巾栉，无违命"。然而，此文也透露了一个信息，安仙嫔患病之后，到了秋天日渐沉重，此时元稹依然按照约定赴浙东与朋友聚会，没有辞约留下来照料她，等返回后，已阴阳两隔，终未见最后一面。明知侍妾病重，还到外地与友欢聚，觥筹交错，吟诗唱和，依元稹一贯的做派，说不定还有歌伎佐酒陪侍，倚红偎翠，这岂不是全无心肝？莫非在元稹心里安仙嫔就是生育的机器、持帚的奴婢？

元和十年（815年）三月，元稹出任四川通州司马，由于郁郁不得志，一病不起，罹患严重的疟疾，缠绵床榻达百日之久。九月北上兴元谒医疗病，得到山南西道节度使郑徐庆的关照，并由郑保媒娶前涪州刺史裴郧之女裴淑为妻。裴淑，字柔之，人如其名，温柔贤淑，且才女一枚，吟诗抚琴，无一不精。时年，元稹三十七岁，裴淑不足二十岁。元稹曾写《赠柔

地上的 云朵

之》一诗，有"嫁得浮云婿，相随即是家"的句子，裴淑为元稹生儿育女，陪之到终老。按说有此贤妻，年岁也不小了，元稹该满足消停了吧，然果如此，那还是元稹吗？

长庆三年（823年），元稹出任浙东观察使兼越州刺史，在此期间，又是一枝红杏出墙来、云破月来花弄影了。这次，是女诗人刘采春。

刘采春和薛涛一样也是唐代四大女诗人之一，《全唐诗》收其六首作品。此时，刘采春二十五岁，和丈夫周季崇及夫兄周季南在一个戏班子，从淮甸来越州演出"参军戏"，也即滑稽戏，类似于今天的小品。刘采春貌美音甜，一首《望夫歌》声震吴越，每次演唱，"闺妇、行人莫不涟泣"，是美女明星一类的人物。一次，元稹看了刘采春的演出，立马眼直了，魂没了，魄散了。回后，辗转反侧，寤寐思服，眼前心里全是刘采春。一首《赠刘采春》自然一挥而就："新妆巧样画双蛾，谩里常州透额罗。正面偷匀光滑笏，缓行轻踏破纹波。言辞雅措风流足，举止低回秀媚多。更有恼人断肠处，选词能唱望夫歌。"刘采春对风流倜傥、闻名卓著又身为朝廷命官的元稹也芳心大动，倾慕不已，干柴偏逢烈火，一发不可收。然而，有一个极大的现实问题横亘在面前，即刘采春是有夫之妇，且两人还挺恩爱。元、刘如果想长相厮守，必须解决这一难题。于是，元稹采取了一个极其下流、龌龊的手段，派属下给了周季崇一大笔钱，令其出让，并将周氏兄弟和戏班子逐出越州，走得越远越好。可以想见周季崇的绝望和痛苦，他本和妻子恩恩爱爱，一起行走江湖，靠演艺糊口度日，虽辛苦却快乐。不料飞来横祸，妻子被当地最高长官看上并强行霸占，身为一介小小伶人，慑于淫威，除了含悲忍愤远走他乡，又能如何呢？刘采春从此成为元稹的家伎，在越州陪伴了元稹七年。大和三年（829年），元稹奉调回京任职，置留刘采春于越州，弃若敝屣。面对这般光景，刘采春万分怀念和周季崇在一起的普通寻常的日子，可是，一切皆成过往，再也回不去了。最终，刘采春在自责、懊悔、痛苦中设法和元稹见了一面，然后投河自尽。

四

在中国古代尤其是开放的唐代，文人才子风流，狎妓纳妾，秦楼楚馆，走马章台，或许都不是个事，没有人拿正人君子的道德绳墨去衡量他们。他们也毫不隐讳地在自己的作品中展示风流行迹，如白居易"樱桃樊素口，杨柳小蛮腰"，刘禹锡"髻鬟梳头宫样妆，春风一曲杜韦娘"，杜牧"十年一觉扬州梦，赢得青楼薄幸名"，等等。这些文人加官员之所以能够公开暴露隐私，显然并未违背当时的社会风气、道德水准，"司空见惯浑闲事"而已，不以为非。但即便如此，依然算不得光彩之事。《太平广记》载，杜牧回朝任监察御史，牛

地上的云朵

僧孺为其设宴饯行，席间直言不讳："以侍御史气概达驭，固当自报夷涂。然常虑风情不节，或至尊体乖和。"杜牧不好意思了，还不认账："某幸常自检守，不至贻尊忧耳。"我们自然不能以今天的道德标准苛求古人，但有一条底线是超越古今的，就是人性和良心。悲悯之心，恻隐之心，仁慈之心，这是人性之光，没了这个，即与禽兽无异。西哲叔本华曾说过："就算是至为伟大的思想头脑，一旦蒙上了严重的道德缺陷的污点，看上去就始终备受责备。正如火炬和火堆在太阳底下会显得苍白和毫不起眼，同样，优秀的智力，甚至思想的天才，还有漂亮的外貌，都会在与善良心灵的比较中黯然失色。"我觉得这句话用来衡量元稹完全对卯合榫。苏东坡对元稹、白居易诗歌有一个剀切的评价，叫"元轻白俗"，意思是元稹诗风轻佻，白居易通俗。元稹在《莺莺传》中以"河南元稹"的名义现身，写了一首《会真诗》，对张生与莺莺西厢幽会的细节予以描绘，语言轻佻，态度猥亵，极尽色情。他能给我们贡献出一个成语"始乱终弃"，就充分说明，他对女人爱得真，靠的全是下半身。在他眼里，女人是尤物，是玩物，新鲜劲一过，腻了，烦了，便抛诸脑后，哪管你忧思成网，哪管你泪流成河，哪管你要死要活。尤其可恶的是，凭着帅气有才，装作一副多情真情的样子，动辄给女人献诗，除了莺莺、双文、韦丛、薛涛、刘采春、裴淑外，还有管儿、秋娘、杨琼、商玲珑等女人的名字，都出现在他的诗中。人家文天祥是"留取丹心照汗青"，他则是"留取骚心照汗青"。《红楼梦》的一个伟大之处，是对女性的尊重，如果让贾宝玉评价元稹，那肯定会斥之为浊臭逼人的臭男人。

依鲁迅论人要看其整体之论，元稹除了在对待女人方面让人诟病，其他方面是否为人称道呢？我在此胪列三个事例以供参照。

长庆二年（822年），唐穆宗拜元稹为相。能成为宰相，可谓一个文官平生最高理想。然而，宰相这个官职非但没有给元稹增誉，反而成其一生最大的污点。因为，他是靠勾结宦官才爬上高位，故"诏下之日，朝野无不轻笑之"（《旧唐书》）。历史这样评价他："信道不坚，乃丧所守。附宦贵得宰相，居位才三月罢。晚弥沮丧，加廉节不饰云。"（《新唐书》）"素无检，望轻，不为公议所右。"（《唐才子传》）

《唐语林》载，李贺年少成名，特别为韩愈推崇。一次元稹拿着名刺拜访李贺。李贺对元稹有点瞧不上，令登门拜访的元稹吃了闭门羹，让门人传话："你都明经及第了，找我何事？"面都不见，因此元稹怀恨在心。后来，元稹做了礼部侍郎，以李贺父亲名晋肃、"晋""进"同音、应避父讳为由，剥夺了李贺的进士资格，狠狠地报复了一把。

《唐才子传》载，诗人张祜经令狐楚推荐，将诗文三百首献给朝廷。皇上十分器重元稹，就咨询他，张祜这些作品怎么样。元稹看了以后说："张祜雕虫小巧，壮夫不为，若奖激太

地上的 云朵

过，恐变陛下风教。""上颔之，由是寂寞而归。"元稹一句话，断送了张祜的大好前程。子曰"君子成人之美"，元稹之举显然非君子所为。张祜最脍炙人口的诗是《何满子》："故国三千里，深宫二十年。一声何满子，双泪落君前。"元稹也写过一首《何满子》，差张祜远甚。

当然，这可能依然是元稹的多面，而不是全面。

"白头宫女在，闲话说玄宗。"（元稹）唐诗是中华文化绚烂璀璨的一页，其旖旎绮丽、雄奇壮阔的美照彻古今，独步广宇，那种旧时月色、衣香鬓影让我们陶醉迷恋，吟咏沉湎，恨不得也能穿越时空，回到大唐，做一个诗情风雅的古人。然而，千年时光的千淘万漉，筛出了砂石，洗出了金玉，足以让我们站在时间的堤岸上，看千帆远影，碧空澄澈，也能看见沉舟侧畔和病树在林。如何吸其精华，弃其糟粕，风流才子元稹提供了一个精致的标本。

李白们的样貌

　　每当吟诵那些脍炙人口的唐诗名篇，都会如饮醇醪、齿颊生香，产生美的愉悦。有时不免生出如钱锺书所言吃了鸡蛋还想知道鸡啥模样的好奇，这些锦心绣口、辞藻华赡的诗人，是否"文如其人"与文字一样美呢？然而，欲知晓诗人们的样貌并非易事，古代的正史似乎并不注重于此，大多付之阙如，一些野史、笔记杂记稍好些，偶有涉及，也惜墨如金，寥寥几笔，点到为止。饶是如此，也总算让我们对一些诗人的美丑妍媸有个大致印象，聊胜于无。

　　李白是唐诗的头牌，有"诗仙"的美誉。这个名号源自贺知章。《旧唐书》载："初贺知章见白，赏之曰：'此天上谪仙人也。'"虽然没有直接写李白的容貌，但贺知章见了李白之后，称其是仙人下凡，不仅是夸诗，也在夸人，当是李白潇洒飘逸，气度不凡。《太平广记》在记载这事时，加了个"奇其姿"，接近写貌，但依然模糊，因为长得特别都会令人"奇"，不说明丑俊。李白在《与韩荆州书》一文中自谓：

"虽长不满七尺，而心雄万夫。"七尺相当于今天多少姑且不论，至少是当时男子标准身高，由此可知，李白身材略矮。杜甫是李白的小迷弟，写李白的诗有十来首，但都没有写到外貌。倒是李白另一个铁粉魏颢（魏万）在《李翰林集序》中描述了李白的模样："眸子炯然，哆如饿虎，或时束带，风流蕴藉。"李白的眼睛很亮，炯炯有神，嘴巴较大，张开口就像一只猛虎，有时正冠束上衣带，风流倜傥，飘逸不群。魏颢崇拜李白，二人多有交往，李白曾将诗文托付于他编集，故有这篇序文。所以，魏颢的描写是可信的。李白尚武，自述"十五学剑术"，故有虎气。文中还有一句"身既生蜀，则江山英秀"，这是侧写，有钟灵毓秀、人俊境美之意。

王维，与李白同岁，出道早，名副其实的青年才俊。《集异记》记载，王维不满二十岁就有文名了，而且精通音律，弹得一手好琵琶，深得岐王眷重。一次，岐王带王维去见玉真公主，让他穿上锦绣衣服，光鲜绮丽，出现在公主面前："维妙年洁白，风姿都美，立于前行。"妙年，青春年少；洁白，肤色纯净白皙；风姿都美，"都"音督，美好之意，如《史记》写司马相如"雍容闲雅甚都"。——一表人才，帅呆了。"公主顾之"，不由得多看了你一眼，因为你拥有绝世的容颜。王维赢得了公主的好感，用琵琶演奏了一曲《郁轮袍》，又献出诗作给公主过目。公主大奇之，芳心大悦，遂将本来定好的"解头"第一名改换给了王维，给他日后考取状元铺平了道路。没办法呀，谁让小伙儿长得好又有才呢。才貌双全，谁都喜欢，男女通用。

温庭筠，花间词派鼻祖，与李商隐齐名，世称温李。"鸡声茅店月，人迹板桥霜。""梳洗罢，独倚望江楼。过尽千帆皆不是，斜晖脉脉水悠悠。""小山重叠金明灭，鬓云欲度香腮雪。"这些词采秾丽、感情婉约的句子即出自温庭筠笔下。温才思敏捷，叉手八次可成八韵，人称"温八叉"。且多才多艺，鼓琴吹笛、填词绘画无所不精。可惜，此人不是翩翩美少年，生就一副难为情的脸，绰号"温钟馗"。钟馗者，传说捉鬼之丑神也。新旧唐书都没写温庭筠貌丑，只说他不修边幅，很邋遢。《唐才子传》记他有一次在妓院喝醉酒胡闹，被巡逻的士兵打掉了牙齿，"无齿（耻）"之徒定然破相了。五代孙光宪《北梦琐言》写道："温庭筠号'温钟馗'，不称才名也。"为证实其丑，还讲了他孙子温宪的故事。温宪克绍箕裘，也会绘画，一次游至临邛，拿着画想谒见州牧大人，求个官做，却遭拒，原因很奇葩，因为他"貌陋"，长得太像爷爷了。这世上有坑爹的，也有坑孙的。但我觉得，温庭筠殃及孙子的关键不是貌丑，而是"薄行无检幅"，劣迹太多，名声太臭。宣宗皇帝给他的评语是："孔门以德行为先，文章为末。尔既德行无取，文章何以补焉？"温庭筠最终流落而死，下场凄惨，也是源于此。

"诗鬼"李贺也长得较丑。李商隐作《李长吉小传》描写

地上的 云朵

了他的相貌："细瘦，通眉，长指爪。"他自述："巨鼻宜山褐，庞眉入苦吟。"一个纤细瘦弱的男人，长着一副粗大连通的眉毛，一个巨大的鼻子，指爪长长，这模样是够怪异的。写出"采得百花成蜜后，为谁辛苦为谁甜""今朝有酒今朝醉，明日愁来明日愁"等名句的晚唐诗人罗隐，因为貌丑而坏了一桩美姻缘。他将诗作投给宰相郑畋，郑畋有一个女儿极漂亮，看了罗隐的作品后，顿起爱慕之心，且心驰神往。有一天，罗隐登门拜谒宰相，此女从帘后偷窥，"见迂寝之状"，又迂腐又难看，不禁大失所望，从此再也不读罗隐的诗了。（《唐才子传》）

此外，韩愈"肥而寡髯"（《梦溪笔谈》），李商隐"少俊"（《旧唐书》），杜牧"美姿容"（《唐才子传》），等等，古书略有所记。尽管这些记载不少出自野史笔记，其真实性不好说，且姑妄听之，也算有趣。

爱美之心人皆有之，作为创造美的诗人更是如此。然而，才貌双全固然人人所愿，有才无貌的人也同样拥有创造美的资格。史书极少写人的样貌，可见外貌无关宏旨，相较才貌俱佳，德才兼备才是更为重要的。

先生之风

　　大凡一个人的成功，固然离不开天分、勤奋、机遇等多种因素的聚合，但能否遇名师高手的点拨、栽培也是相当的关键。韩愈的《马说》讲得透彻，如果遇不到伯乐，再好的马也得辱没于无知者之手，甚至死于槽枥之间，哪里还有什么千里马呀。另外，有句俗话叫做，是金子总要发光的。可是，设若这块金子一直埋在地下，不被人发现，它发哪门子光？跟土坷垃没什么两样。

　　宋代大文豪苏东坡是位不世出的大才子，幸运之神也垂爱光顾于他，出道之初即得遇当时文坛盟主欧阳修的青睐提携。苏东坡第一次参加科考，主考官是欧阳修。欧阳修在阅卷的时候，发现一篇《刑赏忠厚之至论》写得雄辩无碍，才气淋漓，不觉击节赞赏，便拟擢为第一，又觉文笔颇似门生曾巩，因卷子是糊名的，为避嫌，最终将此卷定为第二。待到揭榜时方知，此卷考生为苏轼，不觉有些后悔。古代科举考试规矩，及第者和主考官形成师生关系，前者称后者为恩师。苏轼给欧阳

地上的 云朵

修写了一封信道谢，欧阳修看后，有些激动，那是伯乐发现千里马的激动，是有感于"雏凤清于老凤声"的激动，那是"芳林新叶催陈叶，流水前波让后波"的激动。他给老友梅尧臣写信谓："读轼书，不觉汗出，快哉快哉！老夫当避路，放他出一头地也。"

从此汉语词库里多了一个成语"出人头地"。从此苏轼一如新星闪耀夜空。

《宋史》评价欧阳修"超然独骛，众莫能及，故天下翕然师尊之"，是当时当之无愧的文坛领袖。又云："奖引后进，如恐不及，赏识之下，率为闻人。曾巩、王安石、苏洵、洵子轼、辙，布衣屏处，未为人知，修即游其声誉，谓必显于世。"你看，这里说得多明白，如果谁被欧阳修慧眼瞧上，旋即名满天下，不想大火都难；苏氏父子三人当时都是布衣百姓，尚锥处囊中，欧阳大人千方百计鼓吹宣传，使其脱颖而出。并预言苏轼"他日文章必独步天下"。啧啧，欧阳修胸襟何其宽阔也，苏东坡何其幸运也！

小欧阳修三十岁的苏东坡，日后不仅接过了文坛盟主的大旗，更是继承了恩师奖掖后进晚辈的美德衣钵，续写了"放他出一头地"的佳话。苏东坡门下人才济济，最有名的人称"苏门四学士"，即黄庭坚、秦观、晁补之、张耒。苏东坡尝谓："如黄庭坚鲁直、晁补之无咎、秦观太虚、张耒文潜之流，皆世未之知，而轼独先知。"（《答李昭玘书》）伯乐之誉，是因其独具只眼，发现并调教出千里马，世人未知，而其"独先知"。这是名副其实的"栽培"，而绝非有人本已小成为博出位而投靠名门，老师也乐得坐享其成、笑纳桃李芬芳的美誉了。经过苏东坡揄扬扶持，"苏门四学士"名扬四海。有名句"桃李春风一杯酒，江湖夜雨十年灯"的黄庭坚甚至与苏轼齐名，并称"苏黄"；有名句"两情若是久长时，又岂在朝朝暮暮"的秦观成为宋词重镇。值得一提的是，女词人李清照的父亲李格非，也是苏轼门生，为"苏门后四学士"之一。

欧阳修逝后二十年，苏东坡以龙图阁学士出知颍州，一日拜访先生旧居，往事历历，情燃炽炽，这个白发苍颜的老人，不禁"垂涕失声"。不过，他可以毫无愧色地告慰老师了："颍人思公，曰此门生。虽无以报，不辱其门。"

欧阳修，苏东坡，两代文坛大师，光风霁月，联袂接力，共同创造了北宋文学群峰并起、千壑竞秀的锦绣图景。

这种前辈扶掖后进的美德不独为古人专美，现代也有活生生的感人范例。在20世纪30年代的中国文坛，鲁迅先生是无可置疑的文坛旗手，对培养青年作家也是不遗余力，倾其所有。他说过，对于青年人，老一辈应该"让开道，催促着，奖励着，让他们走去。如果杀了'现在'，也便杀了'将来'"。鲁迅的"让开道"和欧阳修的"当避路"，何其相似乃尔。鲁迅身边环绕着大批青年作家，接受先生的教诲和指点。鲁迅的葬礼上，有十六位抬棺人，如胡风、巴金、陈白尘、聂绀弩、欧阳山、张天翼等，皆是这样的青年才俊，萧军亦即其中之一。1934年，萧军、萧红从东北来到上海，在人生迷茫、生计无着的时候，向鲁迅写信求助。鲁迅抱病设宴招待了这对名不见经传的青年，还借了些钱，帮助他们在上海安顿下来。以后的岁月里，鲁迅成为"二萧"的人生旗帜、文学导师和精神父亲。对萧军、萧红的小说《八月的乡村》和《生死场》，鲁迅亲自修改，写序，并自掏腰包将二书纳入"奴隶丛书"出版，由此奠定了二人在文学史上的地位。可以说，如果没有鲁迅，"二萧"的人生或许就得改写。所以，二人和鲁迅的感情极深。1936年10月鲁迅去世时，萧红在日本，萧军闻讯赶来，"顾不了屋里还有什么人，我跪倒下来，双手抚着他那瘦得如柴的双腿，竟放声痛哭起来"。萧军自谓"鲁门弟子"，晚年他深情地说："鲁迅先生，是我平生唯一钟爱的人，一直到我死的那一天，我都钟爱他。"

能得遇世之顶级大师的扶持，那当然是绝对的顶级幸运。但也并非顶级大师都有顶级的胸怀，嫉贤妒能、阴暗狭隘者也不乏其人。唐代甚至出了"以诗杀人"的恶例。初唐诗人宋之问，七言律诗的奠基人之一，有名句"近乡情更怯，不敢问来人"脍炙人口。按说其外甥刘希夷有这么个舅舅，有"近水楼台"之便，可偏偏遇人不淑，幸运变成厄运。《唐才子传》载，刘希夷写出"年年岁岁花相似，岁岁年年人不同"的佳句，尚未公之于世，宋垂涎，欲窃为己有，刘不肯，宋竟令家奴以土囊将刘压死。人性之恶，以至于此。俗语有云：教会徒弟饿死师傅。又云：长江后浪推前浪，一代新人换旧人。先进对于后进，若倾囊相授，即使没有冻馁之虞，也有被人超越之忧。这种小算盘在心里打得噼里啪啦响，也不算奇怪。故此，韩愈说，千里马常有，而伯乐不常有。

　　"云山苍苍，江水泱泱，先生之风，山高水长。"这是北宋范仲淹赞扬东汉严子陵的句子。欧阳修、苏东坡、鲁迅虽非隐士，却都是这样深具高风峻节的先生，如冰轮涌出，朝暾东升，大地一片辉明。中华文明正因为有这样的先生，才赓续不绝，薪火相传。"放他出一头地也"，随着那声掀髯而笑的爽朗与豁达，于是，我们仿佛看到，无数匹骏马从那开门处奔涌而出，四蹄腾空，昂首嘶鸣，向着远方飞驰。

地上的云朵

欧阳修遭谤

宋庆历五年（1045年）七月，一盆污水从天而降泼向欧阳修。那时他刚任河北路都转运按察使不久，正欲大展宏图，被这突如其来的袭击弄得晕头转向。这就是历史上有名的"盗甥案"。

"盗甥"，即和外甥女偷情，这可是天大的丑闻，一时朝野震动，众声鼎沸。

事情是这样的。欧阳修幼年丧父，只有一个胞妹。妹夫张龟正病故后，妹妹带着七岁女儿投奔哥哥欧阳修一起生活。这个外甥女张氏是妹夫前妻所生，年近及笄，欧阳修将她嫁给了族侄欧阳晟。两家有千里之隔，之后几年并无过从。然而，张氏闺门不谨，和家中男仆私通。事情败露后，欧阳晟一怒之下，将二人告发于开封府。这原本是一件普通的男女奸情案，顶多成为俗众茶余饭后的谈资而已，不料这张氏却扔出了一个巨型炸弹，自爆和舅舅欧阳修有私情。宋人王铚《默记》记述："张惧罪，且图自解免，其语皆引公未嫁时事，词多丑异。"张氏为何节外生枝，扯出了欧阳修？如果依王铚所说，张氏害怕，企图自我解免，恐说不通，通奸本有罪，而又供出一个"乱伦"新料，岂不是罪加一等？《续资治通鉴》则称，开封知府杨日严与欧阳修有宿怨，他任益州知州时曾因贪腐被欧阳修弹劾，故怀恨在心，此番恰欧阳修外甥女犯事，看到了报复的机会，"因使狱吏附致其言以及修"。这样，一起轰动的"盗甥案"就此出炉。

不论古今，男女之事从来都是坊间的热点，如有政敌更是好似打了鸡血，将其化为攻讦对手的利器。在当朝宰相的授意下，谏官钱明逸正式弹劾欧阳修"盗甥"，并将欧阳修的一首词《望江南》作为证据："江南柳，叶小未成荫。人为丝轻那忍折，莺嫌枝嫩不胜吟。留着待春深。十四五，闲抱琵琶寻。阶上簸钱阶下走，恁时相见早留心。何况到如今。"人证、诗证俱在，真是黄泥巴掉到裤裆里，不是屎也是屎了，欧阳修百口莫辩，众人将信将疑。

朝廷命户部判官苏安世、宦官王昭明介入此案。苏安世为宰相的直接下属，王昭明作为太监曾被欧阳修不屑、耻于同行，有过一节"梗"，这两人勘理此案，似乎欧阳修在劫难逃。所幸王昭明是个正人君子，不管以前欧阳修怎样待他，都要秉持公心，主持公道。审理结果，"盗甥案"查无实证，并不成立。最后只以欧阳修贪占张氏财产结案。欧阳修被罢都转运按察使，贬为滁州知州。

地上的 云朵

这一年，欧阳修三十八岁。其《滁州谢上表》一文陈述了事情的原委，"谤""诬""冤枉"等字眼裏藏着满腔怒气。虽已尘埃落定，却对欧阳修的心灵伤害深重。名篇《醉翁亭记》写于滁州任上，正值盛年却以"翁"自称，"苍颜白发，颓然乎其间"，其沧桑心境由此可见。

谁能想到，二十二年后，又一盆污水再度泼向六十岁的欧阳修，这次更加恶毒，称为"盗媳案"，即与儿媳私通。此事《宋史·欧阳修传》简略提及，《皇宋通鉴长编纪事本末》记述稍详，欧阳修妻子的堂弟薛宗孺（良孺），因没有得到欧阳修帮助被罢官，心生怨恨，就造谣说欧阳修和大儿媳吴氏不清白。神宗皇帝闻知大怒，竟欲破宋朝不诛杀大臣的规矩对欧阳修起了杀心（"上初欲诛修"）。是啊，这种事如欧阳修奏章所言，"乃是禽兽不为之丑行，天地不容之大恶"，真是该杀！神宗皇帝进行了秘密调查，调查结果居然是"风闻"！古代有"风闻言事"的制度，即可据传闻举报官员，但并非可以毫无根据地对官员予以诬陷，所以，当事官员受到了处分（降黜）。神宗皇帝下诏对欧阳修予以安抚，公开为之洗白。

这两件事并非谜案，史书都确凿无疑称之为"诬谤"。《宋史》云："修以风节自持，既数被污蔑。"那么，不禁要问，这种秽闻为何发生在欧阳修身上？

其一，毋庸讳言，在宋代，欧阳修是与苏轼齐名的大文豪，同时也是一名风流才子。一生写过不少轻柔妩媚的小词，自许"曾是洛阳花下客",留下"人生自是有情痴,此恨不关风与月""月上柳梢头,人约黄昏后"等名句,也留下与歌伎绸缪交往的风流韵事。《论语》谓:"大德不逾闲,小德出入可也。"欧阳修的闲情逸致无损于他的大德,尤其是在那个时代,但作为官员,篱笆不严却给了犬儿出入的罅隙。

其二,欧阳修的刚猛个性给朋党之争火上浇油。《宋史》言"修平生与人尽言无所隐",是非分明,不藏着掖着,"天资刚劲,见义勇为,虽机阱在前,触发之不顾",所以"怨诽益众",得罪了不少人。欧阳修写有《朋党论》,怒斥那些以利为朋的小人,使得政敌不惜罗织罪名,附会构陷,使出下三烂手段,先泼你一盆污水弄臭了你的名声再说。

凡事有因必有果,有果必有因,千载之后仍颇堪玩味。在这个世界上,总有些躲在湫隘阴沟的鼠辈,无中生有,做事毫无底线,令人不齿,其结果犹如迎风唾溺欲污人反而污己;也总有些人站在阳光下,大大喇喇,却不护细行,露出软肋,尽管人无完人,但古语说得好,"轻忽小物,积害毁大,故君子慎其微",需在小处小心。

170
地上的云朵

司马迁是宦官吗？

因搜集明代大太监魏忠贤的有关资料，网购了一本《第三性世界：中国太监考》（东方出版社）阅读。忽然有一句话让我大吃一惊："汉武帝时人才辈出，宦官中也出现了两个名垂千古的人物：李延年和司马迁。"

天啊，司马迁啥时成了宦官？

书中接着写道："司马迁终于以超人的意志完成了'千古绝唱'的《史记》。《史记》是史学上的一座不朽里程碑，司马迁是中国乃至世界上最伟大的史学家之一。他也是宦官史上最有贡献的人物之一。"读到最后还有一句话："说来也巧，太监与文士都尊崇司马迁。清代，太监每年都要拜祖师爷——司马迁，以司马迁为太监的骄傲。"

作者言之凿凿，我却疑窦丛生。读了半辈子书，居然第一次听人说司马迁是宦官，也即太监。这太颠覆了！我所熟知的史实是，司马迁作为太史令为战败投降匈奴的李陵辩护，触怒了汉武帝，被处以宫刑，也称腐刑。宫刑作为刑法虽然和太监阉割手段同一，却并不意味着受了宫刑一定要做宦官，这是两码事。是作者违背了常识，还是我的一贯认知有误？我认真地审视这本书的"作者简介"："王玉德，华中师范大学历史文化学院教授，历史学博士，博士生导师，湖北省学术带头人，曾先后任华中师大历史文化学院院长、历史学学术委员会主任……"名头够响，按说不会犯常识性的错误哇。

在我的观念里，一向认为太监是一个身体残缺人性扭曲的种类，鲁迅也说过："中国历代的太监，那冷酷险狠，都超出常人许多倍。"不男不女，阴阳怪气，心底阴暗，贪婪狡诈，恐怕这是太监给人的符号化的普遍印象。把伟大的司马迁归入太监行列，无论如何感情上都难以接受。

何谓宦官？古代专为君主帝王及至亲服务奴役的内侍人员。东汉前宦官有阉人，也有士人，为绝其秽乱宫闱之虞，东汉始全部为阉人。到了明代，人们尊称宦官主官为太监，太，大也；至清，太监成了宦官的通用名称。

司马迁是宦官吗？其实欲知真相并不难，认真读一读班固的《汉书·司马迁传》和司马迁《报任安书》即可知晓答案。结果将我的问号拉直变成了感叹号，虽不情愿，却是事实。

我们知道，司马迁受刑前在朝廷做太史令，是一名史官。那么受刑之后呢？《汉书·司马迁传》云："迁既被刑之后，为中书令，尊宠任职。"中书令是汉武帝晚年设立的一个职务，"武帝游宴后庭，故用宦者"，负责起草皇帝的政令、

地上的 云朵

诏书、文件等，相当于皇帝的私人大秘，位于宰相之上，故谓"尊宠"。这或许是汉武帝良心发现对司马迁的一种补偿，但同时也证实了司马迁"宦官"的身份。

《报任安书》是司马迁一篇血泪交迸、激情淋漓的痛诉书，直陈他的悲惨遭际和心灵隐秘，也将其宦官的事实表露无遗。他在痛陈宫刑乃奇耻大辱之后，又举例历数宦官地位的卑贱：卫灵公和宦官雍渠同乘一辆车，孔子以为是一种侮辱，便离开卫国去了陈国；商鞅因为通过姓景的宦官谒见秦孝公，贤士赵良感到寒心；宦官赵谈陪坐在汉文帝的车上，袁丝为之色变。自古以来莫不以之为耻，"夫中材之人，事关宦竖，莫不伤气，况慷慨之士乎！"显然，司马迁言宦官之耻是感同身受的切肤之痛。文中还有一句："身直为闺阁之臣，宁得自引深藏于岩穴邪！"何谓"闺阁之臣"？"闺阁"，也作"闺阁"，我国台湾的《中文大辞典》谓："'闺阁'谓内室也。'闺阁之臣'阉官也。"司马迁坦承是宦官，与他担任中书令之职是相吻合的。

"盖西伯拘而演《周易》；仲尼厄而作《春秋》；屈原放逐，乃赋《离骚》；左丘失明，厥有《国语》；孙子膑脚，《兵法》修列；不韦迁蜀，世传《吕览》；韩非囚秦，《说难》《孤愤》；《诗》三百篇，大抵贤圣发愤之所为作也。"这是《报任安书》中最有名的一段话，经常被人引用。同样，《史记》也堪称司马迁忍辱含垢的发愤之作。司马迁获释之后，作为"刑余之人"一直担任中书令。如若其言"垢莫大于宫刑"引为大辱，那么中书令这个在别人看来"尊宠"的桂冠，却更是他精神屈辱的铁帽。司马迁忍受着双重的重荷和耻辱，完成了旷世巨作"史家之绝唱"《史记》。

历史上绝大多数太监都是穷苦出身，为生活所迫，从小净身入宫。而司马迁是堂堂的太史令，因残酷的刑罚而被迫做了宦官。最重要的是，对宦官身份司马迁一直引以为耻，从心理上是排斥的，他始终保持了一个伟岸的人格和重如泰山的巍峨形象。而尊崇司马迁的历代后人，更是不愿意把他与太监为伍，故而对这个问题采取了一种含糊隐讳的态度，所以给人们一个普遍的认知，即司马迁只受过宫刑而不是宦官。我随机询问了数位读书人甚至知名作家，皆如此。

其实，司马迁当过宦官又如何？探知真相之后，依然丝毫无损我对这一历史巨人的崇仰。

地上的云朵

人性的幽暗

中国历史上有太监做皇帝的吗？

可以肯定地说，没有。不过，有一个太监无限接近了皇位，皇帝人呼"万岁"，此人被呼作"九千岁"，距离那个宝座只差一级丹墀了。

别说是太监，就是权倾朝野的王公大臣也从未有人达到过这个峰值。

这个超级牛人，名叫魏忠贤。

还可以告诉你，这个牛人不识字，是个文盲。有那么几年，大中华这部文明之车被这个文盲驾驶，轰隆隆前行。

太监，是人类社会特殊时代造就的一个特异族群，他们被割掉了作为男性的性器，变得不男不女，因此被称作"第三性"。他们有男人的身架，却无男人的根本，面容无须，皮肤女人一般光洁润泽，嗓音尖细混合着粗粝，人唤作"公鸭嗓"。那一刀下去，切掉的不仅是男人的器物，还切断了人性连接美好的通道，切断了照亮世界的光源，幽暗中鬼影憧憧，煞气弥漫。尽管偶有例外，比如司马迁，比如郑和，都是太监中的稀有珍品，但这并不能足以改变黑暗的主流世界。如《明史》所云，"虽间有贤者"，"然利一而害百也"。

那种人性的扭曲、畸变、暴戾、阴狠，无不令人震骇。

如果说中国古代史是一部斑斑血泪史，那么太监可以说是其中许多章节的执笔者和书写者，每一滴墨汁都掺杂着散发出腥味的鲜血。

如果要选一个太监做样本，那这个人，非魏忠贤莫属。

一

"魏忠贤，肃宁人。少无赖，与群恶少博，不胜，为所苦，恚而自宫，变姓名曰李进忠。"《明史》这一段简略文字交代了魏忠贤的出身。哦，不错，肃宁县，魏忠贤隆庆二年（1568年）正月出生的时候隶属河间府，而今隶属河北省沧州市。

但魏忠贤具体是哪个村的皆语焉不详，多部书中都说是梨树村，但今天的肃宁县并无这个村名。我查到与魏忠贤有关的两个村庄，一个叫大张家庄，一个叫卫家庄。

趁着一个节假日，我由妻子陪着开车从石家庄直奔肃宁，一探魏忠贤的故里。作为历史上一个臭名昭著的人物，乡人没人愿意认领他的归属，也是可以理解的事情。如果是光宗耀祖

地上的云朵

的正面人物争抢还来不及呢。但我还是非常好奇，煊赫一时的大太监究竟是一方什么样的水土诞育的呢？

那天是个阴天，昨日还阳光明媚，忽然就阴云密布了，厚厚的云层有黑云压城之势，难道是老天配合着这个"阴人"给脸色看吗？这种天气给人以压抑窒息之感。而且阴天开车依靠导航来到大张家庄，由于转来转去，我都转向了，不辨东西南北。

大张家庄据说并不是魏忠贤的出生地，是他从小长大的姥姥家。在北方农村有一个习俗，很多人的童年时期往往是在姥姥家度过的。

大张家庄对魏忠贤的重要还不仅仅于此，在他气焰熏天之时，他的生人祠修建在这里！

据史料记载，魏忠贤的生人祠在全国建有七十多座。九千岁的祠堂可不是我们想象的，一座大屋子，里边供奉一尊人像，哪有这么简单！朱长祚《玉镜新谭》记载是这样的："飞甍连云，巍然独峙于胜境；金碧耀日，俨如天上之王宫。"而魏公公的塑像呢？"像加冕服，有沉檀塑者，眼耳口鼻手足宛转一如生人，肠腹则以金玉珠宝充之，髻空一穴，簪以四时花朵。"（朱彝尊《静志居诗话》）每个祠堂专门有人看守保护。据此可以说，在魏忠贤的老家建的生人祠只能有过之而无不及。

如今的大张家庄，生人祠自然是半点痕迹都没有了。我们在街上边走边打听，看到一个小伙子正从家里往门口的汽车上搬东西，就问他可知魏忠贤的生人祠在哪一片？小伙子笑了，说，你算找对了，我家这儿就是！他又往大门的两边指了指，说，这半条街都是。他说他小的时候家里盖房还挖出了一尊佛像。哦，对了，魏忠贤倒台后，生人祠变成了寺庙，当地人称作"大庙"。如今，寺庙也没了，变成了民居。一位八十来岁的老太太说，她当年嫁过来的时候，大庙就是一片废墟了，还有一些废砖烂瓦，人们捡到家里盖猪圈用。几十年过去，几百年过去，沧海桑田，物亦非，人更非了。

既然大张家庄是魏忠贤的姥姥家，那卫家庄肯定就是魏忠贤真正的老家了。距离大张家庄也不远，有四五里地。卫家庄原本叫魏家庄，魏忠贤垮台后，村民本家怕受牵连，将"魏"改成"卫"，还有一支改姓朱，据传因躲避追捕逃到猪圈里藏身，干脆姓朱了，当然这可能是谬传戏言了。但卫家庄主要是"卫"和"朱"两大姓，他们承认本是一家。

卫家庄是一个小村，我将车停在村公所的空地上，往北穿过一个街道，走了二三十米却是村外的一片坟地。一只乌鸦在树上呀呀叫了两声，吓了我一跳，阴森森的瘆人，立时头皮发麻，我赶紧拉着妻子回到了干净敞亮的街道上。

已近中午，天阴着随时要下雨的样子，街道上行人稀少，偶有小汽车、电动车驶过。我幸运地获取了与两个村民交谈的机会，恰好，一个姓卫，一个姓朱。这两人年岁都在五十岁上

地上的 云朵

下，一黑一白，一高一矮，但都很健谈，说起魏忠贤的行迹作为，他们也并不避讳，倒是我加了一些小心，毕竟魏忠贤是他们的先人，尽管不是嫡传，但有着相同的血脉。说着聊着，他们对魏忠贤的回护之意渐渐地还是透露出来了。有两个信息是我从史料上没有看到的，说的都是魏忠贤"造福乡梓"的意思。一是，魏忠贤发迹之后，重修了县城，加强了保安，盗贼匪寇没人敢到肃宁捣乱，老百姓安居乐业；二是，魏忠贤在肃宁境内人工挖了一条河，连接了大运河，经常将京城的货物航运到老家。这两条，说是回报桑梓也好，说是炫耀显摆也对。我想，从魏忠贤的心理来说，后者的驱动力更大些，你们当年不是瞧不起我是个小无赖吗？不是嫌弃我穷得叮当响吗？不是耻笑我胯下无卵吗？而今你们好好得得我的济吧！哼哼，你们可否想到我魏进忠能有今天！古人都有衣锦还乡、光宗耀祖的心理，一个受人歧视的太监这个心理会呈几何级数膨胀。

魏忠贤就生在这个村里呀。天还是这个天，地还是这个地，如果时光可以回溯，魏忠贤这个小无赖从远处嬉笑着跑过来了。他跑到我跟前，斜眼睃了睃这个外乡陌生人，突然把鼻子上吊着的两筒鼻涕甩到我身上，吓了我一跳，他哈哈笑着又跑远了。

魏忠贤的父亲叫魏志敏，母亲叫刘菊花，上面还有一个哥哥叫魏钊。家里有几亩薄田，但日子十分拮据。魏志敏长期在外打零工、卖艺，刘菊花在家操持家务。魏忠贤那时还叫魏进忠，生性顽劣，不喜欢念书，整日追鸡逮狗，打架斗殴，搅得四邻不安。稍大一些，父亲把他送到了县城一家饭馆学徒，他的一个远房叔叔在此当厨师。叔叔对魏忠贤非常好，厨艺技巧倾囊相授。魏忠贤虽然顽劣，斗大的字不识一箩筐，却天生聪明，脑瓜灵，"多机变，有小才"，这些厨艺诸如刀工、调料、火候、烹煮煎炸，半年下来，样样精通，据说都能独自做一桌上等宴席。

这段学厨经历对于魏忠贤的人生意义非同小可。魏忠贤既然学了一手好厨艺，朝着这条路走下去，将来在一家饭馆当大厨也能养家糊口，或者当上掌柜的也未可知。谁能料到，后来他没能在饭馆当厨师，却把一个国家当成了一盘菜！"治大国若烹小鲜"哈。这个魏厨子端的了得！事实上，这个小小的厨艺，在魏忠贤人生的关键时刻发挥了重大的甚至是决定性的作用。他后来进宫能给王才人做"典膳"，依靠的就是这个绝活儿。俗话说，抓住一个人的心必先抓住他的胃，这话说的是男女爱情方面的，在其他方面也适用，尤其在宫里，所谓锦衣玉食，这吃太重要了。王才人是谁呢？天启皇帝朱由校的妈呀，还有朱由校的乳母客氏也在一个锅里抡马勺，你看，魏忠贤当初这学厨价值太大了。所以，技多不压身，绝对是真理，有时候可安身立命，有时候没准能赚取一个世界。

魏忠贤的学徒生涯刚刚上道，却暴露出他拙劣的本性，闲暇之时，经常跑到街头与小混混耍在一起，踢球下棋、吹弹

地上的 云朵

飙歌倒也罢了，少年哪有不爱玩的，他偏偏沾上了赌瘾。这个"赌"字，改变了魏忠贤的一生，也赌掉了他的一生。因为赌，他的叔叔将他打发回了老家；因为赌，他的父亲被气死，母亲被迫改嫁，他结婚没几年老婆也改嫁了，女儿被卖给人家做童养媳，可以说是妻离子散、家破人亡；因为赌，他被迫割掉男根，成为一个不男不女的阉人。最终，他以权柄和国器为赌注，先赢后输，丢掉了性命，丢掉了人格，落得个白茫茫大地真干净……

二

关于魏忠贤，年代太久远了，村民所知有限，聊了一会儿，我抬头看看天，空气中已有了潮润的水气，打算告辞离开。村民却又说道，清朝时村里还出了个太监，姓赵，啥职位不知道，反正地位在宫里也挺高的，家里不少人都沾了光。我笑着说，呵，你们村挺厉害啊，出了俩大太监。村民有点不好意思，说，这也不是啥光彩的事，都是穷逼得呗。

这倒反映了一个事实，明清时期，许多太监来自河北。除魏忠贤外，再如明朝的王振（蔚县人）、冯保（深州人）、王承恩（邢台县人），清朝的李莲英（大城人）、安德海（南皮人），等等。这些都是赫赫有名的大太监，而寂寂无闻的小太监恐不计其数。其中的原因大抵有三：一、河北是"直隶"，京畿之地，离帝都近，交通往来方便；二、围绕京城繁华之地反倒有一个贫困带，盐碱地，荒野滩，村庄凋敝，民不聊生，当太监无奈成为一个生存之道；三、裙带关系，老乡介绍老乡，大太监也借此培植个人势力。魏忠贤进宫当差的引荐人就是河北老乡涿州人司礼监秉笔太监孙暹。

要当太监，必须割掉男根，这对男人来说是一件非常耻辱的事，"身体发肤，受之父母，不敢毁伤"（《孝经》）。毁伤可谓不孝，何况毁掉的是传宗接代的"命根子"。当年司马迁遭受宫刑，"每念斯耻，汗未尝不发背沾衣也"（《报任安书》）。不仅如此，实施手术也是极为痛苦的事情，弄不好就将小命搭进去了。晚清太监马德清记述了他的父亲亲自给他实施切割手术的过程：

记得我九岁的那一年，大概是光绪三十一年（1905年），有一天，我父亲哄着我，把我按在铺上，亲自下手给我净身。那可真把我疼坏了，也吓坏了，疼得我不知晕过去多少次。请想一想，那年头没有什么麻药，也没有什么注射针、止血药一类的东西，硬把一个活蹦乱跳的孩子按在那儿，把要命的器官从他身上割下来，一根根神经都通着心，疼得心简直要从嘴里跳出来了。从那一天起，我的整个生殖器官便同我分家了。做完这次手术以后，要在尿道上安上一个管子，不然肉芽儿长死了，撒不出尿来，

地上的云朵

还得动第二次手术。我后来才听那些懂这种事的人讲，手术之后，不能让伤口很快结疤，要经过一百天，让它喂脓长肉，所以要常常换药。说实在的，哪里是药呢，不过是涂着白蜡、香油、花椒粉……的绵纸儿，每次换药，都把人疼得死去活来。……大约四个月后，我的伤口才好了。

马德清被父亲净身是九岁，而魏忠贤"自宫"的时候已是二十二岁并已娶妻生子的成年人了，无论从生理到心理所承受的痛苦无疑更为沉重。而且，他是挥刀自宫，纯粹是赌命搏命了。

男人的阉割，与女人的裹足一样，是古代对天然人体最野蛮、最残酷、最扭曲、最丑陋的戕害。

女人裹足以畸形的美取媚于男人，男人阉割以残缺的躯体服务于帝王与他的后宫。

太监虽然不特为中国所独有，古希腊、古罗马等西方国家也有。但梳理一番中国历史，太监竟是一个极为重要的角色，活跃在历朝历代的政治舞台上。

太监一词，元代以前是没有这个称呼的。最早在西周时期，宫中就有了阉人，他们的主要职责就是看大门，干杂役，伺候起居，后来一些有才的阉人受宠，不止干杂活儿了，还参与政事，就有了宦官。当然，宦官不只是阉人充当，还有正常人，从东汉开始，宦官"悉用阉人，不复杂调他士"（《后汉书·宦者列传》）。到了明朝，宦官的头儿称为太监，太，大也，有尊称的意思。及清，太监成了宦官的统称，就好像我们今天见了女人统称美女、见了商人统称老总一样。从此，太监取代了以前的阉人、宦官的名号。

中国历史上，汉、唐、明三个王朝是太监为祸最烈的时期。汉末有"十常侍之乱"；唐朝中后期，太监兴风作浪，把持朝政，掌握军队，不仅可以随便废立皇帝，还能悄悄送皇帝到阴间做皇帝；明朝的太监与阁臣分庭抗礼，甚至力压一头，因皇帝信任，司礼监有"批红"权，即内阁大臣提出"票拟"建议，太监代皇帝用朱笔批示，等于代行皇权，够牛吧。所以，司礼监掌印太监的权力绝对高于内阁首辅，也即高于宰相，世称"站立的皇帝"。

魏忠贤就是这个"站立的皇帝"。他虽然没有像唐朝的太监那样有废立皇帝甚至弑君的跋扈嚣张，却达到了除皇帝以下所有称呼的极致：九千岁。

可笑的是，魏忠贤是个文盲，无法直接"批红"，所以当不了司礼监掌印太监，也即太监职位的一把手，于是他就找了个傀儡王体乾当名义上的"掌印"。如此，这个不识字的文盲就把掌印太监和天启皇帝两个傀儡玩弄于股掌之上，进而把整个朝廷、整个国家操弄于股掌之上。

地上的 云朵

三

魏忠贤这么一个文盲太监扶摇直上，靠的是两个女人和一个孩子。

这两个女人，一个是王才人，一个是客氏。

王才人是谁呢？天启皇帝朱由校的妈。客氏是谁呢？朱由校的奶妈。

魏忠贤本是宫中"甲子库"管库的，通过门路到了王才人身边当"典膳"，他年轻时候在叔叔的饭店学到的厨艺这时派上了用场。王才人虽然给万历皇帝生了皇孙，但从她的"才人"身份可以看出地位不高，也不怎么招太子朱常洛待见，甚至经常受到李选侍的侮辱与毒打。按说，魏忠贤在这样一个受气包"才人"身边当差，也沾不了什么光，走不了什么运，其他的侍者绝望地说："陛下（万历）万岁，殿下（朱常洛）亦万岁，吾辈待小官家（朱由校）登极鸿恩，有河清耳！"待黄河水清了，比猴年马月更没盼头。魏忠贤虽然"言辞佞利，目不识丁，性多狡诈"，但"有胆气"（《玉镜新谭》），身上有江湖上的侠义之气。他看王才人母子可怜，伺候得更加精心周到。尤其是哄着小朱由校玩耍，给他讲故事，传授民间的奇技淫巧——天启皇帝后来醉心于木匠活儿，说不定就来源于魏忠贤。时间长了，在冷漠孤寂的皇宫里，小皇孙对魏忠贤这个"大伴"产生了依赖之情，而魏忠贤是曾经有过女儿的，他对女儿的感情也移植在朱由校身上，二人更像一对父子。天启对魏忠贤宠信至极，连"忠贤"这名字都是天启所赐。这就是天启皇帝当朝时代，无论东林党如何攻击魏忠贤，魏都屹立不倒的原因所在。

魏忠贤在王才人身边当差时已近不惑之年，干了十来年也五十来岁了，正常来说，人生也快歇菜了。谁知，世事难料，万历驾崩后，太子朱常洛龙椅只坐了一个月就龙驭宾天了，十六岁的朱由校匆忙上位。本来，两年前，王才人被李选侍殴打致死，倒霉的魏忠贤只得又回到了甲子库重操旧业，不料，山重水复疑无路，柳暗花明又一村，这个不识字的老太监随着小皇帝登基，竟走了狗屎运，一步一步攀向了人生的巅峰。

这其中起到关键作用的是另一个女人，客氏。客氏本名客印月，河北定兴县人，十八岁入宫给朱由校当奶妈，两年后她的丈夫侯二死了，正值青春年华的客氏成了寡妇。《明史》言其"淫而狠"，《稗说》言其"丰于肌体，性淫"，性欲强烈，私生活有点乱。客氏在宫里和太监魏朝是"对食"关系，后又看上了魏忠贤"憨而壮"，有一度两魏"共私客氏"。所谓"对食"，是汉代兴起的宫女和宫女或者宫女与太监之间形成的互慰的恋爱关系，明代叫"菜户"，"宫掖之中，怨旷无聊，解馋止渴，出此下策耳"。以满足生理和心理的需求。有一天深夜，魏朝从外面回来，路过乾清宫西阁，听到里面魏忠贤和客氏亲热嬉闹，客氏的浪笑尤其刺耳，小魏才明白自己的

地上的云朵

帽子染上了绿色，不禁气血上涌，冲进房间抡拳就打，老魏对当年有恩于己的小魏也不含糊，奋勇还击，两人厮打在一起。最后惊动了天启皇帝，那时这种"对食"关系是公开的合法的，所以，天启也不生气，让客氏自己选跟谁。客氏自然选择了"憨猛"的老魏，从此，魏忠贤和客氏结成"伉俪"，成了两口子。

魏忠贤和客氏的"对食"，可不是一般的两性关系。客氏是谁？皇帝的奶妈啊，而且可谓中国历史上"第一奶妈"，牛大发了。按说，皇子断奶之后，奶妈就算完成使命，可以出宫回家了。客氏没走，继续留在宫中为天启服务。她对天启无微不至，将他的胎发、疮痂、落齿、指甲、头发等悉心收好藏于一个匣子里。天启的亲娘死得早，对客氏有一种母亲般的依恋。天启登基才半个月，就封客氏为"奉圣夫人"，所受荣宠"中宫皇贵妃迥不及也"（《明史纪事本末》）。事情还不止如此，《明季北略》云，客氏"年三十，妖艳，熹宗惑之"，坊间传闻闪闪烁烁，其实说白了，"性淫"的客氏岂肯放过已成大男孩儿的天启，二人的关系形成了似母子又似情人的暧昧关系。一次朝臣上疏，"请出客氏"，天启迫于压力让客氏回老家。结果，当天天启就传谕："客氏……进入出宫，（朕）午膳至晚未进，暮思至晚，痛心不止，……思念流涕。"这感情，不是母子胜似母子，不是情人胜似情人。

这样，天启、客氏和魏忠贤三者之间形成了一种畸形的三角关系，天启从小缺乏良好的读书教育，文化水平近似文盲，只比魏忠贤略强一些，一心想成为天下第一木匠，懒于朝政，"惟客、魏之言是听"。

《明史·五行志》载："万历末年，有道士歌于市曰：'委鬼当头坐，茄花遍地生。'……为魏忠贤、客氏之兆。"委鬼合之为魏，在河北，客发音为"茄"，家中来客了，说成家中来茄了。

一个荡妇，一个太监，居然媾和一处，多么变态。只能说特别的政治诉求令其狼狈为奸、沆瀣一气，从此让中国陷入长达七年的阴冷黑暗。得亏天启皇帝二十三岁就驾鹤西游了，不然大明的天空就长夜难明了。

四

苏州市姑苏区阊门外有个景点"五人墓"，省级文物保护单位。明末文学家张溥写过一篇《五人墓碑记》，收入《古文观止》和高中语文课本。

这里埋着五位普通的苏州市民，在震惊朝廷的"开读之变"中慷慨赴死，张溥撰写碑文以志纪念。

这是一文对魏阉的诉状，这是一曲对义士的颂歌。

天启六年（1626年），阉党派锦衣卫缇骑到江南抓捕赋闲在家的吏部主事、文选员外郎周顺昌。周是一名疾恶如仇的耿

地上的 云朵

介之士，因朝廷昏暗，不愿与阉党同流合污而辞官归隐。"六君子"之一魏大中被抓的时候，周顺昌不惧株连，设宴相送，并当着缇骑的面大骂魏忠贤，故而引火烧身。消息在苏州传开，成千上万的市民赶来围堵，并当场打死两名骄横的缇骑，苏松巡抚毛一鹭吓得心惊胆战，被群众追打，慌乱中逃到一个厕所跳进茅坑，方逃过一劫。事后，魏忠贤大怒，派兵镇压，带头的颜佩韦等五人被捕，惨遭杀害。张溥记述："然五人之当刑也，意气扬扬，呼中丞之名而詈之，谈笑以死。"并感慨道，做此碑记，"亦以明死生之大，匹夫之有重于社稷也"。

这五人都是没有读过什么书的老百姓，却"激昂大义，蹈死不顾"，何也？说明魏忠贤即阉党所作所为已到了人神共愤、天怒人怨的地步了。

明朝初年，朱元璋汲取前代的教训，在宫中只设置了宦者不及百人，并在宫门竖了一个大铁牌，上面镌有大字："内臣不得干预政事，预者斩。"然而，朱棣即位后逐渐坏了这个规矩，宦官开始被委以出使、专征、监军、分镇、刺探等各种差事和大权。永乐年间最著名的大事件就是派三保太监郑和率领浩浩荡荡的船队下西洋。明朝不设宰相，皇帝大权独揽，然而泱泱大国纵使日理万机仅靠一人之力哪里管得过来呀，光那一摞一摞的奏折就会让皇帝晕菜，信赖依赖身边的太监就成了皇帝的首选，这些胯下无卵、面部无须的家伙再怎么折腾也不会篡了皇位。所以，有明一朝，出了王振、刘瑾、魏忠贤等这样气焰熏天的太监。

且看《明史》对魏忠贤出行的一段描写，一个太监作威作福到了何等程度：

> 岁数出，辄坐文轩，羽幢青盖，四马若飞，铙鼓鸣镝之声，轰隐黄埃中。锦衣玉带靴裤握刀者，夹左右驰，厨传、优伶、百戏、舆隶相随属以万数。百司章奏，置急足驰白乃下。所过，士大夫遮道拜伏，至呼九千岁，忠贤顾盼未尝及也。

好家伙，这派头，这排场，皇帝也不过如此吧。

"当此之时，内外大权，一归忠贤。"（《明史》）"今忠贤已尽窃陛下权，致内廷外朝止知有忠贤，不知有陛下。"（工部屯田郎万燝奏疏）魏忠贤的职务是司礼监秉笔太监，提督东厂。略有历史知识的人都知道，明代的东厂是怎么回事。

本来，天启朝初年，外廷有东林党执政，号称"众正盈朝"，内廷有正直的太监王安掌事，朝廷的风气还是不错的。然魏忠贤勾结客氏，利用天启的宠信，一步一步培植党羽亲信，形成"阉党"，有"五虎""五彪""十狗""十孩儿""四十孙"等铁杆拥趸，内阁、六部、四方总督巡抚，遍植死党。不少没有骨气的官员卖身投靠，充当魏阉的走狗和奴仆。

地上的 云朵

礼部尚书顾秉谦，史书评价"庸劣无耻"，他巴结谄谀魏忠贤到了寡廉鲜耻、令人不齿的程度。他长魏忠贤十八岁，拜魏为干爹是不可能的了，于是觍着脸对魏忠贤说，本欲为儿，惜须已白，就让我儿子给您当孙子吧。魏忠贤闻言大笑，当场赐给顾秉谦二百两银子。后来，顾秉谦入阁，甚至当了首辅，"曲奉忠贤，如奴役然"。

为魏忠贤建"生人祠"的始作俑者，是浙江巡抚潘汝桢，曾是科考的榜眼。而国子监生员陆万龄将"造神"运动登峰造极，上疏建议在国子监建"生人祠"，将魏忠贤与孔子并尊。

据研究者统计，魏忠贤倒台后，在清算"逆案"时所涉200余人中，有194名文官，其中有159人为进士出身，占总人数的82%。这真是文明的耻辱，熟读圣贤书的文人士子，竟然趋炎附势，畏惧权奸，丧尽天良，甘当奴仆，为一个不识字的文盲充当走狗，斯文扫地竟至于此！

当然，黑云笼罩的天空仍然有闪电和滚滚雷声震击环宇，污泥浊水遍布仍有一股清流在人间流淌。东林党就是此时的一道闪电，一声惊雷，一股清流。

说起东林党，大家所熟悉的那句名联"风声雨声读书声，声声入耳；家事国事天下事，事事关心"，即为东林大儒顾宪成所撰，至今仍镌刻在东林书院之内。万历年间，顾宪成被削职返乡，重修东林书院，聚众讲学，召开东林大会，一时风附影从，人文荟萃，培养和影响了无数江南士子，逐渐形成了一个官僚政治集团，被对手称为"东林党"。在天启朝初始，尚能"众正盈朝"，然而，正不压邪，工于心计、阴狠毒辣的魏阉一步一步将正义的力量逐步蚕食。

天启四年（1624年），东林党与阉党进行了生死决战。左副都御史杨涟上疏弹劾魏忠贤，列举了其二十四大罪状，包括排挤打击先帝旧臣、干预朝政、逼死后宫贤妃、操纵东厂滥施淫威等。魏忠贤闻之，如头顶响起一声焦雷，惊恐万状，赶紧跑到天启皇帝跟前哭诉，客氏在一旁为之开脱，众阉党一起唱和。结果，小皇帝"温旨留忠贤"，下谕旨对杨涟"寻端沽直"（没事找事，博取直臣名声）一番训斥。如此下来，魏忠贤出不了这口恶气，又矫诏将杨涟削籍为民，赶回老家。

东林党一声巨炮，打了个"闷罐"，悄无声息。阉党大获全胜，气焰愈发嚣张，张开大网，"欲尽杀异己者"了。

阉党以莫须有的受贿罪名，制造了震惊朝野的"六君子之狱"，将杨涟、左光斗、魏大中、袁化中、周朝瑞、顾大章逮捕，酷刑折磨之后处死。据说，杨涟被捕后，镇抚司监狱忽现祥瑞，在暗无天日、阴暗潮湿的地上竟生出一朵黄芝，灿然辉映，待六君子一一入狱，黄芝也正好开出了六个花瓣，人人莫不奇之。顾大章看到后，苦笑一声，顿感这哪里是什么祥瑞，这是他们六人终将不免的征兆啊。

值得一说的是，阉党对"六君子"在狱中实施了惨无人道的严刑拷打，令人发指。比如对杨涟，打得肉绽骨裂，鲜血迸

地上的云朵

溅，还专门打他的头脸，牙齿尽脱，提审的时候无法站立，只能躺在地上受审。最后以土壤压身、铁钉贯耳处死，其惨烈不可名状。

杀了六个人，魏忠贤还不罢休，天启六年（1626年）又制造了"七君子之狱"，这次是高攀龙、周起元、周宗建、周顺昌、缪昌期、李应升、黄尊素七人。其中，周顺昌就是前面所述激起苏州民变的那位。值得一说的是，其中的黄尊素，他的儿子大大有名，即明末清初的三大思想家之——黄宗羲。魏阉垮台后，廷审刽子手许显纯、徐应元，黄宗羲与其对簿公堂，袖子里藏着锥子，突然朝许显纯猛刺，当场将许显纯扎得浑身是血，又对徐应元拳打脚踢，拔下他的胡须回家祭在父亲牌位前。此时，黄宗羲二十多岁，正是血气方刚的青年，面对残杀父亲的凶手，一腔怒火如岩浆迸发。崇祯皇帝闻之，毫不见责，而是长长叹了一口气："忠臣孤子，甚恻朕怀。"

五

绝对让人想不到的是，权倾天下、气焰熏天的魏忠贤，在换了新帝后，十七岁的青年朱由检轻轻地用一根小指头就把他打倒了。我们看不出崇祯皇帝采取了多么高超的手段，只不过不像他哥哥天启那样昏昧胡闹而是心中有正气且懂得谨慎、忍耐、沉得住气而已。历史学家蔡东藩说得透彻："（魏忠贤）伪恭不及王莽，善诈不及曹操，无拳无勇，职为乱阶，故以年少之崇祯帝，骤登大位，不假手于他人，即行诛殛，可见当日明臣，除杨、左诸人外，大都贪鄙龌龊，毫无廉耻，魏阉得势，即附魏阉，魏阉失势，即劾魏阉。"一个大字不识的文盲无赖，能有多少文韬武略？只不过恃宠而骄而已，皇帝给你权，你就有权有势，众人依附；皇帝不待见你，立即就变成了一条狗，众人猛踩狠打。

崇祯即位仅一个多月，看着时机成熟了，一道旨意令魏忠贤到凤阳看守皇陵去。魏忠贤凄凄惨惨从京城出发，走到阜城，皇帝新的旨意又到，要将魏忠贤逮捕"扭解"。魏忠贤自知罪恶滔天，难逃一死，在阜城一家旅舍解下腰带，悬梁自尽。据《明季北略》记载，当夜，有一个从京师来的书生在旅舍外一直唱着一支小曲《挂枝儿》，最后一段这样唱道："闹攘攘，人催起，五更天气。正寒冬，风凛冽，霜拂征衣。更何人，效殷勤，寒温彼此。随行的是寒月影，吆喝的是马声嘶。似这般荒凉也，真个不如死。"这好似一支催命曲，魏忠贤听罢，长叹一声，"这般荒凉也，真个不如死"，也无路可走了，那就死吧。

阜城，与肃宁同属河间府，相距不远。魏忠贤也算死的是个地方，魂归故里了。

魏阉的"贤伉俪"客氏，在洗衣房被太监们一顿竹板活活打死。随即，猖獗一时的阉党全军覆灭。

地上的 云朵

不禁令人想起《桃花扇》那个有名的唱段："俺曾见，金陵玉树莺声绕，秦淮水榭花开早，谁知道容易冰消。眼看他起朱楼，眼看他宴宾客，眼看他楼塌了。"

崇祯皇帝对魏忠贤罪案曾发出多道谕旨，其一写道："今赖祖宗在天之灵，海内苍赤有幸，天厌巨恶，神夺其魄，二犯罪状次第毕露。朕又思忠贤等不止窥攘名器，紊乱刑章，将我祖宗蓄积贮库、传国奇珍、异宝金银等物朋比侵盗，几至一空。何物神奸，大胆乃尔！"这道谕旨充满冲天火气，用语也够狠，"巨恶""神奸"这两顶帽子扣在魏忠贤头上，大抵严丝合缝。

一个本为奴才的太监，何以犯下如此滔天大罪？一只小虾米，何以泛起如此滔天巨浪？

鲁迅看得明白："中国历代的太监，那冷酷险狠，都超出常人许多倍。"

何以如此？

古人云："饮食男女，人之大欲存焉。"饮食是自身生存的需要，而男女是种族繁衍的需要。被阉割的太监，就只剩下饮食而无男女了，也就是说被剥夺了人的一半的权利。长着一副男人的身躯，却无男人的能力，如钱锺书所言，"成日价在女人堆里厮混的偏偏是个太监，虽有机会，却无能力。"这种身体的残缺与任何残缺都不同，它对人的尊严的褫夺是毁灭性的。由于雄性激素分泌的缺失，他们在生理上也变得嗓音尖细，肌肤细腻，类女性化的特征，在世人眼中就是一群不男不女的怪物。所做的事体无非是皇帝和嫔妃身边的奴才，整日低眉顺眼，点头哈腰，走路一溜小跑。这种生理上的残缺和行为的低贱，使他们的心理必然产生扭曲和畸变。极度的自卑和压抑，像被石头压着的树苗，挣扎着努力着拐着弯地也要长出来。一旦遇着机会，心中积郁的伤痛及恶与毒便会"超出常人许多倍"地加以发泄或报复，甚至达到丧心病狂的程度。

阉割，不仅是割掉了男人的性器，更是割掉了正常的人性。

古代的阉割是专制时代一枚畸形的怪胎，是促生奸恶幽暗的温床。所幸，这样的时代一去不复返了。

世间再无魏忠贤。

地上的 云朵

污淖里的莲

一

在坊间，若提起潘金莲的名字，人们大抵会露出鄙夷而古怪的神情，哈，那个淫妇！

在中国古代艺术形象里边，潘金莲不啻成了"淫妇"的标签，被牢牢绑定。这个公众认知源自《水浒传》，里面有三回写潘金莲的故事。其实，《水浒传》的主角们是梁山好汉，潘金莲不过是英雄武松的背景板。潘金莲成为女主，是在由《水浒传》衍发而来的《金瓶梅》中。潘金莲的故事开启与结局依然相同，但时间延宕了六年。这其中的叙事风格迥异于《水浒传》，使《金瓶梅》成为另一部伟大的传奇小说。潘金莲的形象被塑造得更加细腻丰满，破纸欲出。但潘金莲还是那个潘金莲，除"淫妇"之外，还是一个妒妇、恶妇，清人张竹坡有个断语："金莲之恶冠于众人也。"

金莲之恶，并非青面獠牙，面目可憎，而是一株盛开的罂粟花，总有迷人性情、荡人魂魄的魅惑，让人生出既憎恶又忍不住多看两眼的复杂情绪。

在《金瓶梅》众女人中，潘金莲是最美艳的一个。书中有多处描写她的美，譬如第八回为武大郎做法事，和尚们见了潘金莲的表现："一个个都昏迷了佛性禅心，一个个多关不住心猿意马，都七颠八倒，酥成一块。"第九回写吴月娘初见潘金莲，暗暗吃惊："从头看到脚，风流往下跑；从脚看到头，风流往上流。论风流，如水晶盘内走明珠；论态度，似红杏枝头笼晓日。看了一回，口中不言，心内暗道：小厮每家来，只说武大怎样一个老婆，不曾看见，今日果然生得标致，怪不得俺那贼强人爱她。"她不光是长得好看，缠了一双小脚，故有金莲之名，还会"做张做势，乔模乔样"，懂风月，惯风骚。

潘金莲还是众女人中最有才的一个。潘金莲出身低微，父亲是一名裁缝，早早就死了，母亲撑不起这个家，将九岁排行六姐的潘金莲卖到王招宣府中"习学弹唱"。潘金莲聪明伶俐，在招宣府一共待了六年，学会了描鸾刺绣，品竹弹丝，弹得一手好琵琶。"好个精细的娘子，百伶百俐。又不枉做得一手好针线，诸子百家，双陆象棋，拆牌道字皆通，一笔好写！"（王婆语）书中多次写她给西门庆捎信，表达其思念，其中一封信上是一首词："黄昏想，白日思。盼杀人多情不至。因他为他憔悴死，可怜也绣衾儿独自，灯将残，人睡也，空留着半窗明月。孤眠心硬浑似铁，这凄凉怎捱今夜？"可惜

地上的云朵

西门庆是文盲，一缕浪漫琴声都弹给了牛。后来她与女婿陈经济偷情，也屡屡鸿雁传书，虽不伦，倒也琴瑟相称。

潘金莲还是一个语言天才，口齿伶俐，机锋甚健，说话不饶人。潘金莲勾引武松遭拒，反而被武松训诫，有一句是"篱牢犬不入"，潘金莲立时予以强烈反弹："那妇人听了这几句话，一点红从耳畔起，须臾紫涨了面皮，指着武大骂道：'你这个混沌东西，有甚言语在别人处说来，欺负老娘！我是个不戴头巾的男子汉，叮叮当当响的婆娘！拳头上也立得人，胳膊上走得马，人面上行得人。不是那腲脓血搠不出的鳖老婆。自从嫁了武大，真个蝼蚁不敢进屋里来，有甚么篱笆不牢，犬儿钻得入来？你休胡言乱语，一句句都要下落。丢下块砖儿，一个个都要着地！'"这段话实在漂亮，令人忍不住要喝一声彩。生动，响亮，掷地有声，妙譬巧喻，妙语连珠，让本来严肃正告的武松听罢竟然笑了。整部《金瓶梅》中，潘金莲嘴头子最厉害，尖酸刻薄，拈醋含酸，含沙射影，无人能挡。这一点有点像《红楼梦》里的林黛玉。她的泼辣、狠毒又与王熙凤颇有几分相似。

二

鲁迅说："故就文辞与意象以观《金瓶梅》，则不外描写世情，尽其情伪，又缘衰世，万事不纲，爱发苦言，每极峻急。"《金瓶梅》是世情小说，也是批判小说，《金瓶梅》主旨盖在揭露人性的黑暗，无论官场、商场、家庭、社会方方面面乌漆麻黑，几无光亮，到处都是尔虞我诈、欺男霸女、营私舞弊、蝇营狗苟、利欲熏心、私欲膨胀等，简直是礼崩乐坏，无可救药，全书几乎没有什么好人。潘金莲之淫、之妒倒也罢了，人性之恶到了令人发指的地步。古语云："青竹蛇儿口，黄蜂尾上针。两般皆是可，最毒妇人心。"此言固然有陈腐的女性歧视之意，但如果专门用来形容潘金莲倒蛮合适。在书中，西门庆是一个恶贯满盈的恶霸，但他尚存对友重义、对妾（李瓶儿）重情的人性温煦之处，而在潘金莲身上，人类尤其是女性所有的慈悲、温婉、恻隐、善良等品质踪影全无，甚至可以说她的使命就是用来对人类的美好实施摧毁和碾压的。她的美貌和才华反而对这种恶有一种加持之功，这更为可怕。

潘金莲之恶有三毒：毒杀，毒打，毒计。

第五回写武大茶坊捉奸，被西门庆一个窝心脚踢得口吐鲜血，病倒在床。用砒霜毒死武大，虽然是王婆出的主意，潘金莲却是执行者。先是给武大强行灌进药去，待武大发作，用两床被子"没头没脑"捂盖，"这妇人怕他挣扎，便跳上床来，骑在武大身上，把手紧紧地按住被角，哪里肯放些松宽"。直到武大肠胃迸断，呜呼哀哉，不再动了。其实，貌美如花的潘金莲，与"三寸丁谷树皮"又矮又丑的武大的确不般配，与风流倜傥的西门庆倒很匹配，所以，即使她出轨也并非不可理

地上的 云朵

解，何况作品所描述的大环境是一个两性关系非常开放的时代，欲和西门庆做长久夫妻也可以有多种办法实现，比如让财主西门庆多出些钱补偿武大，以解除婚姻关系，再嫁给西门庆，为何非得害人性命呢？俗话说，一日夫妻百日恩，该有多大的仇恨才能痛下杀手！这只能说明，潘金莲这个女人心中早就埋着恶的种子，遇着时机便膨胀发芽了。张竹坡评曰："此回文字幽惨恶毒，直是一派地狱文字，夜深风雨，鬼火青荧，对之心绝欲死。"

金莲毒死了武大，后来又毒死了西门庆，只不过用的不是砒霜，而是春药。西门庆自得胡僧给他的春药丸，便淫欲无度，开启作死的节奏。第七十九回写道，当晚，他与伙计韩道国老婆王六儿媾欢，回家之后，偏偏来到潘金莲房中休息，"失晓人家逢五道，滚冷饿鬼撞钟馗"，被潘金莲一下子灌了三丸春药。胡僧当初交代过，这药万万不能超过一丸。超量了，春药无疑就变成了杀人的毒药。结果，西门庆精尽身亡。在西门庆病重期间，潘金莲仍"不知好歹"，不顾西门庆死活强行索取，弄得西门庆"死而复醒者数次"。武大和西门庆都是"亲夫"，都被潘金莲用不同方式毒杀，何其相似乃尔！

杀人都可以干的人，还有什么不可以干、不敢干呢？打起人来就更是家常便饭、小菜一碟了。武大在潘金莲之前结过婚，老婆死了，留下一个十二岁的女孩迎儿，这一点《水浒传》中没有写到。中国自古就对"后娘"有太多的贬抑，其中的心理机制有人探讨过，潘金莲就是这样一个恶毒的继母，迎儿落在她手里没有最惨只有更惨。武大死后，潘金莲对这个没爹没娘的孩子毫无恻隐怜惜之心，而是非打即骂，像她使唤的一个丫鬟。"被妇人哕骂在脸上，打在脸上，怪她没用，便要教她跪着；饿到晌午，又不与她饭吃。"第八回写潘金莲做了一扇笼三十个蒸角儿等西门庆来吃，打开一数却是二十九个，喝问迎儿怎么少了一个？迎儿说不知道，是不是娘数错了？立即招来一顿毒打，"不由分说，把这小妮子跣剥去了身上衣服，拿马鞭子下手打了二三十下，打得妮子杀猪也似叫"。迎儿在潘金莲的淫威逼迫下，承认偷吃了方歇手。叫迎儿给她打扇，还不解气，又说："贼淫妇，你舒过脸来，等我掐你这皮脸两下子。""那迎儿真个舒着脸，被妇人尖指甲掐了两道血口子，才饶了她。"如此虐待一个孩子，实在残忍，潘金莲之恶，当下阿鼻地狱矣！

秋菊是潘金莲身边的一个粗使丫鬟，"为人浊蠢，不任事体"，和另一个丫鬟春梅的"性聪慧，喜谑浪，善应对"形成鲜明对照。她在潘金莲眼里，被视若猪狗，完全不当人看待，任意打骂，肆意摧残，随意作践。她多次被潘金莲罚跪头顶大石头，给人留下极为深刻的印象。第五十八回"怀妒忌金莲打秋菊"，写潘金莲因西门庆在李瓶儿房中歇宿，母子受宠，不禁妒火中烧，偏偏狗尿又洒了她一鞋，气急败坏将狗打了一顿，气未消，又习惯性拿秋菊出气。"提着鞋拽巴，兜脸就是

地上的云朵

儿鞋底子。打得秋菊嘴唇都破了，只顾搵着搽血。"接着"打够约二三十马鞭子，然后又盖了十栏杆，打得皮开肉绽，才放起来。又把她脸和腮颊，都用尖指甲搯得稀烂"。大家注意，书中用的字是"搯"，而不是"掐"。"掐"，是用手指挤捏，"搯"是掏的异体字，意为挖，潘金莲打继女迎儿和丫鬟秋菊，都是用尖指甲在脸上"挖"！何其歹毒也！每读这样的段落，心都会发颤！要知，潘金莲也是使女出身，也曾属"被侮辱与被损害者"，一旦做了主子，却对曾经的同类加倍施虐，不能不说有变态的成分。

《金瓶梅》中，潘金莲一向给人以心直口快之感，即使作恶都"光明正大"地做，好像不会藏奸耍滑。她敢于和西门庆正妻吴月娘直接正面开战，似乎说明了这一点。三姨娘孟玉楼劝架时说："这六姐，不是我说他，要的不知好歹，行事有些勉强，恰似咬群出尖儿的一般，一个大有口没心的货子。"吴月娘接口道："他是比你没心？他一团儿心哩。"（第七十六回）实际上正如月娘所说，这个女人特别擅长调三斡四，挑拨是非，甚至是处心积虑实施毒计。宋惠莲之死就是由于她来回挑唆"说的两下都怀仇忌恨"所致（第二十六回）。

西门庆的几房妻妾里，潘金莲最妒忌的是排在她后面的李瓶儿。原因有三：一是李瓶儿有钱。她曾是梁中书的小妾，后来嫁给花子虚，花的叔叔是宫中太监，家财万贯，超级富有，花子虚死后再嫁西门庆是带着巨额财产过来的。而潘金莲本是小户人家，几乎是净身而来。第七十四回写道，潘金莲央求西门庆，将过世的李瓶儿一件皮袄给了她，说出去吃酒，那些妻妾都有皮袄穿，只有她没有。西门庆道："贼小淫妇儿，单管爱小便宜儿！她那件皮袄值六十两银子哩。"二是李瓶儿肤白。潘金莲虽然漂亮，但这一点有所不及。三是李瓶儿有儿子。这个最要紧，在封建时代，女人存在于世的最大价值就是能给家族传宗接代，烟火相续。西门庆只有一个女儿，因此，生了儿子的李瓶儿自然最受西门庆的宠爱，潘金莲难以相比。故而，李瓶儿的儿子官哥就成了潘金莲的眼中钉、肉中刺，处心积虑欲除之而后快。潘金莲故意举高高使孩子受到惊吓，吴月娘发现了她居心不良，一直警惕不让她抱孩子。潘金莲遂设计了一条毒计，养了一只名叫"雪狮子"的猫，"因李瓶儿、官哥儿平昔怕猫，寻常无人处，在房里用红绢裹肉，令猫扑而挝食"。果然，有一天，这雪狮子窜入李瓶儿房中，"看见官哥儿在炕上穿着红衫儿，一动动地玩耍。只当平日哄喂它肉食一般，猛然往下一跳，扑将官哥儿，身上皆抓破了。只听那官哥儿呱的一声，倒咽了一口气，就不言语了，手脚俱被风搐了起来"。没几日，官哥儿便死了。书中对此有一段议论："常言道：花枝叶下犹藏刺，人心怎保不怀毒？这潘金莲平日见李瓶儿从有了官哥儿，西门庆百依百随，要一奉十，每日争妍竞宠，心中常怀嫉妒不平之气。今日故行此阴谋之事，驯养此猫。必欲唬死此子，使李瓶儿宠衰，教西门庆复亲于己。就如

地上的 云朵

昔日屠岸贾养神獒害赵盾丞相一般。"（第五十九回）潘金莲心机之深，用计之毒，真令人毛骨悚然，不寒而栗。

第六十回写道，官哥儿死后，"那潘金莲见孩子没了，李瓶儿死了生儿，每日抖擞精神，百般的称快。指着丫头骂道：贼淫妇，我只说你日头常晌午，却怎的今日也有错了的时节？你斑鸠跌了蛋也嘴答谷了；春凳折了靠背儿，没的倚了；王婆子卖了磨，推不了的；老鸨子死了粉头，没指望了。却怎的也和我一般。李瓶儿这边屋里分明听见，不敢声言，背地里只是掉泪。"这一番描写，让人不禁想起了《红楼梦》中写秋桐和尤二姐的桥段。

三

潘金莲待人如此刻薄狠毒，或可以找出各种因由，那么，她对亲娘老子又如何呢？能否闪烁一丝人性的温情和光亮？答案同样令人绝望。女儿嫁在西门家，潘妈妈自然要常来往行走，可怎么样呢？小厮玳安最知情，一次他对一个伙计评点家中主人，这样说潘金莲："她一个亲娘也不认的，来一遭要便抢得哭了家去。"（第六十四回）意思是，每来一次，都得生一次气，哭着回去。第五十八回写道，潘金莲在房中打狗打丫鬟，弄得鬼哭狼嚎，住在邻舍的李瓶儿怕惊吓了官哥儿，几次让丫鬟过来央求，潘姥姥也劝潘金莲住手，并上前夺潘金莲手中的马鞭。潘金莲不仅不收手，反而"把手只一推，险些儿不把潘姥姥推了一跤。便道：怪老货！你不知道，与我过一边坐着去！不干你事，来劝什么？腌子！"一番抢白，连骂带推搡，弄得潘妈妈走到里边屋里，"呜呜咽咽哭起来了"。第七十八回写道，潘姥姥坐轿子来西门家，让丫鬟通知潘金莲付给轿夫六分银子，潘金莲人来了，钱就是不给，"只说没有"。月娘让她先给潘姥姥一钱银子，记上账即可，潘金莲还是不给。一时僵持，外边轿夫催着要走，还是孟玉楼看不下去了，拿出一钱银子打发了轿夫。回到房中，潘金莲将老太太数落一顿，说以后没轿子钱你就别来了，"驴粪球儿面前光"，说得老太太呜呜咽咽哭起来了。当晚，因西门庆在潘金莲房中歇宿，潘姥姥便到李瓶儿处安歇，对着奶妈如意、丫鬟迎春大倒苦水，在夸了一阵死去的李瓶儿"好人""仁义""热心肠"之后，如此说潘金莲："正经我那冤家，半个折针儿也迸不出来与我！我老身不打诳语，阿弥陀佛，水米不打牙，他若肯与我一个钱，我滴了眼睛在地！"后来，春梅又来拿菜肴给老太太吃，潘姥姥便对春梅说："就是你娘（指金莲），从来也没费恁个心儿管带我，姐姐，你倒有些惜孤爱老的心，你到明日，管情好一步一步自高。敢是俺那冤家，没人心，没人义！几遍为她心龌龊，我也劝她，她就抗得我失了色！""没人心，没人义，心龌龊"，这是一个母亲对亲生女儿的评价。

我试图在书中寻找潘金莲的善举和"好人好事"，寻寻

地上的 云朵

觅觅总算找到了一例。第五十八回写道，潘金莲与孟玉楼一起到大门外磨镜子，磨镜老汉哭诉家里困境，触发孟玉楼怜悯之心，便令小厮来安儿回家去拿腊肉和两个饼锭（烧饼）。潘金莲见状，"叫那老头子问：你家妈妈儿，吃小米儿粥不吃？老汉道：怎的不吃？那里可知好哩！金莲于是叫过来安儿来：你对春梅说，把昨日你姥姥捎来的新小米儿量二升，就拿两个酱瓜儿出来，与他妈妈儿吃。"潘金莲居然也发善心了？这岂不是太阳从西边出来了？这是否也在表现人性的多面性与复杂性？其实，孟玉楼发善心在先，两个一样身份的人一块出来磨镜子，潘金莲再不情愿也得跟随意思一下，不过是她争强好胜、好面子罢了。孟子所谓善之四端"恻隐之心，羞恶之心，辞让之心，是非之心"，跟她丝毫不沾边。

第七十五回云"善有善报，恶有恶报，如影随形，入谷应声"。潘金莲在西门庆死后，和女婿陈经济私通几乎到了公开的地步，还打掉了一个孩子被人发现。这一切都瞒不了身边常被摧残的丫鬟秋菊。秋菊虽然"浊蠢"，但也执拗，有仇必报，几次向吴月娘告发，加上谨守闺范的吴月娘实在无法容忍家中出这等污秽丑事，而且李瓶儿终前所说"休要似奴心粗，吃人暗算了"言犹在耳，于是，将潘金莲赶出家门，叫王婆领出嫁人。正巧武松遇赦回来寻仇，潘金莲的故事又回到了《水浒传》，被武松杀掉。

潘金莲的淫与恶，在《水浒传》中已被定型，在《金瓶梅》中又得到充分展示，且作者以一首七言诗终篇，最后两句是"可怜金莲遭恶报，遗臭千年作话传"。两部名著的描述，使得潘金莲的秽名恶名妇孺皆知，万劫不复。

四

20世纪80年代，有"巴蜀鬼才"之称的剧作家魏明伦，写了一部荒诞剧《潘金莲》引起巨大轰动，名噪一时。有人称之为潘金莲翻案，其实潘金莲不是历史人物，只是虚构的艺术形象，何谈翻案。这部剧将古今中外的人物如武则天、安娜·卡列尼娜、贾宝玉、吕莎莎（李国文小说《花园街五号》）等穿越时空，围绕潘金莲与四个男人的故事各抒己见，呈现了不同时代、不同地域的价值观和爱情观。作者站在现代人的角度和思想解放的立场，对潘金莲的苦闷和对爱情的追求表现出理解和同情。

借古人酒杯浇心中块垒，《金瓶梅》可以从《水浒传》节外生枝，衍生故事，现代作家自然也可以重新演绎。但需要说的是，《金瓶梅》和《水浒传》中的潘金莲并无二致，如果违背了人物性格逻辑，那就写李金莲王金莲好了。潘金莲就是潘金莲。这两部书的作者思想观念自有其时代的局限性，但经典的意义就在于可以超越时空获得永恒。潘金莲无疑是个悲剧人物，出身贫寒，小小年纪就两次被卖到大户人家做使女，

地上的 云朵

被主人糟践，后被迫嫁给卖炊饼的丑男人武大，是最典型的"一朵鲜花插在牛粪上"，徒有美貌和才华，这种巨大的反差反映出命运的不公，的确令人同情和惋惜。她的苦闷与烦恼可以想见。如果故事停留在潘金莲背夫杀夫之前，读者对她完全可以持另外一种态度，甚至包括其爱慕武松都是可以理解的。然而，自从鸩杀武大之后，一切就完全变了，罂粟花收割了黑色的罪恶。金莲之恶，自有其形成的温床和土壤，社会黑暗，生活压抑，酱缸效应，私欲膨胀，等等，使其在成长过程中培育了阴暗的心理，通过对抗、报复、掠取、宣泄来实现内心满足，以致扭曲变态，走向极端。潘金莲的境遇让我想起了安娜·卡列尼娜，同样也是婚内出轨，但安娜追求的是个性解放和爱情自由，她说："我是个人，我要生活，我要爱情。"她是一个善良、真诚、勇敢的女人，她的行为虽有悖于道德，但更合乎人性，从而获得读者的同情甚至赞赏。她没有为实现自己的私欲而杀人，反而是爱情破灭后卧轨自杀。现代人们一直对泛道德化的人物评价有所诟病，但潘金莲与安娜不同，其恶已超出了道德的范畴。

文学艺术对善的赞颂与对恶的揭示，都是对人性的刻画。刘心武说，《金瓶梅》"最大的震撼力是挖掘人性的深度，尤其是对人性恶的坦然揭橥"。金莲之恶，让我们看到了一个灵魂的挣扎与毁灭。金莲，或许可以出淤泥而不染，却在泥淖中沉湎深陷；一个貌美如花且才艺兼擅的女人，或许可以成为天使，却在摇曳生姿的步态中一步一摇化身恶魔。

梦回吹角连营

南宋开禧三年（1207年）秋晨，辛弃疾陷入昏迷，一家老小围在榻前，任谁也唤不醒。挨到黄昏，多年跟随左右的老仆急得团团转，突然间灵光一闪，附到辛弃疾耳边，大声喊道："老爷，金兵来了！"只见辛弃疾猛地睁开双眼，霍然而起，手向一侧抓去，似乎是寻找宝剑，用尽平生力气连吼三声：杀贼，杀贼，杀贼！随后，溘然长逝，享年六十八岁。

这段故事虽然无法查实，但杀退金兵、恢复中原，是辛弃疾一生孜孜以求、矢志不渝的梦想，读来也令人觉得颇合情理。

在中国文学史上，辛弃疾是宋词豪放派的代表，与苏轼齐名，并称"苏辛"。巧了，苏轼号东坡居士，辛弃疾号稼轩居士，东坡，稼轩，倒有一些内在的关联应合。不同的是，苏轼是一个文人的豪放，而辛弃疾可谓一个英雄的豪放，他的豪放是用刀剑和鲜血淬炼而成。在一个山河破碎、风雨如晦的年代，恐怕一个男儿最大的梦想是仗剑报国、匡扶社稷，填词

地上的云朵

作诗乃"风雅余事"。在南宋，除了辛弃疾，还有岳飞、文天祥，都有名篇传世，三人都可堪称英雄名号。然而，辛弃疾与岳、文二位虽赍志而没，但也曾或一生戎马或一柱擎天大不相同，辛弃疾的英雄壮举犹如夏日的闪电惊天动地却太过短暂，归宋之后端的是骐骥困于槽枥，宝剑鸣于匣中，空有一腔抱负、一身武艺，只能在宦海中沉沉浮浮，"可惜流年，忧愁风雨，树犹如此！倩何人唤取，红巾翠袖，揾英雄泪"。在一片闲愁中，种瓜得豆，成为独步文苑的"词中之龙"。

"醉里挑灯看剑，梦回吹角连营，八百里分麾下炙，五十弦翻塞外声，沙场秋点兵。马作的卢飞快，弓如霹雳弦惊。了却君王天下事，赢得生前身后名。可怜白发生！"（《破阵子·为陈同甫赋壮词以寄之》）

这是辛弃疾最脍炙人口的词作，一股豪迈奔放的英雄气破纸而出，令人热血沸腾。同时，也透出一丝无奈的苍凉沉郁之气。当年的战斗生涯深深地刻在辛弃疾的脑海里，不仅是他一心报国、征战沙场的强大动力，还给他的词烙上了豪放慷慨的审美底色。

辛弃疾是真正的英雄，不是纸上的豪杰。

文人在人们心目中的形象，从李白式的飘逸、杜甫式的清癯到王维式的俊美，总之是温文尔雅的书生。辛弃疾的体貌却卓荦不群，史书称之"肤硕体胖，目光有棱，红颊青眼，壮健如虎"。他的好友、诗人陈亮如此评曰："目光有棱，足以映照一世之豪；背胛有负，足以荷载四国之重。""背胛有负"，即肌肉发达。由此得知，辛弃疾虎背熊腰，体态壮硕，完全是一个猛男形象。

这样的体格膂力才会完成驰骋疆场、奋勇杀敌的英雄传奇。

辛弃疾出生的时候，北宋已经灭亡十三年，山东济南已沦为金国地盘，也就是说辛弃疾属于金国人。他的祖父辛赞虽然出仕金朝，却心怀大宋，给孙子起名"弃疾"，自然有追慕汉代悍将"霍去病"之意。辛弃疾二十二岁这一年，金主完颜亮大举南侵，却发生内乱，被属下所杀，趁此机会，山东一带义兵蜂起。辛弃疾变卖家产，拉起了一支两千人的队伍，后又加入耿京二十五万人的起义大军中，担任东平节度使掌书记。

短短一年的军旅生涯、抗金斗争，对辛弃疾的一生产生了极其深远的影响，尤其是其间发生的两件颇有传奇色彩的事，为辛弃疾戴上了英雄的桂冠。

在耿京的义军里，有一支是辛弃疾劝说拉来的僧人义端的队伍。不料这个和尚却非善类，心猿意马，首鼠两端，参加义军只不过投机而已。有一天竟然偷走了耿京的帅印，仓皇向金营逃去。耿京闻讯大怒，欲杀辛弃疾。辛弃疾也很愤怒，请求耿京给他三天时间将大印追回，否则甘愿受死。辛弃疾单枪匹马日夜兼程，终于在一条小道上截获了义端。义端见势不妙，忙跪地求饶："我识君真相，乃青兕也。力能杀人，幸勿杀

地上的 云朵

我。"何谓"青兕"？凶猛的青色犀牛是也，有千斤之重。义端是个和尚，大概会看相，以为辛弃疾的"真身"是青兕，哪敢接战。辛弃疾毫不手软，手起剑落，斩下义端首级，找回了大印。

宋高宗绍兴三十二年（1162年），在辛弃疾建议下，耿京决定义军归宋，并派辛弃疾等南行面见皇上。这个宋高宗就是杀害岳飞的昏君赵构。他在建康府（今南京）接见了辛弃疾一行，予以嘉勉，次日即颁发了诏书。待辛弃疾他们回到山东，却闻听一个晴天霹雳的噩耗，义军将领张安国杀害了耿京，投降金国，并被任命为济州（今济宁）知州，二十五万大军已分崩离析、风流云散了。变生肘腋，辛弃疾悲愤难抑，决定复仇。他只领五十骑，闯进了五万人把守的金营。《宋史》有简约记载："安国方与金将酣饮，即众中缚之以归，金将追之不及。献俘行在，斩安国于市。"寥寥数言，却是字字惊心，句句动魄，风雷暗滚。在敌军营帐，当众将酣饮的主帅绑了，从容离开，庶几是不可能完成的任务，辛弃疾是怎么做到的？无非有三，一胆大如斗，二武艺超群，三智谋过人，缺一莫办。这个场景不禁让人想到这样的形容：万马军中取上将首级如探囊取物；虽千万人，吾往矣！不禁让人想到了关云长、赵子龙、岳鹏举。辛弃疾，真英雄也！这一年，辛弃疾二十三岁。此事令辛弃疾名动朝野，洪迈《稼轩记》云："壮声英概，懦士为之兴起，圣天子一见三叹息，用是简深知。"宋末诗人谢枋得感叹说："公精忠大义……无位犹能擒张安国归之京师，有人心天理者，闻此事莫不流涕！"

然而，奇怪的是，如此有勇有谋、能文能武的青年英雄，从此与北伐抗金大业再无瓜葛，"道男儿到死心如铁，看试手，补天裂"的雄心壮志堪堪落空，再无用武之地。辛弃疾举义回到南宋，就是"与图恢复"，但他来自沦陷区"归正人"的身份令其始终难以得到真正的信任，只能在官场游弋，却不能在战场涉足。即使他写了军事战略条陈《美芹十论》《九议》，上奏朝廷，却被弃若敝屣，如泥牛入海。"却将万字平戎策，换得东家种树书"，"把吴钩看了，栏杆拍遍，无人会，登临意"，徒叹奈何！

"天下英雄谁敌手，曹刘。生子当如孙仲谋。""想当年，金戈铁马，气吞万里如虎。"……辛弃疾一生有无法释怀的英雄情结，他是英雄，曾纵马驰骋，快意恩仇；又是曾经的英雄，北望神州，四顾茫然，只能醉了在灯下看剑，在梦里重回营帐。纵然如此，辛弃疾的词，给阴柔孱弱的南宋撑起了一片阳刚雄健的天空，给中国文化注入英雄豪迈的艺术因子。

辛弃疾，终其一生，是词人，更是战士。

地上的云朵

英雄气盈天地间

　　1282年，至元十九年十二月初九，京师大都寒冷刺骨，阴云密布。在柴市刑场，文天祥从容站定，问身边旁观者何为南方，然后南面而拜，言："我事毕矣！"引颈受刑，慷慨赴死。

　　文天祥心向南方，至死不渝。他有一首名诗《扬子江》："几日随风北海游，回从扬子大江头。臣心一片磁针石，不指南方不肯休。"他将诗集命名为《指南录》，南方是他的国，南方是他的家，犹如磁石牢牢地吸引着、指引着他的赤诚之心，坚如磐石永远指向南方！

　　后世所塑造的文天祥雕像，一律面向南方，那是他心的方向。

　　文天祥生于一个朝代的末世，这是他的不幸。虽然他生得一表人才，"体貌丰伟，美皙如玉，秀眉而长目，顾盼烨然"；虽然他天资聪颖，科举考得状元，皇帝召见时闻之名而精神一振，谓："此天之祥，乃宋之瑞也。"文天祥因而改字为"宋瑞";虽然他最后当上了宰相，成为国之重器，赴汤蹈火，肝脑涂地，但是他遇到了一个"最坏的时代"。皇帝昏聩无能，宦官兴风作浪，奸佞把持朝政，大臣明哲保身，整个国家似大厦将倾，从根部已朽烂透了。所以，外敌入侵，一战即溃。大势如此，文天祥纵有天大的本事，也无法凭借一己之力匡扶社稷。然而，"疾风知劲草，板荡识诚臣"，危难之际，乱世中间，必有大英雄出焉，南宋初有岳飞，末有文天祥，巍巍然耸立在历史之巅。

英雄的骨气、豪气、志气书写了人间的正气之歌。

不畏强权，敢于斗争，此乃骨气。在宋廷，面对宦官肆虐、奸臣当道，文天祥秉持文人士大夫的操守，没有一丝一毫的奴颜媚骨。当元军进攻鄂州的消息传到京城，惶恐的气氛蔓延朝野。宋理宗的心腹宦官董宋臣怂恿皇帝赶紧迁都。这董宋臣人送外号"董阎罗"，专横跋扈，心狠手辣，依仗皇帝宠信胡作非为。文天祥对这种奸佞小人极为痛恨不齿，冒死上疏，要求处斩董宋臣。唯此，方可消除异议，震慑敌人，激昂将士忠义之气，奋发军民感泣之泪。文天祥明白得罪董宋臣可能会大祸临头，但国家危亡之际，也无所顾忌了。贾似道更是宋朝可与蔡京、秦桧比肩相埒的大奸臣，由于皇帝暗弱，他把持朝政，呼风唤雨，成为居于宰相之上的权臣。他可以带着蛐蛐上朝，虫鸣廷上，有一次一只蛐蛐从他的袖口跑出，居然跳到了皇帝的胡须上。他的一名姬妾倚楼看到二少年走过，夸道：美哉，二少年！竟然因此被砍下头颅。这个奸臣不断玩弄以退为进的把戏，逼迫皇帝给他更大的权力，他上疏请求辞职，皇帝自然挽留，诏书让担任学士院权直的文天祥起草。文天祥早就看穿了贾似道的丑恶内心，所以他草拟的诏书绝不曲意逢迎，而是义正词严，并且不按规定先送"当国"的贾似道过目，而是直接送达皇帝。自然，这道诏令没被采用，文天祥也被罢官。文天祥给友人的信中说："此血肉躯如立于砧几之上，膏粉毒手，直立而俟之耳。仆何所得罪于人？乃知刚介正洁，固取危之道，而仆不能变者，天也！"真是铿嗒有金石声，一个铮铮铁骨硬汉跃然纸上！

毁家纾难，驰骋沙场，此乃豪气。元兵大军压境，国都告急，朝廷急忙诏令各路兵马勤王，同时也给文天祥下了专旨，命他"疾速起发勤王义士，前赴行在"。文天祥奉诏立即行动起来，他说："国有大灾大患，不能不出身捍御。"经过上下奔走，很快文天祥聚集义士上万人，他把自己的家产变卖以充军资，把家眷托付给弟弟文璧，在战袍上绣上"拼命文天祥"五个大字，以示舍身救国的决心。有朋友劝阻他说，元军所向披靡，势不可当，"君以乌合万余赴之，是何异驱群羊而搏猛虎？"文天祥很清醒，但不为所动，他说，我知道自不量力，但我舍身卫国的行为就会感召天下忠臣义士闻风而起，万众一心，众志成城，社稷就有可能保全。1276年正月，宋廷献城投降，作为被朝廷派去和元军洽降的使臣，文天祥极力抗争，被扣留，随后被押解北上。文天祥凭着一身胆识九死一生途中逃脱，辗转寻到新立的小朝廷，拉起队伍继续抗战。曾经在江西一带连战连捷，收复失地，显示了文天祥作为一个书生卓越的军事指挥才能。马下看书，马上杀敌，豪气冲天，真英雄也！

　　宁死不屈，壮烈殉国，此乃志气。文天祥南岭兵败被俘之后，曾多次自杀殉节，未成。敌人严刑拷打，逼他屈服，未果。数次诱降劝降，文天祥坚如磐石。一次，元廷派被封为瀛国公的九岁废帝赵㬎来劝降，这一招挺毒，你的皇帝都投降了，如果你认他为宋主，他命你投降你遵旨否？文天祥识破了敌人的诡计，待一见到赵㬎，让其居于上位，跪拜行礼，不等赵㬎开口，赶紧一连声地说道：乞回圣驾，乞回圣驾！赵㬎茫然不知所以，只得怏怏而回。元廷一计不成，又拿出杀手锏，让文天祥的女儿写信，打亲情牌，往他的最柔软处捅刀子。文天祥给妹妹写了一封回信，云："收柳女信，痛割肠胃。人谁无妻儿骨肉之情？但今日事到这里，于义当死，乃是命也，奈何奈何！""可令柳女、环女好做人，爹爹管不得。泪下，哽咽哽咽。"铁骨柔肠，最真实的人性之光，然而，抹去眼泪，不改初心。最后，元帝忽必烈亲自出马，以宰相相许，文天祥坚拒，傲然作答："一死之外，无可为者！"在文天祥看来，高官厚禄，儿女亲情，乃至生命，这世间的一切，都没有气节、尊严更为宝贵。他在临刑前写了一首绝笔《自赞》藏于衣带间，"孔曰成仁，孟曰取义。惟其义尽，所以仁至。读圣贤

地上的 云朵

书，所学何事？而今而后，庶几无愧"。为国而死，为节而死，为仁而死，为义而死，死得其所，文天祥死而无憾！这样的死，死的只是肉体，换来的却是永生！

> 辛苦遭逢起一经，干戈寥落四周星。
> 山河破碎风飘絮，身世浮沉雨打萍。
> 惶恐滩头说惶恐，零丁洋里叹零丁。
> 人生自古谁无死，留取丹心照汗青。

这是文天祥在被押解途中写下的一首震古烁今的伟大诗篇《过零丁洋》。钱锺书先生评价说此诗"志益愤而气益壮，诗不琢而日工"。其实，这首诗完全超越了艺术的范畴，化为一种血气，一种精神，一种文化密码，深深契入中华民族的遗传基因中，世代相传。这首诗和文天祥后来写的《正气歌》一脉相承，浩然正气，盈满天地，具有撼人魂魄、磅礴雄伟的力量。

林非的儒雅

不见林非先生久矣。

最近因一篇稿子的事，和林非先生的夫人肖凤老师通了电话。电话两端虽然隔着遥远的空间距离，虽然跨越了十几年的时间长度，却瞬间连接上了那份亲切和熟稔，一切阻隔顿时化为乌有。放下电话许久了，我还沉浸在回味中，如烟的往事清晰地在脑海里聚拢起来，一一映现。

在与林非先生二十多年的交往中，他留给我最深刻的印象是两个字：儒雅。那种文质彬彬的气质修养，那种从容淡定的优雅风度，那种恂恂如也的君子做派，那种民主平等的大家风范，都令人倾倒，令人钦佩。在他身上，既有古代文人士大夫的情怀，又有现代学者的意识，他将二者冶为一炉，炼出一粒金丹来。

我是1994年结识林非先生的，于今二十五年了。那年夏天，《散文百家》与《地火》杂志联合在郑州举行散文笔会，林非先生是特邀嘉宾，我是《散文百家》的特约编辑。20世纪

地上的 云朵

80年代我上大学时曾痴迷鲁迅，阅读了大量相关图书，林非与人合著的《鲁迅传》影响很大，自然是在读之列。林非先生是鲁迅研究会会长，是国内顶级的学者，后来又转向散文研究和写作，担任中国散文学会会长，他的《现代六十家散文札记》《中国现代散文史稿》以及论文《散文创作的昨日和明日》都是教科书一样的领航之作，故他在我心里就是神一般的存在。以前我见过萧军、刘绍棠、从维熙等名家，但只是泯然众人的一个听众而已，远远的仁望，无缘亲炙馨欬。而今要和林非先生"亲密接触"好几天，内心的激动可想而知。那天，林非先生的身影终于出现在我们面前，只见他穿着白色的短袖衬衫，面孔白皙，笑眯眯的，和蔼可亲，而且身材高大，腰板挺得直直，更显挺拔，儒雅里含有特别的精气神儿。我怀疑他军人出身，一打听，果然他在上复旦大学之前当过兵。他有一篇散文《渡过长江去》，开头这样写道："1949年2月，我辗转去了江苏盐城解放区的华中大学。刚安顿下来听了几回报告，就编进了南下的部队。"那次笔会，除听了林非先生的讲座以及研讨，还去了洛阳、开封等地采风，天天在一起，逐渐熟悉起来，也慢慢消除了拘谨感。林非先生毫无"权威"的威严自大，而是平易近人，谦和有礼，无论在会上还是会下，他都是充分倾听并尊重别人的意见，和大家相处得融洽愉快。

印象很深的一次，林非先生在举行讲座时，讲到散文写作要注意用词准确，举了一个例子：宾馆房间门口晚上休息的时候要挂上"请勿打扰"的牌子，如果将"打扰"改为"骚扰"就不妥帖，就过了。晚饭后，我和几位年轻人去林先生房间聊天，一进门，我说，林先生，我们来"骚扰"您了。林先生不以为忤，会心一笑，连声说道，欢迎"骚扰"，欢迎"骚扰"。房间里一片欢声笑语，其乐融融。

郑州笔会，不仅让我领教了一位大学者的博学，每行一处，林先生都能讲出相关的典故和故事，而且他气质优雅、风度翩翩，举手投足都那么大方得体，温文尔雅，让人有一种说不出的着迷。其实与此吻合，他的雅致和从容也流淌在其文章的字里行间，循循善诱，温和理性，罕有疾言厉色、火星四溅。这之后，我和林先生开始了通信联系，保持了很长时间。其中距郑州笔会不久，林先生给我的信中有这样几句话："郑州欢聚，终生难忘。你极有创见的论文，对我的启迪更是分外清晰，常记心间。"这种平等的语气和热情的鼓励，让我这样一个刚入文坛不久的青年感到异常的温暖，其生发的力量不言而喻。

大约过了两年，林先生主编《中国当代散文大系》，有关河北作家的撰稿及作品收集的任务交给了我。这可是文学史性质的"大活儿"，我既感到了信任也感到了压力。我由此和铁凝、梅洁、张立勤等作家建立了联系，开辟了一条散文研究的坦途。1998年我调到省城报社之后，约林先生给副刊写了一些稿子，每次他都谦虚地称"补白"。他主编的《中国现当代

地上的云朵

散文三百篇》，我的《夜读》有幸附为骥尾，我是最年轻的作者之一，按年龄排在我后面的只有红孩、邱华栋两人。对此我深深感激林先生对我的垂青与提携，但林先生却丝毫没有"恩赐"的居高临下，反而来信感谢我"慨然允诺收入大作"。这真是大学者的君子风范，越是平等待人，就越是叫人仰望。

后来去北京几次出差，都来去匆匆，未及与林先生晤面。当我写信告诉他时，他回信表示"愤怒"。这加了引号的"愤怒"让我心里涌出一股暖流。他在另一封信中说："很想有机会好好谈一回。我无去贵邑的机会。你如来京组稿，可于舍间住一宿（分楼上楼下，洗澡等事均互不干扰），长谈一次。"并告知具体住址。2000年6月，我借着去北京开会，一天上午专门去林先生的寓所造访。他所居住的静淑苑，绿树掩映，花草繁茂，整洁幽静。肖凤老师也在家。肖凤也是国内著名作家、学者，在北京广播学院（即中国传媒大学）任教，著有《冰心传》《萧红传》等作品。二老热情地接待了我。我和林先生在他宽大的书房聊天，天南海北，极为尽兴，不觉已到中午，我提出告辞。林先生、肖老师却无论如何不肯放我走，请我在静淑苑附近一家餐馆就餐。林非是国内鲁迅研究界、散文界的泰山北斗，却以老朋友的身份请我这个晚辈吃饭，我自叹何幸如之！另外，我还有一个意外收获：曾听闻，林非夫妇相敬如宾，互相尊重，之间做了什么帮助的事情要说谢谢，这次我算是亲眼所见，真实不虚。林先生对妻子十分关爱照拂，走路他要走在外侧，让肖老师走里侧，十足的绅士风度。肖老师对他小有照顾，比如递过餐具之类，林先生会说谢谢。同样，肖老师亦如此。"举案齐眉，相敬如宾"曾是中国古代夫妇相处的最高境界，可是又有多少人可以做得到？林先生、肖老师真是一对允称典范的佳偶伉俪。从这一点上可以看出，林非先生的儒雅体现在社会、家庭等日常的方方面面，这种修养是渗透在骨髓里边的。

　　儒雅，是气质，是风度，是修养，也是一种品德。孔子云："质胜文则野，文胜质则史，文质彬彬，然后君子。"这原本是说内容和形式的怡然相配，被后人视作君子的中和之美。修身齐家治国平天下，道德气质修养是其根本。当下有一些所谓的文人雅士，读书也不少，却语言粗鄙、举止粗俗、行为粗野，与文明和美的创造者身份毫不匹配。在这方面，林非先生是一面最好的镜子。

地上的 云朵

徐光耀的真率

上次见到光耀老，还是两年前春天《韩羽集》出版座谈会上。

老先生已九秩高龄，却脸膛红润，声若铜钟，往那一坐，像一尊神，不怒自威，自带光环，让人一眼看去即非平常之人，油然而起恭敬之心。

且不说他的红色经典《平原烈火》、鲁奖作品《昨夜西风凋碧树》，只说《小兵张嘎》，谓之家喻户晓、妇孺皆知，绝非夸张。人称其为"小兵张嘎之父"，作为一名作家，此乃至高荣耀。

徐光耀的正直、真率、倔强，那是在文坛出了名的，千磨万击还坚劲，任尔东西南北风，青山不改，绿水长流。

这不，给小几岁的老弟韩羽捧场的徐光耀，发言时就"毫不客气"地抖搂出韩羽当年的"笑料"。他说，韩羽这个人酷爱读书，又惜书如命，每次买到新书都像孙犁那样给书穿上新衣（书衣），也就是包上书皮。可是呢，他宝贝他的新书，舍不得看，藏在箱子里，上图书馆或找人借，也来我这儿借。留着自己的，专看别人的，我说这是不是有点自私啊但又自私得可爱。

全场一片哄堂大笑，韩羽老先生张开没牙的嘴也呵呵笑，竟露出几分孩子般可爱的扭捏。

这一番"揭老底"，揭出了老哥俩儿一辈子的铁杆交情，揭出了徐光耀率真的性情，也揭出了一个独异有趣的读书人形象。真不愧是大作家，一箭数雕，既真诚，又风趣，一言甫出，满堂喝彩，给人留下的印象实在太深刻了。

我第一次见到徐光耀，是20世纪90年代初。我从邢台来省会参加河北省青创会，看到了坐在主席台上的徐光耀。那时他是省文联主席，年近七旬，瘦高的个子，仿佛一棵孤松挺且直。我远远地以崇仰的目光投向他，隐隐有些激动，终于见到《小兵张嘎》的创作者了。

我最早知道《小兵张嘎》是在县城读小学三年级。一次课间休息，语文老师从一个同学手里拿过一本连环画，翻了几页眼睛就被粘住了，竟然兴致勃勃地边看边念了起来，笑声在教室里回荡，磁铁一样吸住了一大群同学。放了学我跟母亲要了钱就蹿到新华书店买了一本，生怕去晚了买不到了。后来多次看同名电影，再后来又读了小说原著。张嘎以鲜明的性格特征和生动典型的形象列入当代文学人物画廊。

主席台上的徐光耀一派俨然，端方谨重，从面相上看不出

地上的云朵

丝毫"嘎"气。许多作家写小说难免带有"自叙传"的特点，将自己投射到所塑造的人物身上，读者多少会从中找到作者的影子。徐光耀也是小八路出身，却写出了与自己全然不同的嘎子。他当时讲了些什么，已记不得了，但有一句话却像平地滚过一声春雷，时逾近三十年仿佛还在我耳畔轰响。他以毫不含糊的口气说，这丫头将来要成精！他说的"这丫头"是坐在主席台上的文联副主席、青年作家铁凝。那时铁凝才三十多岁，徐光耀慧眼识人，而且以这种直接坦率、毫不掩饰的方式当众夸奖，并大胆做出预言。

多年之后，我读了作家闻章的传记作品《小兵张嘎之父》，看到里边摘引的几则徐光耀日记才知道，徐光耀对铁凝的欣赏揄扬和大胆预言其实时间更早。如："1979年10月10日。读了铁凝的《啊，阳光……》。这个孩子的确是有前途的。她是个小天才，当然还要发展，要成长，顺利成长到七十岁，成就当不下丁玲、谢冰心的吧。""1979年12月27日。原来不相信有天才，及到读了铁凝，相信天才是有的。""1981年3月10日。前天读了铁凝在《中国青年报》上一篇小说《一片洁白》，实在写得好。这丫头真会成精的。""1983年3月28日。晚上看铁凝《没有纽扣的红衬衫》，确是大家气派。我辈已不能望其项背。这才是文学，而心胸博大，目光如炬，且怀有人道主义，与人为善，皆可贵也。惜我河北，尚不识此人，悲哉也夫！"预言铁凝将来成就当不下丁玲、冰心的1979

年，铁凝才二十二岁，而最早发出"这丫头真会成精"之声的1981年，铁凝才二十四岁，距其成名作《哦，香雪》发表尚有一年。

一般来讲，一个前辈作家对晚辈作家的褒扬尤其是断言未来，会持谨慎的态度，拿捏分寸，留有余地。但徐光耀不仅毫不吝惜自己的赞美，不仅记在私人日记里，而且还在大庭广众中公开表达。这，就是徐光耀，从枪林弹雨中冲杀出来的徐光耀，从蹭蹬艰蹇中淬炼出来的徐光耀，真率磊落，光风霁月。更要紧的是，到如今，我们不能不佩服光耀老精准独到的识人巨眼。

徐光耀之所以能慧眼识人，绝非信口开河，而是源于他对铁凝的知根知底。他是铁凝的文学启蒙老师。十五岁的铁凝曾由父亲铁扬领着带着作文去拜访徐光耀，一是盼望能得到指导，二是鉴定一下文学才能，是不是这块料。徐光耀拿过作文就"漫不经心"地放到桌子上，转脸和铁扬聊起了别的。铁凝后来写文章回忆道，"为了引起他的注意，我请求为他朗诵我那作文，却被他毫不客气地拒绝——他说他从来不习惯听别人念自己的作品。"你看，徐光耀就是这么耿直。第二次再见面，徐光耀激动地谈起那篇作文，连说两个"想不到"，回答铁凝："你不是问什么是小说吗？我可以告诉你，你写的已经是小说了。""我受了一位大作家毫不含糊的肯定，十五岁的心被激荡起来。"第一次的冷和第二次的热，都是徐光耀真率

地上的 云朵

个性的体现，有这种个性的人，不会虚与委蛇，不会说假话，一是一，二是二，好就是好，孬就是孬，所以他的肯定是真正的肯定，毫不掺假的肯定，这对铁凝来说获得了绝对真诚的鼓舞，由此向着作家的梦想扬帆起航。

徐光耀多次称不喜欢自己老实、刻板、木讷的性格，所以塑造出机灵活泼的嘎子形象以作人生补偿。许多年里，我虽然和光耀老交往不是很多，但我能真切感受到他的正直和真率是骨子里的一以贯之，这与传统的文化人格相吻合。孔子曰："刚毅木讷近仁。"正直的人才会有真率的性情，真实不虚，真诚不伪，这样的人才是坦荡荡的真君子。

韩羽的学养

由于新型冠状病毒感染疫情，我有一年多未见韩羽先生了。这天，因受河北省文联邀请承担一个写作任务，我去韩府探访。九十一岁的老先生还是那样精神健旺，思维敏捷，侃侃而谈，一仍其旧，岁月似乎在他身上停止了迁延。

闲聊中，他说最近看了一部由陈道明主演的电视连续剧《冬至》。顺便说一下，韩羽有一个业余爱好，爱看光盘，收藏数以千计，号称"千碟富翁"。如今，电视连上了网络，不用看光盘，自己会在上面搜索。韩羽看片，不像一般人只是消遣娱乐，而是他另一种形式的读书，"思摸"（思考）仍是他的习惯，能从中抓住最有思想含量的触点。他说，《冬至》里边有句话挺有意思：人在世上做一件坏事并不难，难得的是一辈子做坏事，不做一件好事。颇堪玩味，令人深思。由此他又说到了《水浒》中"鲁提辖拳打镇关西"一节，善与恶的关系以及转换。谈言微中，触类旁通，韩羽的学识如万斛泉源，滔滔汩汩，不择地皆可出也。

地上的云朵

看韩羽先生绘声绘色地讲述，我忽然想，这个获得过鲁迅文学奖和中国漫画金猴奖成就奖的老头儿，在世人眼中当然是作家与画家两重身份，其实他还有一个身份被潜隐了：老头儿有大学问，允称一名学者。

韩羽之所以能在美术和文学两界皆有大成，究其因，无外乎二者，勤读书与善思考。王蒙曾提倡"学者型作家"，学养和思想，无疑是成大器者之双翼。品读韩羽文章会发现，谈文说艺，月旦臧否，品藻评骘，无不显示其学识丰赡、腹笥充盈、哲思深广、底蕴厚重，说其是一名学者当不谬也。但韩羽不做高头讲章似的形而上理论家，而是密切联系实际，重实践，接地气，机智生动，饶有趣味。如晚明作家张岱《湖心亭看雪》有这样一段有名的文字："天与云与山与水，上下一白，湖上影子，唯长堤一痕，湖心亭一点，与余舟一芥，舟中人两三粒而已。"寥寥几笔，一幅绝妙的境界辽远的水墨画呈现在眼前。其中，以"粒"量人，韩羽说其"文有不通而可爱"，如改为"个"或去掉"粒"，通则通了，简则简了，但"平板呆滞，生气全无"，所以，一个"粒"字，"似量词，又似状语，恍兮惚兮，闪闪烁烁，给'两三人'罩上'粒'的影子：瑟缩蜷曲如豆如谷之状，而'渺沧海之一粟'了"（《文有不通而可爱》）。韩羽这类别有会心的鉴赏文字在他的书中如花在野比比皆是。《我读红楼梦》和《我读齐白石》，是他的两部近年出版的鉴赏评论专著，集中展示了韩羽的为学功夫。

韩羽作文常引经据典，信手拈来，有时明引，有时暗引，如撮盐入水，不着痕迹。如《我读红楼梦》中《花袭人春风得意》一文："'用手帕托着给他'，一看就是'做戏'，也不能不佩服袭人真会做戏。做给谁看，做给村姑姐妹看。只这手帕一托，竟将自己托得远远高出于她的姐妹之上了。俨然晏子的马车夫，'拥大盖，策驷马，意气洋洋，甚自得也'。"这里从袭人的春风得意又突然说到晏子马车夫的洋洋自得，从《红楼梦》跳到了《晏子春秋》，这是韩羽惯用的"东拉西扯"法，同类事物的类比加以烘托。试想，如果没有晏子马车夫这一笔荡入，只说袭人，是否显得有些单薄？而加上这一笔，顿时增加了意蕴的宽度和厚度。而且引用得如此得当妥帖，"春风得意"配"洋洋自得"，袭人的丫鬟地位也与马车夫相匹配。如果"洋洋自得"的是晏子，那么这个引用就卯榫不对了。故此，看似随手一引，却有匠心在，妙矣哉！花袭人"只这手帕一托，竟将自己托得远远高出于她的姐妹之上了"，而韩羽这用典也是"一托"，将自己托得远远高出于许多作家之上了。

邵燕祥说："韩羽之学，杂收博览，从孔孟经典，到'正经'之外的诸家笔记，纪实述异，掌故传闻，议论风生。"（《韩羽文画老更成》）

肖复兴说："我还格外喜欢韩公的文，有明人小品短札

地上的 云朵

的味道。如今的文章，动人的不少，有趣味的不多；而且，和街上女人的裙子越来越短呈反比，是越写越长。能如韩公一样写如此短文的，一需要学问，二需要趣味，三需要放翁所说的'老来阅尽荣枯事'的阅历。"（《石家庄遇韩羽》）

有人对善引古书言辞谓之掉书袋，有炫才卖弄之讥，其实，腹有诗书，方胸有丘壑，若读不了几本书，掉一个试试？

韩羽的学识来自读书，也来自"思摸"。平日他习惯说"我思摸着""我思摸思摸"，由此思想出焉。明代公安派作家袁宗道说："有一派学问，则酿出一种意见。"见解建立在学问之上。韩羽的画和文，之所以能独擅胜场，就在于他站得高，看得远，知道哪些是陈言须务去，哪些是滥调要杜绝，而且要"反常合道"，旁逸斜出，出奇制胜。

对于学问、修养与绘画的关系，韩羽说："我打个比喻：粮食好比是学问修养，酒好比是绘画。酒虽然是由粮食酿造而成，但粮食不等于是酒。若要把粮食变为酒，还必须经过复杂的工序。"这个工序就是转化的过程，"这取决于画家的经验和悟性"。

韩羽有一个著名的观点，颇有影响，叫作"艺术是玩，却又玩之以恭"。他说："因为'玩'，纯粹是愉悦自己，而不计及其他。是充分地展现着'自我'。只有在'玩'中，在超脱物外的状况下，想象活动才能得到充分的驰骋，直到忘我的痴的境地。也只有在'玩'中，性情、愿望、才、学、识才能得以最充分地流露与发挥。更敏锐地感悟真、善、美。其极致，就是玩到认真得'不是玩'。"

这个观点反映了韩羽辩证的文艺观。有个词叫"玩世不恭"，韩羽反其道而行之，既是玩，又要恭。玩是放松、愉悦的心态，恭是敬重、认真的态度。这和"玩艺术"完全不同，艺术要弘扬真、善、美，以及"文以载道"，不过须是"润物细无声"似的潜移默化，而非板起面孔令人生厌的说教。这让人想起恩格斯说过的话："作品的倾向不要特别地说出来，而是让他自己从场面和情节中自然而然流露出来。"

韩羽的画与文最突出的特点是有趣，而"趣"不仅是逗人解颐，更含有智性因子。韩羽非常赞赏苏东坡的"反常合道为趣"说，他这样阐释："'道'，恍兮惚兮，至玄至微，言人人殊。就'形而下'言之，不妨谓为人情世事之理。'反常'则是方循绳墨、忽越规矩，在某种特定情况下，'反常'往往更切中肯綮，更接近事物的本质。"（《反常合道》）简言之，"反常"即异乎寻常，"合道"即合乎规律，就是既出乎意外又在情理之中。某种程度上，"反常合道"也构成了韩羽又一个重要的文艺观，由此形成了独树一帜、与众不同的韩式风格。

荀子尝谓："登高而招，臂非加长也，而见者远。顺风而呼，声非加疾也，而闻者彰。假舆马者，非利足也，而致千里；假舟楫者，非能水也，而绝江河。"（《劝学》）我想，韩羽的学养，便是这里所谓的登高、顺风、舆马和舟楫，助其走向成功的山巅和彼岸。

地上的云朵

刘建东与"画像"

2021年第6期《十月》刊发了刘建东的短篇小说《无法完成的画像》，卷首语称，这是"一位成熟作家，用从容淡定，对传奇的又一次完美、有效的抵达"。

这篇小说的文眼是"画像"，故事由此而展开。十岁女孩儿小卿的娘失踪三年，家人亲属认定她已不在人世，所以小卿舅母请画师来家比着照片给其画遗像，以作念想。作品以

海明威　　　　　　米兰·昆德拉　　　　莎士比亚

"我"——画师杨宝丰徒弟的叙事视角，叙述了一波三折充满悬念又奇崛壮丽的故事。原本一个白天即可完成的画像，却极其艰难地画了两次，花了九天时间，两度被毁：一次是小卿，因为画像完成就意味着她娘真的死了，而她不相信这个事实；一次却是画师杨宝丰自己，他亲手用火点燃了画像，毁掉了自己耗尽心血创作的艺术品。这个画像最终"无法完成"。小说充满了张力，想象空间巨大，层层铺叠，疑窦横生，最后揭示了谜底令前面的一切都得到了合理解释。原来，小卿的娘和画师杨宝丰是革命战友，小卿母亲牺牲了，杨宝丰以开画像馆为掩护从事地下工作，最后也牺牲了。作品中，"画像"历经波折始终无法完成，然而，一幅清晰动人的革命者画像却被作家用满溢的情感与娴熟的技巧悄然完成。

如何评析这篇小说，是评论家的事，我在此是想说刘建东之所以选择"画像"为题材，因为他正儿八经学过！

我们来看看作品中有关画像技术的一些细节：

"我坐下来，开始在那发黄的照片上画线条，横的线条和竖的线条，交叉形成一个个的小方格。因为人头很小，所以我必须小心地以毫米为单位画线。"

"我在铺展的素描纸上，以放大20倍的比例，开始打格子。铅笔在尺子的指引下，上下为竖，左右成横，雪白的素描纸被逐渐分成280个方格。"

"这些毛笔都是经过特殊处理的，把柔软的笔头浸入糯

地上的 云朵

糊中半个小时，等每一根狼毫都与糨糊充分而亲密地接触，拿出，在阴凉干燥处慢慢阴干。此时的笔头是饱满的，坚硬的，再把笔头捏松，修剪好，适于沾上炭精粉。一根根黑头的毛笔面朝桌外，等待着我师傅的召唤。"

显然，不懂画画、没有个人体验的作者是无法写出以上文字的。

刘建东在作协的办公室墙壁上悬挂着多幅他的素描作品，有欧美小说插图，有作家的人物肖像，如海明威、莎士比亚、鲁迅、卡尔维诺等人，神情毕肖，细腻生动。凡去过他屋看到这些画的人，庶几都会由衷连连赞叹：不错，不错！真像，真像！刘建东的素描在文坛已小有名声，在《小说月报》《中国当代文学研究》《当代人》等期刊都有公开亮相。

我所在的报纸副刊曾开过一个专栏"闲情偶记"，约请作家谈自己的业余生活，刘建东所写多少有点出人意料，其业余爱好竟然是收藏连环画，且已拥有上千本。这个爱好是从他小时候开始的，而今我又知道，那时他对连环画的痴迷除了爱惜保存，还喜欢上了画，比猫画虎，照着画中人物（比如孙悟空）的样子画，画来画去，竟也有模有样。他的父亲偶然看到了这些"涂鸦"之作，蓦然心动，觉得这孩子在美术方面有些天分，培养培养或许有个前程。不知是否有意，一天，父亲请来一个民间画师到家里，给姥姥画像。那时照相还是一件比较奢侈的事，就有画师走街串巷给人画像，一般需要一天时间画

237

鲁迅

地上的 云朵

完，主家管两顿饭。这次画像，刘建东全程在场观摩，觉得画像和姥姥的眉眼神情都太像了，感到无比的神奇。十三岁那一年，父亲领他正式拜单位俱乐部画电影海报的徐师傅为师。这位徐师傅是自学成才，画画有家传。他还另有一个祖传绝技，自制膏药，谁家孩子疰腮了，一贴即好。《无法完成的画像》中一对师徒的关系以及那些有关炭精粉、打格子、糨糊浸毛笔等细节，就来自于这段学徒经历。当然，刘建东现在画素描不用炭精粉了，用签字笔，也不用打格子了，对着人物照片画一气呵成。这要求很高，比例全在眼里心里，不能修改，一错即废。

刘建东上了高中之后，还上了半年的业余美术学校，老师都是科班出身、在当地有名的画家。父亲给建东设定的目标，是考上美术中专学校，将来有个饭碗就行了。那段时间，建东经常背着画夹去业校上课，也到河边、田垄、街头写生。有一次在火车站支起画板写生，身边有一圈人围观，这让刘建东有些小小的兴奋和激动。

正当刘建东朝着画家方向一路狂奔的时候，一只隐形的手将其人生火车悄然扳到了另一条轨道上。小伙子高一成绩一般般，高二的时候突然开挂一般，跃至学校全年级第一名。照此下去，考上名牌大学没有问题。自然那个业余美校也从此不再出现建东的身影，挥挥手，与画画暂别。那年高考，刘建东以邯郸市文科榜眼的成绩被兰州大学中文系录取。

刘建东虽然没有成为职业画家，但艺术是相通的，作为一名优秀的小说家，这个学画的经历无疑对他具有潜在的助益，比如画面感，比如人物的神情描摹，尤其是细节刻画。他说："任何艺术都得从细节开始。在绘画中，细节是眉毛的弯度，是眼睛的高光，是嘴巴的形状……在写作中，我的耳边仿佛不断回响着当年老师的声音：细节、细节。细节是一个瞬间，一个手势，一句话，一个表情……细节是人物传神的灵魂，细节让历史栩栩如生，让情感波澜壮阔。"

英国女作家伍尔夫有一本文学评论集《书与画像》，她对法国作家蒙田极为推崇，"一个世纪又一个世纪过去了，在他这幅画像前总是聚集着大群的人，向他凝神细看，看出了其中反映出自己的面貌"。在这里，"画像"意味着相貌、人格与灵魂的呈示，纤毫毕现，惟妙惟肖，这是每个作家不能"无法完成"而是必须完成的画像。

地上的 云朵

扼住命运的咽喉

马克思有句话："对于不懂音乐的耳朵，最美的音乐也没有意义。"那么，对于听不到音乐的耳朵呢？人世间的事就是如此神奇，一个耳聋的人居然创造了最美的音乐，成为一位伟大的音乐家。大家都知道，他就是十八九世纪的德国音乐家贝多芬。

贝多芬不是天生的耳聋，二十六岁这一年，他突患耳疾，感觉耳朵轰轰作响，听力日渐衰退。耳聋对于一般人来讲是部分世界的关闭，对于一个音乐家来说却是全部世界的关闭，这种打击对一个刚刚步入乐坛的青年是毁灭性的。整整四年，贝多芬忍受着失聪的折磨，隐瞒病情不告诉任何人。也曾萌生自杀的念头，但心中对艺术的执着和信仰留下了他。直到三十岁，他写信把耳聋的真相告诉了朋友韦格勒："我过着一种悲惨的生活。两年以来我躲避着一切交际，因为我不可能与人说话：我聋了。要是我干着别的职业，也许还可以；但在我的行当里，这是可怕的遭遇啊。"刚开始，贝多芬还有一些微弱的听力，在戏院里，需要坐在贴近乐队的地方，才能懂得演员的说话，假如座位稍远的话，就听不到乐器和歌唱的高音。四十五岁这一年耳朵完全聋了，他和人们交谈只能在纸上进行。这使他感到绝望，音乐生活也遭到严重的困扰。有一次《菲岱里奥》预奏会，贝多芬要求亲自指挥，但他完全听不见台上的演唱，致使乐队演奏和演员的歌唱发生紊乱，休息一会儿之后，再度进行，更是乱七八糟，无法正常演奏下去了。现场有些骚动，贝多芬不安起来，东张西望，想从人们的脸上找到症结所在，然而现场一片难堪的缄默。贝多芬只好拿出纸来请一位好友告诉他发生了什么，朋友于是写道："恳求您勿再继续，等回去再告诉您理由。"如同一记重锤敲在贝多芬头上，他一跃而起，跳下舞台，一口气跑回家，躺在床榻上好半天不起来。这是他至死难忘的可怕的一幕。

贝多芬耳聋的原因，有多种说法。有的说是遗传，与他母亲得过肺病有些关系；有的说他二十六岁那年患耳咽管炎，由于治疗不善，后来发展成严重的中耳炎；还有一种说法是源于梅毒。

贝多芬多次自述命运的"悲惨"，"我时常诅咒我的生命和我的造物主"，"有些时候我竟是上帝最可怜的造物"。是啊，除了耳聋这个最大的恶疾，他还患有多种疾病，如腹泻、肺病、胃病、关节炎、黄热病、结膜炎等，虽然声名赫赫，却过着贫病交加、捉襟见肘的生活。甚至有一度不能出门，因为

地上的 云朵

他的靴子破了一个洞，而没钱买新的。我们无法想象，他的全部美妙的奏鸣曲收入微薄，而用血泪写成的四重奏，竟然一文钱也拿不到，而且对出版商负有重债。他自己这样写道："我差不多到了行乞的地步，而我还得装作日常生活并不艰窘的神气。""作品第一〇六号的奏鸣曲是在紧急情况下写的。要以工作来换取面包实在是一件苦事。"更让人唏嘘慨叹的是，热情、奔放的伟大音乐家贝多芬终生未娶，没有家庭，没有子嗣，尽管有过爱情，有过婚约，但最终无疾而终。在他晚年的时候，一个朋友无意中撞见贝多芬在室内抱着恋人的画像，哭着，高声地自言自语："你这样的美，这样的伟大，和天使一样！"最为"悲惨"的是，他把失去父亲的侄子视为儿子般善待，只是希望在他临终的时候能替他合上眼睛，然而，这一点可怜的愿望也没能实现，在他死去的时候替他合上眼睛的是一双陌生的手！

贝多芬死的时候才五十七岁，是命运扼住了他的咽喉。

但是，贝多芬又何尝不是扼住了命运的咽喉呢？他有一句经典的名言："我要扼住命运的咽喉，它妄想使我屈服，这绝对办不到。"一个耳聋患者成就了站在人类音乐王国之巅的伟大事业，被世人称为"乐圣"，这岂不是挑战了不可能的人间奇迹？他曾无数次抱怨命运的"悲惨""可怜"，甚至自杀都可能"间不容发"，但他用忍耐、抵抗、使命、创造完成了一场命运的逆袭和华丽的蜕变。

贝多芬没有屈从于命运，也没有低头于权贵，贫病羸弱的躯体支撑着一颗高贵傲岸的灵魂。他曾经与一个王爷反目，留下一张纸条，这样写道："亲王，您之为您，是靠了偶然的出身；我之为我，是靠了我自己。亲王们现在有的是，将来也有的是。至于贝多芬，却只有一个。"还有一次，贝多芬与著名作家歌德一起在归途中，皇家的一队人马路过，他背着手，往人丛中走去，太子对他脱帽，皇后跟他打招呼，而歌德却恭敬地站在路边，深深地弯着腰，帽子拿在手里。贝多芬对歌德这种卑躬屈膝的行为大为不满，毫不客气地训斥了一通。要知道，歌德比贝多芬大二十一岁，属于长辈。

　　贝多芬在音乐上的辉煌成就自不必多言，有一件事足以生动地诠释一切。 1824年5月7日，在维也纳举行《D调弥撒曲》和《第九交响曲》第一次演奏会，盛况空前，当贝多芬出场时，观众欢呼着给予五次热烈的鼓掌，而按照传统的礼仪皇族出场掌声也只有三次，对于这种逾矩的狂热，警察不得不出面干涉。现场许多观众感动得哭了，贝多芬虽然听不到声音的沸腾，但看到了场景的壮观，也激动地晕了过去，被人抬到朋友家。如此轰动的演出尽管并没有给贝多芬带来多少经济上的利益，他依旧贫困，依旧艰窘，但这曼妙宏丽的场面无疑是一场加冕礼，他已然成为音乐王国至尊的王者。著名作家罗曼·罗兰赞叹道："一个不幸的人，贫穷，残疾，孤独，由痛苦造成的人，世界不给他欢乐，他却创造了欢乐来给予世界！"

地上的 云朵

相信许多人都听过贝多芬的音乐作品，比如《致爱丽丝》《英雄交响曲》《命运交响曲》《欢乐颂》等等，那种既古典又浪漫的乐声，饱含着忧伤、不屈、狂野、奋斗、雄劲、欢乐等多重复杂的情感因素，仿佛一道闪电，一声惊雷，搏击阴云密布的长空，让世界露出光亮，是力和美的完美结合。

　　一个耳聋的人，却给人类无数双耳朵奉出美妙的乐音以及心灵的飞翔，这是他同命运的勠力搏斗中赢取的。这是贝多芬的胜利，更是人类的胜利。

橙黄橘绿

聪明的两面

　　如果有人说你聪明，你是不是很高兴？聪明，耳聪目明是也，反应快，脑瓜灵，自然是个褒义词。必须承认，人有聪明和愚笨之分，智商有高低之别。上学的时候，聪明的孩子，老师一教就会，而笨孩子，教了十遍也不开窍。所以，到考试的时候，差距就显出来了。

　　《世说新语》记载，主簿杨修有一次随丞相曹操路过曹娥碑，见背面写着八个字："黄绢幼妇，外孙齑臼。"曹操问杨修："知道啥意思不？"杨修说："知道。"曹操说："你先别说出来，待我想一想。"走了三十里，曹操想出来了，两人分别写下。杨修解释道，黄绢乃色丝，是绝字，幼妇乃少女，是妙字，外孙乃女儿之子，是好字，齑臼乃受辛，是辞字，合起来就是"绝妙好辞"。与曹操所解完全相同。曹操感叹说，我走了三十里才想出来，我的才不及你啊。曹操乃雄才大略之人，但从聪明程度考量，比杨修差了三十里。

　　《世说新语》还记载，一次天降大雪，谢安问身边的侄子谢朗、侄女谢道韫，这白雪纷纷用什么形容好呢？谢朗云："撒盐空中差可拟。"谢道韫云："未若柳絮因风起。"谢安大笑予以首肯。从此，谢道韫声名大噪，人称"柳絮才"。显然，形容雪花，"柳絮"比"撒盐"高明多了，谢道韫可谓冰雪聪明。

谁都喜欢聪明。爹妈给个好脑瓜自是求之不得，考学、工作及为人处世，哪个不需要聪明加持？事半功倍啊。人们也愿意和聪明人打交道，一个眼色，一个手势，都能心领神会，达成默契。如果遇到笨人，能把人急死，甚至坏了大事。故有流行语："不怕神一样的对手，就怕猪一样的队友。"

然而，且慢！有人说你聪明的时候，你得警惕，也不见得是夸你呢，因为聪明不全然是褒义词，有时还有些贬义色彩呢。且不说言语间的意味深长或眼神闪烁，至于"小聪明"或"太聪明"，就像炎夏放馊了的豆腐，完全变了味道。聪明，成了显摆、算计、小心眼儿、耍手腕的代名词。"聪明反被聪明误"，说的就是这个。

杨修是聪明，但聪明过了头了，绝了顶也就绝了命。那次，他听说当夜的口令为"鸡肋"，立即开始收拾行装。别人不解，他解释说，鸡肋鸡肋，食之无味，弃之可惜，丞相进不能胜，恐人耻笑，明日必令退兵。曹操闻之大怒，妄揣我意，动摇军心，推出去，斩了！其实，杨修还真是猜到了曹操的心思，一个"鸡肋"，别人懵懂无知，他心有灵犀，太聪明了。

地上的 云朵

但是，杨修是典型的"聪明反被聪明误"，如果他洞悉曹操所思，只是悄悄收拾行装，不着行迹，不聪明外露，看破不说破，脑袋就不会搬家。

《红楼梦》里要说聪明恐无人能敌王熙凤，虽然没啥文化，却精明强干，口齿伶俐，八面玲珑，上下通吃，在贾府可谓呼风唤雨、风头无二。然而，"机关算尽太聪明，反算了卿卿性命"这句人人皆知的名言，说的就是她。书中第五回第十二曲即用"聪明累"言之。算来算去，下场凄惨，丢了小命。

人聪明是好事，却最易犯四种错误：一是显摆，虚荣心作祟，手有珠玉安肯秘之匣中？人一旦比别人聪明，难免招摇，邀人点赞、伸大拇哥。如此，柳絮才会变作柳絮身，轻飘浮夸；二是骄傲，恃才傲物，鼻孔朝天，牛气哄哄，不把别人放在眼里，如此，便会自我孤立，招人嫉恨；三是算计，聪明人悟性好，反应快，一事当前易为自己打算，小算盘噼里啪啦，往往算掉了大局，步入窄胡同，甚至死胡同；四是偷懒，聪明人事事看得明白，看得清楚，便会想着法儿省事，走捷径，不肯下笨功夫。结局往往如龟兔赛跑中的兔子。

所以，在这个世界上，被诟病的常常是聪明，许多时候获赞的反而是笨人。比如，最有名的例证是古代寓言《愚公移山》。聪明的智叟，被世代嘲弄，而埋头苦干的笨人"愚公"成为彪炳千秋的精神偶像。鲁迅有一篇《聪明人和傻子和奴才》，也赞扬了傻子的直率抗争，批判了聪明人的圆滑虚伪。在鲁迅笔下，聪明人，成了被针砭的对象。

聪明过了头实为愚蠢，"耍聪明"更是拙劣的表演。真正的大聪明是更高级的"智慧"。聪明总是外露，而智慧内蕴其中，甚至"大智若愚"，冒点傻气。聪明是上天赐予，而智慧却是千锤百炼乃成。聪明是"术"，智慧是"道"。聪明只是河流，而智慧却是容纳百川的大海。

我有两个亲戚，一个聪明伶俐，能说会道，一个憨厚老实，木讷嘴笨，当年全民经商的时候，两人同时下海闯荡。数年后，两人的结局令人大跌眼镜：那个憨的反倒腰缠万贯，成了当地有名的富人；那个精的却两手空空，缠身的不是财富而是疾病。

上天赐予你聪明的脑袋，你却用来装糨糊，聪明一时，糊涂一世。

聪明是一枚硬币，一面写着褒义词，一面写着贬义词，用哪面，取决于你的智慧。

地上的 云朵

磨刀石

我在《今晚报》发表了一篇随笔《聪明的两面》，被中国作家网转载。陕西女作家舒敏看到后发来微信欲在她的平台"舒写"转发，我欣然回复：当然可以，因为此文本来就是受您小说《聪明人》启发而作。我又进而说道，好朋友是思想的磨刀石。敏锐的舒敏当即称此语可谓一个好题，于是便有了同题作文之约。

本人天生愚钝，才思不敏，好多构思是从朋友火花一溅中捕获，就好比我这把钝刀需经朋友的磨刀石磨上一磨方现锋芒。

磨刀石，小时候在农村常见。一块长条状坚硬的石头，家里的菜刀、镰刀等都要蘸上水在上面刺啦刺啦磨一番，锈刀变得明亮，钝刀变得锋利。磨刀石平时毫不起眼，扔在庭院角落无人问津，关键时刻"磨刀霍霍向猪羊"大显身手，哪里少得了它，妥妥的农家必备。

磨刀石，古称砥砺，词出《山海经》。郭璞注曰：砥砺，磨石也，精为砥，粗为砺。名词又可变动词，《荀子》有言："阖闾之干将、莫邪、钜阙、辟闾，此皆古之良剑也，然而不加砥砺则不能利。"也就是说,再好的名剑如果不在磨刀石上磨一磨,就不会锋利,正应了那句古语"宝剑锋从磨砺出,梅花香自苦寒来"。小小一块磨刀石,作用之大,谁敢小觑?

依我看,好朋友就是一块磨刀石,所生发的作用与磨刀石差可比拟。

一曰利刃(启发)。磨刀石的主要作用即令刀具由钝涩变得锋利,如《庄子》所云"刀刃若新发于硎",硎,即磨刀石。好朋友常常就有这种启发开悟之功。他(她)的一句话、一篇文或一个举动能使你在懵懂中脑洞大开,豁然醒悟,即如一把铁片忽然变成了利刃。

唐代有一个人叫汪伦,我们知道他是因为大诗人李白。他就充当了一次李白磨刀石的角色。汪伦卸任泾县令后居于桃花潭畔,他听说李白旅居南陵其族叔李阳冰家,便修书一封邀请他来做客。信中写道:"先生好游乎?此地有十里桃花。先生好饮乎?此地有万家酒店。"李白欣然而至,汪伦却说:"桃花者,潭水名也,并无桃花。万家者,店主人姓万也,并无万家酒店。"李白大笑,依然在这里盘桓数日。离开时,汪伦赠名马八匹,官锦十端,并在岸边"踏歌"送行。李白在船上目睹此情此景,忽然灵感乍现,一首千古名诗《赠汪伦》脱口而出:"李白乘舟将欲行,忽闻岸上踏歌声。桃花潭水深千尺,不及汪伦送我情。"汪伦成就了李白一首名诗,也成就了自己千秋万代名。

地上的云朵

二曰除锈（规劝）。刀久不砥砺就会生锈，磨刀石则可用来磨垢去污。这样的朋友谓之净友，能直言规劝朋友过失。明代苏浚将朋友分作畏友、密友、昵友、贼友四类，其中"道义相砥，过失相规"可谓畏友。畏友、净友都是好的磨刀石。人称"一代文宗"的唐代韩愈，曾有一个赌博的毛病"博塞"，他的挚友张籍——就是那个写出名句"还君明珠双泪垂，恨不相逢未嫁时"的诗人——给他写了一封信《上韩昌黎书》，毫不客气地直斥："先王存六艺自有常矣，有德者不为益以为损，况为博塞之戏与人竞财乎？君子固不为也。今执事为之，以废弃时日，窃实不识其然！"博塞这种赌钱的游戏，君子都不为，如今您却乐此不疲，空耗光阴，我真想不明白！韩愈对老朋友这种犯颜直谏还是很感激的，如沉疴去体，凉风拂面，回信言"博塞之讥，敢不承教"，立马答应戒赌。可以试想，如果没有张籍这个磨刀石，韩愈可能真就荒于嬉，一把快刀生锈日久也就烂掉了。

三曰磨砺（激发）。好朋友之间惺惺相惜，相互勉励，互相激发，共同促进，互做对方的磨刀石。历史上这样的例子不胜枚举，而鲁迅和瞿秋白的故事最为动人。两人在黑暗如磐的年代结下肝胆相照的同志加战友情谊，真的是"奇文共欣赏，疑义相与析"。瞿秋白为鲁迅编辑了《鲁迅杂感集》，并写了一万七千字的序言，对鲁迅杂文给予高度评价，成为鲁迅杂文研究经典文献。瞿秋白还以鲁迅的笔名和文风发表了十几篇杂文，如《王道诗话》《出卖灵魂的秘诀》《大观园的人才》等，后来收到鲁迅的集子中。许广平在回忆文章中说："这些文章，大抵是秋白同志这样创造的：在他和鲁迅见面的时候，就把他想到的腹稿讲出来，经过两人交换意见，有时修改补充或变换内容，然后由他执笔写出。"鲁迅抄录清人何瓦琴的联句"人生得一知己足矣，斯世当以同怀视之"赠予瞿秋白，传为文坛佳话。

时下有一个热词叫"砥砺前行"，在漫漫征途中，任何艰难困苦都是人生的磨刀石，作为个人而言，朋友的砥砺尤为重要，不可或缺。

地上的 云朵

说高矮

　　人的高矮，与肤色的黑白一样，主要是由地域和父母的遗传形成的，比如北方人多身材高大，南方人多个子矮小，而西方人又普遍比东方人高。这是上苍造就的事，人自个无可奈何，而且老子说过"高下相倾，长短相形"，事物相比较而存在，与人的智慧、能力、品德毫无关系。但是，高矮里边却包含着与审美纠结的文化心理。

　　中国人都喜欢高个子，对矮却有些鄙视，比如"高大"与"矮小"两个词，这一"大"一"小"，不光是视觉上的差异，还是审美的心理在作怪。人们大多把好词妙称都大把奉送给高个子，诸如"伟岸""魁梧""身大力不亏""挺拔""威武"等等，而矮子却备受冷落。元代有一曲，忘记原词了，是论戏的，却拿矮子说事，大意是：矮子看戏，妄随别人说短长，也够气人的。在常人看来高就是美，矮就是丑，甚至性情、气度、胸怀都与此有关。《水浒传》中有一典型的例子，武松是个顶天立地的大英雄，"身高八尺，相貌堂堂"，敢作敢为，疾恶如仇，是一条硬铮铮的男子汉，景阳冈打虎、醉打蒋门神、血溅鸳鸯楼，威风八面，杀人不眨眼。而他的同胞哥哥武大郎"三寸丁谷树皮"，又矮又丑，且性情懦弱，形貌猥琐，人人瞧不起，屡遭欺侮。漫画家方成画过一幅《武大郎开店》，使矮子武大郎又成了嫉贤妒能的人物象征，被世人永久地耻笑。还是《水浒传》，里边有个矮脚虎王英，别的好汉都不近女色，钢打铁熬一般，这个家伙却是一个见了女人就走不动的好色之徒，面目可憎，武艺也稀松平常，是一百单八将中的流氓角色。还有梁山领袖宋江，又黑又矮，虽仗义疏财，济困扶危，人称及时雨，不失为一条好汉，但他奉行的招安政策，投降主义，终于葬送了水泊梁山的大好前程，按一位伟人说的，到底是个奴才。看《水浒传》有许多愚笨如我的读者，常常弄不明白，这样一个文不如吴用、武不如林冲的人，凭啥就坐了忠义堂头把交椅。

矮固然是一种缺陷，是一种丑，但如果矮子智慧超众、胆略过人、举止不凡，照样能生发出美的神采。相传汉相曹操某次接见匈奴使者，因虑自己身材矮，不够威武，让匈奴人小觑，便从军士中挑选出一名高大英俊者代行其事，而他自己则手持斧钺混迹于大帐两旁的列兵之中。事后曹操派人询问使者对汉相的印象，使者回答说，不过平平，倒是军士之中那手持斧钺身材矮胖者颇有英武之气。曹操雄才大略、文武兼具，堪称一代枭雄，谁敢藐视他的矮？历史上有一个比曹操似乎更矮

地上的云朵

的人，以他睿智的大脑和如簧的巧舌为普天之下的矮子挣足了面子，成就了一个彪炳青史的佳话，这人也是位相爷，春秋战国时期的齐相晏子。有一次晏子出使楚国，楚人因其矮小，有意羞辱他一番，就在城门一侧开了个小门让其出入。晏子傲岸地讥问楚人：难道楚国是狗国吗？怎么狗的洞子让人进出？楚人只好敞开大门迎客。楚王见了晏子，也瞧不起这个矮子，就傲慢不客气地说，齐国没人了吗？怎么派你这样的人来！晏子不卑不亢，反唇相讥：齐国的出使原则是，什么样的人去什么样的国家！弄得楚王张口结舌，哑口无言，不得不以礼相待。晏子以智慧和口才征服了对手，也维护了自身和国家的尊严。

高和矮在日常生活中的确是一对矛盾，高人站在矮人面前，潜意识中会滋生一种优越感，难免采取"高人一等"、居高临下的俯视态度。矮子与高人在一起，自觉"矮人一头"，说话也须得"仰视"，有一种压迫感，甚至会生出自卑心理。矮子常自嘲为"次品"，且自我调侃有许多好处：穿衣省布，走路轻快，少占空间，多长寿，打起仗来便于隐蔽，即使天塌下来也有高个顶着！自嘲是一种自我宽慰，时间久了，倒培养生发了矮人的聪明智慧、诙谐机智，这世界有趣的人倒多是矮子。当然矮子对高人也憋闷了一肚子的精神反抗，故意对高人的"高"大加嘲笑，如"豆芽再高也是菜""大洋马""电线杆子""傻大个"，等等。其实，这世界就是由高人、矮人、不高不矮的人共同组成，身材如何跟精神存在毫不相干，所谓高贵、高雅、高人、高手、高尚、高妙并不一定就属于高个子，所谓低劣、低级、低等、低贱、低俗也与矮子不能完全扯上。邓小平被西方称为"打不倒的小个子"，是因为他真理在手，胸怀广宇，精神强大；鲁迅也是一个小个子，但他却是人类思想的一座高峰，永远令后人高山仰止；列宁、孙中山、拿破仑都是举世闻名的矮子，但谁又能否认他们是影响历史进程的巨人。一个人的身材高矮无关宏旨，要紧的是精神不能"矮化"！

地上的云朵

关于序的闲话

我新出了一本散文集，前无序，后无跋，光溜溜，只有正文。有朋友对我说，你这书倒很别致，有个性，不过还是觉得有个序跋才好，总觉得这么着好像少点什么似的。

一本书前有序后有跋（后记），似乎已成了标配。序有自序和他序两种，跋则多由作者自己写。其实，在要不要有序跋这一问题上，我也是有过考虑的，但终归觉得麻烦，索性一概省去，赤条条无牵挂，妍媸美丑，一任读者自由评判。

一本书有无序跋，是自序还是找人作序，都是著作者的自由。但稍加琢磨，还是发现了一个潜在的"江湖规矩"，即，如果是他序，作序者在成就、名气上大都高于至少不低于著作者，很少见到出书者找一个名不见经传的人写序的；同样，也鲜见哪个大作家找人写序的，譬如王蒙，譬如莫言，譬如贾平凹，他们的著作或者自序，或者只有后记，交代一下写作缘起、过程、想法及写法等。找名家写序，自然有火借风威、以壮声色的意思。若是朋辈，谈人论艺，唱和揄扬，倒不失为一件雅事；若是前辈，在序中指点迷津，春风化雨，对晚生是一种鼓励，甚至于创作方向或人生走向产生重大的影响也未可知。但也不能否认，有些人的动机是不好摆到桌子面上的，找名家写序不过是为了让不够亮眼的金属外表镀上一层金，涨涨行市，添添价码，获取炫耀嘚瑟的资本，满足一下虚荣心。

这样的事并不少见，还有更过分的。记得一位名作家跟我说起过一件给人作序的烦心事。

以她在文坛的影响力自然求序者众，但她一贯为人低调、做事严谨，一般不轻易给人写序。一次实在碍于情面，就给一个青年作家的新书写了序，其中自然包含给年轻人鼓劲打气的意思在里边。她认真读了书稿，又认真写了序，一点都没有敷衍应付，对作品的优劣做了分析，既有鼓励，也指出了存在的不足。没有想到的是，书出版后，令她着实吃了一惊，那序已不是自己的原文，青年作家擅自做了改动，增加了溢美之词，删去了批评之语。对这般偷梁换柱的行为，她很失望，也很痛心，一番明月无奈照了沟渠。从此，她给自己定了规矩，慎序或者不写。这事过去多少年了，而今她的名气更大，估计求序者更多，但我还真没有见到过她给别人写的序。

序，作为一种文体，古已有之。有书序、赠序、宴集序等。所谓赠序，是诗友之间的离别赠言，表达惜别、劝勉、祝愿、鼓励等依依深情，如我们熟知的明代宋濂的《送东阳马生序》等。宴集序，是文人雅士宴会雅集，一同赋诗，公推一人

地上的 云朵

作序，如王羲之的《兰亭集序》、王勃的《滕王阁序》、李白的《春夜宴桃李园序》等。而今所谓序，即指书序，也叫叙、引、前言、导言等，是关于著作的"说明书"，交代有关情况、过程、背景，或者提出理念、评价等，不管是自序还是他序，应该说对读者阅读作品、了解作者有很大的帮助。序文或在书前，或在书后，后来一般称书前为序、书后为跋。文学史上也产生了序跋的经典篇章，如司马迁的《太史公自序》、文天祥的《指南录后序》、李清照的《金石录后序》等。

现代文坛"盟主"鲁迅先生是写序的高手。他几乎每一部作品都有自序，有的称作"题记""小引""序言""导语"不等。他的许多序文都成为不朽的名篇，如《〈呐喊〉自序》，是阅读这部小说集的金钥匙，是研究鲁迅极为重要的资料。如《野草·题辞》，起首就是金句："当我沉默着的时候，我觉得充实；我将开口，同时感到空虚。"通篇语言奇崛，哲思迸发，为人激赏。鲁迅的自序不只是书的"说明书"、附着物，更具有叙事、抒情、阐发思想、理论等独立自足的文本功能。除了给自己的书写序，鲁迅还给许多青年作家新作写序，如萧军、萧红、叶紫、柔石、殷夫等。作为文坛领袖，他自己"也知道有做序文一类的义务"，他是甘为人梯的。这些序文如同一道奇异的光照亮了这些青年作家的人生世界，靠了鲁迅这只巨手的托举，他们名垂文学史册，为人们所熟知。鲁迅的序要言不烦，切中肯綮，精当准确，又不乏热望和希冀，读来让人如风鼓船帆勇气倍增。如他给白莽（殷夫）写的《白莽作〈孩儿塔〉序》，短短几百字，却文情并茂，金声玉振，堪称经典小品，其中有一段话我几乎能背诵下来："这是东方的微光，是林中的响箭，是冬末的萌芽，是进军的第一步，是对于前驱者的爱的大纛，也是对于摧残者的憎的丰碑。一切所谓圆熟简练、静穆幽远之作，都无须来作比方，因为这诗属于别一世界。"将序文写成了经典名篇，这等功力，"五四"以来百年间无人出其右。

无论是自序还是给人作序，鲁迅都坚持知人论世，客观公允，甚至他的自序多有自嘲类低调谦逊的笔调。他对于序文中自序的"吹牛"和他序的"拍马"一类恶习十分厌恶，尤其对"自己替别人给自己的东西作序"的行为更是鄙夷不屑。他的《序的解放》一文对此冷嘲热讽，嬉笑怒骂，揭露了当时的一件丑闻公案。一个叫曾今可的人，出了一本诗集《两颗星》，"代序"署名"崔万秋"，"一开卷就看见一大番颂扬，仿佛名角一登场，满场就大喝一声采，何等有趣"（鲁迅语）。崔万秋是《大晚报》副刊主编，如果他与曾今可是朋友，写序替哥们吹捧一番也说得过去，谁知，这序压根不是他写的，是曾今可本人操觚署了他的名字。可能是两人之间没有沟通好，抑或翻了脸，崔万秋不给曾今可面子，郑重其事地在《大晚报》《申报》刊发了启事，声明此篇序文非他所作。这下，曾今可的丑可就出大了。顺便交代一下，同年，曾今可在他主编

地上的 云朵

的《新时代》月刊上，出了一期"词的解放专号"，刊出他的一首《画堂春》，里边有"打打麻将""国家事管他娘""樽前犹幸有红妆"的句子，1933年正值日军攻陷山海关，国事艰危，曾今可这般论调立即遭到鲁迅、瞿秋白、茅盾等人的猛烈批判。一介不自量力的小文人，哪里架得住这几位大咖的炮轰，只得乖乖缴械投降，"我承认我是一个弱者，我无力反抗"，宣布"悄悄地离开文坛"。他提倡"词的解放"，鲁迅又给他加了一个"序的解放"，这两个"解放"，让曾今可彻底获得了"解放"，——从此在文坛销声匿迹了。

曾今可"自己替别人给自己的东西作序"，真是令人不齿，教训也足够惨痛。然而，这样的事当今是否就绝迹了呢？我想不会的，"曾今可第二"依然大有其人，只不过天知地知你知我知罢了。当然也有人脸皮厚过城墙拐角，不以为耻，不以为怪，干脆毫不掩饰地予以坦承：嘿嘿，那个序其实是我自己写的！其奈我何？尽管时代不同，具体原因也千差万别，但幽微的心理、幽暗的人性总会让有些人心往一处想，劲往一处使。我遇到过一件类似的事。一个熟人出了一本写地域文化方面的书，想请一名当地的官员作序。但问题是，官员哪有时间看书稿，更无时间也无兴趣写文章，只能让作者自己捉刀。熟人陷入两难的纠结，既想借助官员的序文有利于书的发行，又觉得自己代写序言总是有点"那个"。他找我商量，我直言劝他不要这样做：一是个人作品找官员写序，有攀附权贵之嫌，而且获益只是暂时的，官员流动性很强，一旦去职，换了身份，此序还有何价值？二是自己代人给自己的书写序，传出去总归有损清誉，会让人腹诽小觑。他听了我的劝告，最后找了一位名作家写的序，结果这本书还获了奖。

与此相比还有更令人吃惊的。有一个熟人有一集子要出版，想请我作序，明白告诉我，不会让你白写的，我会付你一笔钱。见我诧异的样子，笑了，说，这有什么奇怪的，我以前出过一本书，找某某名人写的序，我给了他多少多少钱，开始他不肯，给的多了，他就答应了。我孤陋寡闻，还真是没听说过这样的事。花钱买序，这不是赤裸裸的金钱交易吗？这样的序文铁定是睁着眼说瞎话了。作为著作者，花钱买序，可以想见书的质量，马桶即使镶了金边还是用来排泄的马桶。

序文多为名家所写，本应或为美文，或为妙论，或二者兼而有之，在众文体中一花嫣然，然而实际却是当下鲜有名篇佳作，何也？原因大抵有三：一、人情之作。作序者受人托请，应命而为，情分的意义大于作文本身，即使全力而为，内心里也很难当做一次自洽自足的写作，打个不恰当的比方，虽为己出，却好似为别人养的孩子。二、敷衍之作。如果作序者与著作者之间差距较大，那作序者难免会居高临下托大，难以悉心研读书稿，写起来就会东拉西扯，自说自话，敷衍成篇，言不及义。三、浮夸之作。把序文变为一味的表扬文，这与当下文学评论存在的弊端是一样的，序文比评论更甚，因为里边有更

地上的 云朵

浓的感情因素、人情因素。写序往往变成了赤裸裸的吹捧，如鲁迅所说的"拍马"。有此三弊作祟，能将序文写出名堂倒是一件咄咄怪事呢。每年的各种年度文选以及各类评奖，基本难觅序文的芳踪，从另一个角度也说明了问题。

一本书自然是著作者的心头肉，凝集了心血和智慧，想找个名家写序来个锦上添花，这无可指摘，如果能从中获取启发，说不定点石成金，茅塞顿开，那更是善莫大焉。但是，话说回来，这名家的序就像是新娘子的蒙头红，再花团锦簇，再华丽鲜艳，其实都跟新娘子关系不大要紧，最重要的还是新娘子的真容真颜。人们闹洞房，品头论足的是新媳妇的人，而不是那块布。同样，看一部书，人们月旦臧否的是作品文本，而不是序。因此，一部作品的硬核归根结底靠的是硬实力，书中有无他序，实在无关宏旨。

热脸别急着贴

　　一位朋友新近升职，自是一件喜事，按说我应该打个电话或发个短（微）信表示一下祝贺，踌躇再三，决定还是算了吧。或曰：你这样做是否太不近人情了？锦上添花的事谁都乐意干，轻松简单，顺水推舟。但是这顺水人情也能让人伤不起。

　　那年，也是一朋友升职，我为他感到高兴，发去短信祝贺，结果热脸贴了个冷屁股，人家压根没有理我，弄得我郁闷了好几天，好像我是个趋炎附势的小人。又一次更狠，有一个关系很好的朋友还不是升职，而是从一边缘部门平移到一炙手可热的权力部门，我闻讯即打了个电话欲表祝贺，没接，想他可能太忙，就发了一条短信，没回。我百思不得其解，何以至此？莫非我哪些地方开罪于他了？"三省吾身"，又实在想不出。某日去一宾馆开会，与这朋友不期而遇，我跟他打了个招呼，好家伙，人家趾高气扬，眼高过顶，只冲我面无表情微微点了点头，仿佛路人一般，我顿时石化了！

地上的云朵

对此，我想到了鲁迅先生说过的一句话：人一阔脸就变。这样的事情从古洎今不乏其例。

陈胜，秦末农民起义首领，年轻的时候，和人一起做"佣耕"，说出了"苟富贵，毋相忘""燕雀焉知鸿鹄之志"这两句名言。但是，一旦燕雀真成了鸿鹄，当年的誓言就被选择性遗忘。一天，一个曾一起耕地的老朋友找上门来，见了他直呼其名，进了屋，又大喊，这屋子太奢华了，接着跟陈王叙起了旧情，当年那些泥腿子的糗事兜个底掉。陈王脸上挂不住了，啥老朋友啊，哥们啊，杀了！旧相识老朋友倒也罢了，连老丈人都受到他的慢待，老头儿生气地说："怙强而傲长者，不能久焉！"不辞而别，撒开老腿跑路。

唐代那个写过名诗《悯农》的诗人李绅，发迹前后判若两人。他有个叔叔辈的同宗叫李元，古代中国是一个宗法社会，这个辈分是一点都不能乱的，比如刘备虽然当初只是一介织席贩履的草民，没名没分，皇帝依然还得尊之为皇叔。但李绅当了大官之后，这个李元也不要脸，居然自降一辈儿称自己为其弟，李绅也是蛇鼠一窝，居然就没答应，不是觉得不妥没答应，而是认为李元的辈儿降得不够，李元就再降为侄子，还是不行，最后降成孙子才过关。荒唐不？这真是：谁知廉耻心，粒粒皆粪土。

民国奸雄袁世凯更是人一阔脸就变的"典范"。他年轻时曾在淮军大将吴长庆帐下被晚清状元张謇（字季直）指导功课，因他无心读书，还是在张謇的帮助下投笔从戎，虽然张謇年龄上只长袁世凯六岁，却属地道的老师辈。袁对张起初也是恭敬有加，书信往来必称张"夫子大人函丈"，后袁当了山东巡抚，对张的称呼也变成"季直先生阁下"，待袁摇身一变升为直隶总督，对张的称呼再变为"季直我兄"。袁的官职每升一级对张的敬重就减一分。对袁世凯这种频频变脸的小人行为，张謇十分恼火，愤然写信作答："'大人'尊称，不敢；'先生'之称，不必；'我兄'之称，不像。"据说，袁世凯收到此信，深感羞愧，连忙致函道歉，谎称信是手下代笔之误。

人一阔脸就变，是人性劣根性的典型体现。恶的种子早就在他心里植下，遇到合适的气候必膨胀发芽。这样的人就像尺蠖，没有骨头，伸直如枝，蜷曲如拱，变态自如。阔的时候能变脸，落拓的时候也能变脸，袁世凯的自我升级和李元的自我降辈，都是这种人无耻嘴脸的真实写照。能当奴才的人，必将也能把别人当奴才，反之亦然。在我们现实生活中，有些人身居官位，牛气哄哄，鼻孔朝天，凡人不理，你跟他说话，他只鼻孔哼一声，待挂冠之后，俨然做了脸部手术，见人就笑，逢人即语。这样的人也不在少数。

人一阔脸就变，人人切齿痛恨。可是，往深处想一想，人一阔何以脸就变？这就是事情的另外一方面，是不是大众普遍性的趋炎附势惯出来的毛病？人一旦发迹，立时掌声阵阵，

地上的云朵

鲜花簇簇，众人环绕，阿谀之，巴结之，赞美之，将其抬上高处，于是乎感觉良好，脚底踩云，腋生双翼，能不自我膨胀、自我迷失吗？如果说，恶的种子早就在他心里植下，那我们众人就是那个土壤，给了他发芽成活的条件。其实，人们趋炎附势的潜在动因是大树底下好乘凉，熟人好办事，说到底也是为了自己。因此，在怒斥那些人一阔脸就变者之时，大家更需要反思，我们的人性是否经得起检验。

所以，我想，但凡以后遇到朋友升迁类似的好事，先别急着将热脸贴上去，晾一晾再说，让时间来检验友谊的纯度。如果就因为你没有及时表示祝贺，朋友就与你掰了，那恰恰证明此人不可交，反倒省去了热脸贴个冷屁股的羞辱。

我们该怎样说话？

国家乒乓球队年轻队员王曼昱在一次比赛中战胜了丁宁，记者采访时问："战胜了大满贯选手，很高兴吧？"王曼昱这样回答："也不怎么高兴，经常赢了。"这个回答没毛病，只不过陈述了一个事实，如果你经常赢一个对手即使她是大满贯，哪还有兴奋可言？平常事罢了。然而，王曼昱的回答却激起了一片热议，批评者说这孩子情商太低，不会说话。

无独有偶。稍前几年，国家滑冰队员周洋在获得世界冠军后，记者问她获奖感言，她表示特别感谢父母的养育和付出，家境不好，这次获得的奖金将报答父母，改善家里条件（大意）。依我看，这个"获奖感言"应该获奖，因为它真实、朴素，发自内心，让人感动。令人想不到的是，这个"获奖感言"却捅了马蜂窝，弄成一个"感谢门"事件。核心问题也是批评她不会说话：呵，你获得了冠军，只感谢你父母，那教练呢？领导呢？乃至国家呢？未免太狭隘、自私了吧！

这两件事都是说话惹的事，看来会不会说话非同小可。

地上的 云朵

早年间看样板戏《沙家浜》，印象很深的是，茶馆老板娘阿庆嫂很会说话。她自己说"来的都是客，全凭嘴一张"，刁德一称她"不愧是开茶馆的，说起话来滴水不漏"。《红楼梦》中的凤姐更是巧嘴八哥，伶牙俐齿，尤其把"老祖宗"贾母哄得团团转，视为"开心果"。历史上的晏子、苏秦、张仪等人都是凭着"三寸不烂之舌"扬名立万的"说客"。宋朝宰相吕夷简是一个屹立政坛二十年的老相，经验丰富，老谋深算，自然出言圆融周到。一次，皇帝病愈，诏令上朝，臣工们闻讯十分高兴，恨不得两步并作一步到达宫殿。但吕夷简是宰相，须得在宫门等候他，偏偏吕夷简不急，慢慢腾腾。皇帝病了这么久，也着急见大家啊，就问吕夷简为何如此"缓"？只听吕夷简说道，人们都知道皇上这段时间生病了，今天初次上朝，如果大家奔趋入内，会令外界产生不必要的猜想，徐徐入内方为正常。老相这一番话真让人膜拜啊，说得皇帝和大臣们频频点头称是。

　　鲁迅在小品文《立论》中讲道，一个人家生了一个男孩儿，阖家高兴透顶了，满月的时候抱出来给大家看。一个人说，这孩子将来要发财的，于是得到一番感谢；一个人说，这孩子将来要死的，于是得到一顿合力的痛打。这两人就是会不会说话的典型例子，尽管后者过于极端。在我们现实生活中，一般来讲，会说话讨人喜，不会说话讨人厌。说得不中听，呸呸呸，乌鸦嘴！叫人嫌弃怒斥还是便宜的事，弄不好挨一顿

"痛打"也是可能的。能说，是一种天分，有人天生话痨，口若悬河，口齿伶俐；而会说，是一种能力，舌灿莲花，能言善辩，体现了一个人的智商和情商。譬如，京剧《红灯记》中铁梅家和邻居一墙之隔，李奶奶对邻居说，拆了墙咱们就是一家子啊，铁梅却说，不拆墙咱们也是一家子。李奶奶的话是物质层面的，铁梅的话是精神层面的，更体现了艺术性，更胜一筹。所以，说话不仅是人的基本能力，还是一门社交艺术。那些演讲比赛、辩论比赛，以及"外交辞令"、商业谈判等都是说话的比拼。即使日常生活、人际交往，不会说话的人还真是不太好混。

然而，我们的"至圣先师"孔子却是一位对会说话没有好感的人。他说："巧言令色鲜矣仁。"满口花言巧语，故作和颜悦色，这种人很少是有仁德的。为什么呢？因为不是出自内心，而是用心机和技巧做出来的，这就有了炫惑的味道。他继续说："巧言令色足恭，左丘明耻之，丘亦耻之。"巧言令色取媚于人，我以此为耻。他还说："君子欲讷于言而敏于行。"讷，就是笨嘴拙舌，不善言谈，真正的君子不用说什么干就是了。孔子把交友分为"益者三友"和"损者三友"，"友直，友谅，友多闻，益矣。友便辟，友善柔，友便佞，损矣"。这里，直，可以说是正直，也可以说是直率；便佞，即花言巧语。有人可能会说"亚圣"孟子可是一位口若悬河、能言善辩之人啊，但请注意，孟子是一个直率的人，即使和君王

地上的 云朵

说话也毫不留情，常常弄得"王顾左右而言他"，他老人家从不说佞语。

即便在我们的现实生活中，对特别能说会道的人也并非全然赞许。什么花言巧语、天花乱坠、油嘴滑舌、巧舌如簧，什么耍嘴皮子、鸭子煮熟了——只剩下嘴了，等等，都是些负面评价。反而不如不善言辞、笨嘴拙舌让人感觉实在、厚道、踏实、靠谱。再回到周洋，在遭到一顿乱批之后，小姑娘学乖了，学会说话了，果然在又一次获奖之后，感谢个溜够，周到是周到了，可最大的代价是真实的内心被遮蔽了，可贵的率真被扭曲了。

我们该怎样说话？一言以蔽之，说真话，不说假话。会说话诚然是一种语言技能，是情商高、人情练达的表现，但耿直、忠直、直率更是一种可贵的品格。大家别忘了，童话《皇帝的新衣》里人人世故圆滑，最不会说话的是那个小男孩儿，但真理却掌握在他手里。

夸夸，其谈

孙子不到三周岁，却对大人的言语、表情有悉心的领悟和揣摩，一旦表扬他、夸他真棒时，他完全是一副怡然自得的神情。有时做对了一件事，他会跑到你面前，亮晶晶的眼睛看着你，一副求表扬的样子，让人乐不可支。喜欢被夸赞，打小如此，这就是人的天性吧。

现在网络上有一个"夸夸群"挺红火，这样宣称："现在无论各行各业，大家都处于焦虑、烦恼、郁闷的边缘，在工作和生活中面对各种各样的问题，因此，……希望大家在群里都能互相赞美，加油鼓劲！"他们的口号是："人生艰难，多来夸夸。"这个"夸夸"的特点是，无论什么样的问题，网友都能给予眼花缭乱的赞美。譬如，"一觉睡到中午十二点，求夸。"——"宝宝太棒了，这种睡眠质量简直是羡慕哭唐玄宗，比得过李太白。""睡觉长身体！而且节省了早饭的钱。""良好的睡眠是好身体的保障，你一定身体倍棒，吃嘛嘛香。"再如，"3月底要交初稿，全班估计就差我一个人论文

地上的 云朵

没怎么写，感觉要无法毕业了，求夸（安慰）。"——"头太铁了，全班最铁的头。""3月底交稿到现在都没写，可以看得出你真的是很胸有成竹有勇有谋。""压轴出场的论文，一定可以让导师和同学大吃一惊。"总之，无论是好是坏，甚至生病了，都能给你夸出花儿来。网友称这种夸为"彩虹屁"，意思是连放屁都能出口成章面不改色地夸成是彩虹。

应该说，这个"夸夸群"的存在和火爆，证明它满足了大量人群的心理需求和情感需求，有的甚至是收费也要"求夸"。这些赞美，变着法儿让"求夸"者开心，语言诙谐幽默，智力因素十足，网络色彩浓郁，即使夸张离谱，也毫无违和感，像一把熨斗熨一熨人们心里的皱褶，大家可以毫无心肝地哈哈一乐，释放了压力，缓解了郁闷。明知这些夸赞都是纯粹逗人开心的，当不得真，但依然很受用，谁不喜欢让人夸呢？

今人如此，古人亦如此。《古今笑》里有一篇《谀语》："桓玄篡位，床急陷，殷仲文曰：'圣德深厚，地不能载。'"桓玄是东晋大臣，逼迫皇帝逊位，自己称帝。殷仲文是桓玄的姐夫，助纣为虐。桓玄篡位后，他的床急速塌陷，这本是不祥之兆，殷仲文却来"夸夸"了，哎呀，这是圣上功德太深厚了，地都不能承载得起啊。这是不是典型的古代"彩虹屁"？又一则："北齐武成生齼牙，诸医以实对，帝怒。徐之才曰：'此是智牙，主聪明长寿。'帝大悦。"北朝齐武成帝高湛长出了齟牙，多位医生都据实相告，皇帝很生气。善医术、懂天文的弄臣徐之才说，这是智牙，是聪明长寿的象征，皇帝听了十分高兴。其实，只不过换了一个说法而已，徐之才深谙帝王心理，用了"夸夸"之法，博得皇帝欢心。如今"智齿"的说法不知是否源自徐之才的"智牙"？古代对这种"夸夸"称之为"谀语"，即阿谀奉承之意。当然，这种"谀语"多是以下对上，是溜须拍马的行为。

《唐语林》也讲了一个故事。唐太宗有一天走到一棵树下休息，称赞这棵树不错，随行的大臣宇文士及跟着大加赞美，不容别人插嘴。唐太宗很不高兴，说，魏公魏徵一直劝我远离谄媚阿谀的小人，我弄不明白是谁，但怀疑是你，果然！宇文士及急忙叩头说道，在朝廷上大臣们和圣上直面相争，您都无法举手制止，今我有幸跟随您左右，若不稍微顺从，您虽然贵为天子还有什么乐趣呢？唐太宗一听，很有道理，这才高兴起来。唐太宗是历代帝王中最能纳谏的人，称净臣魏徵为镜子，讨厌只会谄媚的小人，可是面对宇文士及的一番"夸夸"，他还是很开心地"笑纳"了。

今天的"夸夸"是网上陌生人之间的戏谑逗乐，自然与阿谀逢迎、溜须拍马不能画等号，但喜欢听赞美顺耳之言的心理是一样的，也有需要我们警醒的地方。毫无疑问，这个"夸夸"完全是一个浅层次的游戏，不可能从根本上解决问题，就像"鸡汤文"是有营养的，但沉湎于此，反而有一种麻醉麻痹

地上的 云朵

的负面作用。这个"夸"（誇）字，里边有"大"和"亏"，词意的第一项是"说大话，自吹：夸口。夸张。夸耀。夸嘴。浮夸。夸夸其谈"。你看，都不是什么好意思。如果对一个人或一种行为毫无原则地"夸夸"，可一时解颐，破颜一笑，终归是没有意义的。在人生真正遇到事情的时候，一百声赞美不如一声当头棒喝，该批评的时候却依然采取赞美的方式，只能将人引入歧途。

从小孩子到成年人乃至帝王，喜欢听夸，人之常情，谁都不能免俗。但面对"夸夸"，切不可全然当真，有时候成全你人生的，可能恰恰是批评过你的那个人，所谓良药苦口是也。甜言蜜语有时就是迷魂汤，听上瘾了会成为一味麻痹心灵的鸦片，这才是最值得我们忧虑的。

驾　驭

　　小时候，第一次坐汽车，就喜欢上了司机这个行当。你看人家那派儿：戴着白手套，鼻梁上架着墨镜，身板端直，目视前方，多神气！尤其是手握方向盘，不时摆弄一下操作杆，车子快慢、拐弯、刹车全在一人掌握中。乘客一口一口师傅叫着，莫不毕恭毕敬。那时就给自己立下人生志向：长大了要当一名司机。

　　没想到，这个志向还真实现了，而且如今已是有十几年驾龄的老司机了。我喜欢开车，喜欢那种驾驶的乐趣，就像骑着一匹骏马在草原驰骋，把空气冲成了疾风，把风景犁成了画廊，手脚并用，心车合一，快乐抵达诗与远方。

　　其实，司机就是以前的车夫，只不过所驭不同，一是机器、一是牲口罢了。小时候在农村，见那赶马车的坐在车辕上，一手扯缰绳，一手持鞭子，喊声"驾"，牲口（马牛骡子驴）就往前走；喊声"吁"，牲口就驻足停下。"驾"和"吁"是基本的口令，后来演变出一个词"驾驭"。

　　　　　　　　　　地上的 云朵

"驾驭"，可就没有吆喝牲口、赶赶马车那么简单了。

周朝官学要学"六艺"，"养国子以道，乃教之六艺"。（《周礼》）即掌握六种本领：礼、乐、射、御、书、数。其中的"御"（驭）就是驾车，足够高大上吧。而且这御是"五御"，五种技术：鸣和鸾，逐水曲，过君表，舞交衢，逐禽左。啥意思？就是说行车时"和""鸾"两种铃铛响声相应，疾驰于弯曲的水边不掉沟里，经过天子表位有礼仪，在道路交错处驱驰自如，打猎时能追逐禽兽于左边射获。乖乖，这种贵族的驾车技艺是否比现在考个驾照难得多？

所以，我小时候对司机的敬重多么具有先见之明。历史的经验值得注意，永远对"御"不可小觑，否则要栽大跟头。这里边大有学问，耐人寻味。

春秋时期，赵国实际开国者赵襄子曾留下"学御"的佳话（《韩非子·喻老》）。他虚心向老司机王子期学驾车技术。学了一阵儿，赵襄子觉得差不多了，就跟老王比赛。连换了三次马，三次全败。赵襄子抱怨说，你没把全部御术教给我。老王说，我是兜了底了，是您用错。老王接着跟赵同学上课：驾驭最重要的是，马体与车统一，人心与马协调，这样才能跑得快跑得远。而您呢，落后了想追上我，领先了又怕我追上。在道路上比赛，不是先就是后，您把心思全集中在我身上，又如何与马协调一致呢？这就是您失败的原因。这老王不简单，不仅教了赵襄子技术，还教了心术，而后者才是取胜的关键。

在骑兵出现之前打仗的主要兵器就是战车，拥有战车多少标志着国力的强弱，故有"万乘之国"和"千乘之国"之别。战车的基本标配是上有三人，中间为驭手，左为射手，右为持兵戈的武士。你不要以为驭手只是赶车的，其实非常重要，如果车阵有一辆出现问题，比如跑偏了、侧翻了，那就乱套了，就要吃败仗。某种程度上可以说，驾驭好一辆战车，庶几等于驾驭了整场战局。

赵襄子以驭手为师，纡尊降贵认真学御，道理也就在这里。相反的例子也有，坐车的人哪里肯屈尊学赶车，也就不把司机放在眼里，遂导致严重的后果。

有一个大家熟悉的成语叫"各自为政"，出自《左传》。郑宋两国对垒，交战前，为鼓舞士气，宋军主帅华元宰羊犒赏士兵，但这香喷喷的羊肉没给驭手羊斟。看着别人大快朵颐，羊斟内心充满怨恨。次日开战，华元坐在羊斟驾驶的车上，羊斟对他说："畴昔之羊，子为政，今日之事，我为政。"意思是昨天分羊肉的事你说了算，今天的事我说了算，说毕径直驾车驶往郑军大营，两人生生被擒。还没开打，主帅就做了俘虏，不用说自然是宋军大败。谁能想到，一碗羊肉造成"各自为政"，一个司机决定了战役的走向。

华元轻忽驭手被俘，运气还算是好的，而张楚王陈胜竟被自己的司机杀死，算是悲催至极。《史记》载："腊月，陈王之汝阴，还至下城父，其御庄贾杀以降秦。"文字很短，说得

地上的 云朵

却明白，驭手有名有姓。司机一般都是领导的亲信心腹，庄贾为何要杀陈胜？司马迁没交代，但从文章的语境可以揣测，陈胜称王之后，狂妄自大，薄情寡义，为渊驱鱼，为丛驱雀，弄得众叛亲离，连探望他的当年"苟富贵，无相忘"一起耕田的老伙计都毫不留情地杀掉，那么对他司机的态度可想而知了。如果华元是轻忽，那么陈胜可能就是欺侮了，如此被杀也不意外。

羊斟和庄贾这两个驭手固然应当谴责，《左传》即斥羊斟"以其私憾，败国殄民"，然而华元和陈胜之误尤值得反思。他们虽贵为主帅、大王，有驭手为其服务，却没有意识到自己其实也是驭手，更高层面的驭手，所以究其误在于，既没有驾驭好属下驭手，更丧失了对整体对全局的驾驭。

"驾驭"一词的本意是驾车，引申义则为掌控。汽车社会，人人皆司机，尊重他人等于尊重自己。故此，不仅要踏踏实实"学御"，熟练驾驭座驾，更要掌控好方向盘，不迷失，不偏离，驾驭好自己的人生。

如意是落在手掌的雪花

"万事如意"，这大抵是日常交际使用频率最高的祝词吧，寄寓了大家美好的祈愿。

词典对"如意"的解释，一指符合心意，二指象征吉祥的器物。后者原是中国古代最早的一种兵器，后来演变为民间搔痒的工具，叫作"搔杖"。《事物异名录》云："如意者，古之爪杖也。"即如今的"痒痒挠"。因柄端做成手指形状，搔痒可如人意，故称"如意"。再后来又超越了它的实用性，成为寓意吉祥的珍玩，柄端用竹、玉、金做成灵芝、云朵等形状。因此，吉祥和如意又连在一起。

《西游记》中孙悟空的"如意金箍棒"也是兵器，"手中那棒，上抵三十三天，下至十八层地狱，把些虎豹狼虫，满山群怪，七十二洞妖王，都唬得磕头礼拜，战兢兢魄散魂飞，霎时收了法象，将宝贝还变做个绣花针儿，藏在耳内，复归洞府，慌得那各洞妖王，都来参贺"。大到顶天入地，小到绣花针放到耳朵里，大小粗细都随着孙猴子自己的心意，故这兵器

地上的 云朵

就叫如意金箍棒。

然而，兵器固然称心如意，本领固然神通广大，孙悟空本人却有太多的不如意啊。一个跟头十万八千里，够厉害吧，却难逃如来佛的手掌心；师父唐僧动不动就念那紧箍咒，弄得头疼欲裂，满地打滚，无可奈何只能乖乖听命；取经路上更是历经九九八十一难，妖魔鬼怪，魑魅魍魉，哪个都不是省油的灯。

连呼风唤雨、无所不能的"齐天大圣"都难以事事如意，何况常人哉。因此，有人感慨："叹人生，不如意事，十常八九。"说这话的人是宋代词人辛弃疾，只有命乖运蹇、一生蹭蹬的人才会发此肺腑之言。杀敌报国、收复中原一直是辛弃疾的最高理想，但"归正人"的尴尬身份（沦陷区人由金归宋），使他始终不被朝廷信任，宦海沉浮，辗转流离，就是不予他赴戎之机，只能"醉里挑灯看剑，梦回吹角连营"，最终赍志而殁，临死还高喊"杀贼杀贼"。

辛派诗人方岳所言更为经典流传："不如意事常八九，可与人语无二三。"人生不如意事十之八九，大多还不能跟人诉说，得憋着，多难受！

其实，不必抱怨，万事如意，怎么可能？万事难如意，才是人生的真相。

人活一世，就是活在各种事中，大事小情，无休无止。人们最害怕：出事；最喜欢：没事；最讨厌：找事；最踏实：

做事。这事那事，错综交织，互相关联，哪能完全随了自己的心思？而且事情往往有其自身运行的规律，不以人的意志为转移，非人力可掌控。"事与愿违""播下龙种却收获跳蚤""树欲静而风不止"，皆是此说。更何况还存在无法预知的意外突如其来。"欲渡黄河冰塞川，将登太行雪满山"（李白），"人生事事不如意，终日念归何日归"（贺铸），"屋漏偏逢连夜雨，船迟又遇打头风"（冯梦龙），等等，如此的文人感喟亦为现实的写照。

马斯洛将人的需求分为五个层次，没有谁会甘愿停留在一个层次上面，得陇望蜀，欲壑难填，无疑是人类进步的内在驱动力。这也决定了在这个过程中，如意时少，不如意时多，好比如意是一枚甜瓜，孕育它的却是那么长长一段枝蔓和叶子的苦涩，又如同漫长旅途的艰难跋涉，如意只是途中一个歇脚的驿站。钱锺书先生曾说："譬如快活或快乐的快字，就把人生一切乐事的飘瞥难留，极清楚地指示出来。"如意亦如此，给人的喜悦是短暂的。仿佛小孩子手中的一颗棉花糖，虽然甜蜜，但入口即化，不会停留多长时间。

俗话说，上苍对人都是公平的。失之东隅，收之桑榆，有得有失，方为常道。盈则亏，满则溢。种种不如意，恰如给泛滥暴涨的河道放水，以免有溃堤之虞，祛灾消业，岂不是好事？比如说，你开车不小心发生剐蹭，懊恼失悔，自叹倒霉，但如果说，这次剐蹭其实是老天的预警，令你此后更加遵规守

地上的 云朵

法，小心驾驶，从而避免了可能会发生的严重车祸，这是不是又该值得庆幸呢？

实际上，蚌病成珠，百炼成钢，不如意的剧痛反而能锻造璀璨的人生，这样的例子史不胜举。司马迁《报任安书》中有一段著名的话："盖西伯（文王）拘而演《周易》；仲尼厄而作《春秋》；屈原放逐，乃赋《离骚》；左丘失明，厥有《国语》；孙子膑脚，《兵法》修列；不韦迁蜀，世传《吕览》；韩非囚秦，《说难》《孤愤》；《诗》三百篇，大抵圣贤发愤之所为作也。"你看，这些人哪有如意的，简直都是倒了血霉了。但这些人没有沉沦趴下，而是"发愤"。把不如意淬炼砥砺成刺破人生黑暗的利刃，焕发出辉耀千古的光彩。

如意是落在手掌的雪花，须臾融化，而不如意在身边片片飞舞。不过不要紧，那个银装素裹的美丽世界你依然拥有。

随处即是书房

在一个家庭里边什么最重要？当然是人了。其次呢？一定是书。家里一切物什都有安放归置的地方，如衣有衣柜，鞋有鞋柜，电视有电视柜，但它们都不配有"房"的专称，没有衣房、鞋房之说，而只有"书房"！可见书地位的尊崇。古代更高级的书房叫"上书房"，是专门供皇子读书之处。

我们这一代人一般都是三口之家，三居室的分配是这样的，我们夫妻一间，儿子一间，书一间。书跟人平起平坐，甚至书太多，书房得足够宽敞，儿子只能屈尊居于小的房间。

文人都有一个书房梦，北魏李谧有句名言："丈夫拥书万卷，何假南面百城。"但真正拥有一间书房也并非易事，需要以时间换空间，慢慢来。刚毕业的时候，在新单位有一间屋子就不错了，书也没几本，书房只是一个遥远的梦。娶妻生子后，生计至上，一间屋，乱糟糟，孩子尿布的尿臊气和书架上的书香味混杂其间。到了晚上，我常去同在一个大院的单位办公室看书，常常看到夤夜，大院里的灯光渐次熄灭，只有我的

地上的云朵

办公室的灯还亮着。

后来，马齿渐长，书也渐渐增多，单位在筒子楼又分给了一间房，喜悦之余，把这间房拾掇成书房的模样。但粮袋米面等杂物也随之涌入，我自嘲书房名为"半壁房"。不过终究还是欢喜，就正儿八经给书房取了名字："雪泥斋"。名字来源于苏东坡的诗句："人生到处知何似，应似飞鸿踏雪泥。泥上偶然留指爪，鸿飞那复计东西。"意思是若能给文学、给人生留下一鳞半爪的印痕，则不虚此生矣。为此，我专门写了一篇小文《雪泥斋小记》以志纪念。

调到省城工作，先是租房子，房子小，我和书同房，衣物家什可以削减，书却一本都不能扔掉。等有了自己的大房子，书房足够大，一壁书柜也很是气派。这才拥有了真正意义的书房。坐拥书城，饮茶诵读，翛然自得，看窗外明月皎洁，清风徐徐，疏影摇动，自谓"羲皇上人"。

书房的面积是一定的，书柜的格子是一定的，但书却一本一本不断增加。书架上横七竖八，里层外层，完全呈饱和状态。虽然，每过一段时间实行"精兵简政"，狠狠心优胜劣汰，但仍然阻止不了它们的溢出之态。于是，慢慢便出现了这样的局面：客厅里落地台灯下面码着数摞书，沙发扶手上堆着书；厕所放着书；卧室更别说，枕边、床头柜都是书，床侧的垫子上成了书垛，上床须绕行。不禁想到清代大才子纪晓岚的对联："书似青山常乱叠，灯如红豆最相思。"真是道出了读书人的真实情状。

对于我来说，除了家里的书房，单位的办公室其实也成了书房。有两个书柜当然也是贵客满营，待遇差一点的，只好屈就于书柜两侧，高高摞起，一排不成，两排。由于摞得太高，有摇摇欲坠之势。还好，至今尚未发生坍塌事故。所以，可以说，我的书房只是一个大本营，一个基地，书早已突破了它的拘囿，随处可在。

出差的时候，习惯随身带一本书，无论身在何处，睡前不看几页书是绝对无法安眠的。人云，行万里路，读万卷书。出门旅行，一览名山大川、名胜古迹，这无数的大自然的瑰奇、人文的奥秘充盈天地间，取之不竭，读之不尽，在我看来，这可是读书人最大的书房啊！

明代作家陈继儒在他的《小窗幽记》里有一联："闭门即是深山，读书随处净土。"这里借用一下：不惮世路风尘，随处即是书房。

地上的 云朵

刹　那

　　小的时候，一度痴迷刘兰芳的评书《岳飞传》，在紧要关头，常听到一个短语，"说时迟那时快"，每当这个时候，屏住呼吸，心都提到嗓子眼儿了。"说时迟那时快"就是眨眼的工夫，可能一个人的命就没了，能不紧张万分？

　　佛经中有一个说时间的词叫"刹那"，"一弹指六十刹那，一刹那九百生灭"。不得了，这一刹那该有多快！中国人喜欢大概其，所以，"刹那"引进汉语之后，与"须臾""瞬间""霎时""一眨眼"等差不多一个意思，表示时间极短。

　　时间是个物理概念，也是一个心理概念。"欢愉嫌时短，寂寞恨更长"，时间没变，是心里的感受不同。"一日不见，如三秋兮""度日如年"等，这种关于时间的心理表述如恒河沙数。时间成了橡皮筋，抻则长，松则短。

　　但是"刹那"，无论是物理时间还是心理时间都极为短暂，对于人，对于世界，却极为紧要。人世间，有些事可以慢慢来，明日复明日，也要不了命，大把时间可供挥霍。然而，有些事决定于刹那、瞬间，电光石火，绝对慢不得，一慢，可能脑袋没了，所谓千钧一发是也。

写出名著《罪与罚》《被侮辱和被损害的》等作品的俄罗斯作家陀思妥耶夫斯基，由于参加了反对沙皇黑暗统治的政治活动，被逮捕入狱，判了死刑。这天，他和九名同志一起，被押赴刑场，绑在行刑柱上。狱警用布蒙上他的双眼，他陷入黑暗之中，心中也一片漆黑绝望，听到士兵拉枪栓的声音，等待死神的降临。"说时迟那时快"，在这千钧一发之际，一名军官骑一匹快马匆匆赶到，传达沙皇圣谕，罪减一等，改死刑为流放。"刀下留人"，这样的场景虽然有些戏剧性，我们见得多了，但也让人们熟知这"刹那"是多么要紧，性命攸关啊。也有相反的例子，清代文学家金圣叹就比较倒霉，在刑场上脑袋刚掉，皇上赦免的命令来了，没赶趟儿。这个时候，是命是尸，全在于一刹那。

如果说上述两例"刹那"是被动地接受命运，那么拿破仑兵败滑铁卢就在于刹那间的主动丧失。拿破仑复出称帝后，率大军攻击反法的英普联军，自引主力冒着大雨泥泞追击英军，命格鲁希元帅领三分之一部队追击普鲁士军队。拿破仑在滑铁卢与英军展开激战，双方势均力敌，尸横遍野。格鲁希却没有找到普鲁士军队的影子，途中，听到了远处传来的隆隆炮声。格鲁希的副手及众属下恳请他做出决断，停止追击普鲁士军队，转而马上支援拿破仑主力部队。这个格鲁希，谨慎胆小，

地上的 云朵

死板僵化，他拿出拿破仑事前命令他追击普军的手谕，面对众属下的恳求，思考了一分钟，刹那做出决定：不能随意更改上司指示，继续追击不知影踪的普军。而普军也听到了炮声，迅速向滑铁卢靠拢，胜利的天平一下子倾斜了。格鲁希刹那的决定，决定了拿破仑的命运，决定了法国的命运，决定了世界的命运，当然，也决定了他自己的命运。

我们平常百姓对生活最美好的向往，就是过好日子。"日子"是生活，也是时间。我们有时也会面临刹那的时刻，比如开车，遇到危险情况必须刹那间做出正确的动作，才能避祸，才能保命，容不得你考虑考虑。但更多的时候可以优游卒岁，遇到难题尽可以有充裕的时间思考、斟酌。在时间的概念里，我们常常忽略了刹那的存在和意义，任其在指缝间匆匆溜走。其实，珍惜时光从一分一秒开始，时间如同财富也是可以积攒的，如此，方能在遇到刹那的时候，生命在电光石火间迸发出璀璨的光芒。

碑铭的悲鸣

《左传》云："太上有立德，其次有立功，其次有立言，虽久不废，此之谓不朽。"后人将其总结为"三立"或"三不朽"。怎样才不朽？办法之一就是树碑立传，将功名镌刻于坚硬的石头上面，永存世间，世代铭记。所以，古人特别重视立碑铭传，不惜花大价钱请当世名家大儒撰写碑文或墓志铭。唐代的韩愈，宋代的欧阳修，这两位当世的文化班头，就成了此中被人竞相延请的高手。

古代文人写诗作文都是自娱自乐，没有发表或出版的稿费可挣。但碑铭却是受人之托请，且关系重大，是对一个人一生的评价，故，所付润笔极为丰厚。韩愈一生写了此类文章约八十篇，所获不菲，有好事者给他的一篇一千五百字的碑铭文章所获润笔，按今天市场价格换算，居然高达二十万元。刘禹锡写过一篇《祭韩吏部文》，其中有这样的句子："三十余年，声名塞天。公鼎侯碑，志隧表阡。一字之价，辇金如山。"刘禹锡和韩愈交厚，此言应当可信。诗人刘叉客寓韩

地上的云朵

愈处，看得有些眼红，拿走金子数斤扬长而去，并留言曒称："此谀墓中人所得耳，不若与刘君为寿。"

但是，润笔虽丰却也不是好拿的，因事关重大，要对生者负责，对死者负责，对历史负责，不能一味称颂歌赞、妄言乱说。欧阳修曾说，"其为苦，不可胜言""此文极难做，敌兵尚强，须字字与之对垒。"既要公平公正，又要防备政敌攻讦，字斟句酌，呕心沥血，当是情理中的事了。即便如此，韩愈和欧阳修这两位文章巨头还是遇到了麻烦，碑铭变成了悲鸣。

元和十三年（818年），淮西叛乱平定，四海宴平，皇帝龙颜大悦，在朝臣的鼓噪之下，要刻石记功，明示天下。撰写《平淮西碑》的重任自然要落到韩愈头上，他不仅是文章圣手，还是平叛的参与者。接受皇帝诏令之后，韩愈却"闻命震骇，心识颠倒，非其所任，为愧为恐，经涉旬月，不敢措手"。经过七十天的苦思深虑，韩愈终于写成《平淮西碑》。皇帝阅后首肯，亲历者没有异议，其中的韩弘还送来五百匹绢以示感谢。于是将原文勒铭，竖碑于蔡州城中。没想到一件轰动朝野的大事发生了，大将李愬的部下石孝忠认为碑文没有突出其主人的功绩，有失公道，一怒之下，推倒石碑，杀了看守石碑的士兵，并求见皇帝慷慨陈词。皇帝一听言之有理，当即赦其无罪。加上皇帝表妹、李愬之妻也来哭诉，于是皇帝下诏磨掉韩文，令翰林学士段文昌重新撰文勒石。这个结果大大出乎人的意料，怪不得韩愈当初接活儿时"为愧为恐"。

韩愈是为公家干活儿惹出事端，欧阳修却是为亡友撰文招怨，费力不讨好，更为憋屈。欧阳修的密友尹洙去世，受范仲淹之托，他写了一篇《尹师鲁墓志铭》，极备哀痛，评价精当，言简意深。按说，彼此之间皆为好友，于情于理当归于圆满才是。孰料，这篇碑铭却引起尹洙家属不满，以为评价太轻，尽管欧阳修为此专门撰文做了辩解，尹洙家属仍不买账，甚至连范仲淹也认为过于简略，不尽如人意，另请一位好友韩琦重新写了一篇，令欧阳修灰头土脸，好不失落。

还有一次，是范仲淹死后，其家属致信欧阳修"以埋铭见托"，请欧阳修撰写墓志铭。墓志铭是要随死者埋入墓中，故称"埋铭"。欧阳修自忖一生蒙范公知遇之恩，撰写碑铭义不容辞，但又深感难以措置，一直拖了两年方字斟句酌写成《范公神道碑铭》。但仍惹了麻烦。文中叙写了一段西夏战事爆发后的史实，范仲淹和宰相吕夷简"二公欢然相约，勠力平贼"，引起范仲淹儿子范纯仁极大不满。范和吕曾是"朋党风波"中的政敌，范因此被贬谪，吕后来也被罢黜，双方两败俱伤。西夏战事爆发，为了一致抵御外侮，范仲淹致信吕夷简求和解，体现了以国事为重的高风亮节和磊落胸怀，赢得朝野一致好评。这事有范仲淹收入文集里的书信为证，欧阳修据实叙写，也有一份对范公的敬重在里边，范纯仁却对"朋党"的罅隙难以释怀，坚持说，我父亲从来没有和吕某人和解过，要求

地上的云朵

欧阳修修改。遭到欧阳修拒绝后，乃自作主张删去二十字，刻石埋铭。欧阳修为此深长叹息。

　　韩愈、欧阳修都是当时文魁，能请到他们写碑铭，该是至高荣耀，应一言九鼎、不容置喙才是，却招致或被否定或让修改的命运，陷入极为难堪尴尬的境地。这只能说明碑铭在人们心中实在太重要了。雁过留影，人过留名，活一辈子不就是为了那几个字的评价吗？然而，如果连当世顶级的文豪撰写的碑铭都难令各方满意，生生变成一声悲鸣，一地鸡毛，岂不可悲乎？其实，这些人为声名所累，活得不明白，刻在石头上固然可以"不朽"，而真正的不朽却是刻在人心上的。古人如此，放诸当今，恐这般糊涂颠顶的人也不在少数。

矢　气

矢气，是古人对放屁文雅一点的叫法，也称出虚恭。

读《红楼梦》第十九回有这样一段文字："……黛玉听了，嗤的一声笑道：'你既要在这里，那边去老老实实的坐着，咱们说话儿。'宝玉道：'我也歪着。'黛玉道：'你就歪着。'宝玉道：'没有枕头，咱们在一个枕头上。'黛玉道：'放屁！外面不是枕头？拿一个来枕着。'"乍读此处，吓了一跳，林黛玉这么一个冰雕玉琢的文艺女青年怎么能暴了粗口，说出"放屁"如此粗鄙不雅的词呢？如果将"放屁"改成"胡说"岂不更好？后来明白了，伟大如曹雪芹怎能用错词语呢？林黛玉此说更有烟火气，更能表现她尖酸刻薄的性格，以及小儿女间的亲密戏谑。我们没有必要过于讲究文字的洁癖。

"放屁"是人的一种正常的生理现象，虽然难登大雅之堂，却也是我们日常生活的常用语，男女老幼，雅人俗人，概莫能外。说一个人无知——狗屁不懂；说一个人胡说八道——

地上的云朵

放屁；对一个人表示轻蔑——算个屁；说一个人啰唆——脱裤子放屁；说痛快——有话就说，有屁就放；说耍赖——放屁瞅别人……

屁天生具有喜剧因子，大凡人们听到屁响，第一反应就是嗤嗤发笑，想无动于衷、绷住了脸都难。同样是声响，而大家听到打嗝、咳嗽，却是充耳不闻。我一直不明白这是为什么。记得一次我们一大家子聚会，父亲是一个很严肃谨重的人，当了一辈子干部，年老了还保持着那种矜持，要不是耳聋，他决不会在孙男娣女面前放屁，因为放屁之后，他听不到。母亲耳朵灵，她听见了，忍不住哧哧笑，其实大家都听见了，都憋着不敢笑，见母亲笑，终于忍不住也哧哧笑。父亲见满屋子人都在笑，不知发生了什么好玩的事，但这欢快的情绪感染了他，他也笑了起来。

小的时候，村里来了一个县剧团的女演员，十分漂亮、洋气，身上有一股好闻的味道，她是我们村同在县剧团的一个小伙子的对象。一帮臭小子都去人家家里"看媳妇"，眼睛看，嘴也不闲着，插科打诨的。不知是哪句话惹了那女演员，那女的很泼辣，当然也不是真的翻脸，而是佯怒暴了句粗口："放你娘的葱花屁！"哈哈，"葱花屁"，太新鲜了，从来没听说过呀，葱花是香的，屁是臭的，咋就混到一块儿啦？以后很长一段时间，"葱花屁"成为我们小伙伴们的常用语，在嘻嘻哈哈的舌尖中滚来滚去。

上了大学，一次古典文学老师讲蒲松龄《聊斋志异》里的一篇《司文郎》，说有一个盲僧品评文章有一绝技，把文章点着烧了，他能从气味里闻出文章的好坏。时有两个考生，一曰王平子，一曰余杭生，前者是真才，却落榜，后者是庸才，却及第。两人找到盲僧评理。盲僧让他们找考官要了八九篇文章，逐一焚烧，至第六篇，盲僧突然"面壁大呕，下气如雷"，对余杭生说，这肯定是你老师的文章了！"刺于鼻，棘于腹，膀胱所不能容，直自下部出矣！"老师讲到"下气如雷"时忍不住嘿嘿笑起来，问我们，知道什么叫"下气如雷"吗？就是放屁像打雷一样！立时课堂上笑声一片。时隔三十多年，我仍然对这个"下气如雷"记忆深刻，当时的课堂情景也如在眼前，对蒲松龄予屁文章绝妙讽刺的艺术手段钦佩不已。

《笑林广记》中也有一则讽刺马屁精的小品《屁颂》："一秀才数尽，去见阎王，阎王偶放一屁，秀才即献屁颂一篇曰：'高耸金臀，弘宣宝气，依稀乎丝竹之音，仿佛乎麝兰之味，臣立下风，不胜馨香之至。'阎王大喜，增寿十年，即时放回阳间。十年限满，再见阎王。此秀才志气舒展，望森罗殿摇摆而上，阎王问是何人，小鬼回曰：'就是那个做屁文章的秀才。'"因给阎王拍马屁而获增寿十年，看来阴阳两界都吃这一套，而这个不顾廉耻、阿谀逢迎的无耻秀才，居然靠写屁文章成功而"志气舒展""摇摆而上"，一副小人得志的嘴脸跃然纸上。

地上的云朵

20世纪60年代大家熟知的一首词《念奴娇·鸟儿问答》："鲲鹏展翅，九万里，翻动扶摇羊角。背负青天朝下看，都是人间城郭。炮火连天，弹痕遍地，吓倒蓬间雀。怎么得了，哎呀我要飞跃。借问君去何方，雀儿答道：有仙山琼阁。不见前年秋月朗，订了三家条约，还有吃的，土豆烧熟了，再加牛肉。不须放屁！试看天地翻覆。"有一天，我在村里的大喇叭里听到了广播，播音员声情并茂，铿锵有力，当念到"不须放屁"时，我扑哧一下子笑出声来。以致有段时间，在我们同学之间纷纷指着对方大声说：不须放屁，不须放屁！一边说一边大笑。后来知道，"不须放屁"出自清代张南庄所著小说《何典》，里边有一首《右调如梦令》作"定场诗"："不会谈天说地，不喜咬文嚼字，一味臭喷蛆，且向人前捣鬼。放屁放屁，真是岂有此理。"对于以屁入诗，有人以为不雅，有人认为无妨，不拘一格，打破戒律，雅俗有时是可以互相转换的，俗到极致便是雅，雅到极致倒亦俗了。

腹腔肠道疾病患者做了手术之后，医生在次日查房时通常会问：放屁了吗？如果回答说放了，那么，恭喜你脱离危险了！放屁，表明通了，不会发生梗阻了。通，则不痛。一声屁响，宣告生命通道的畅达。生命至上，谁敢小瞧这屁事？庄子说，道在屎溺。道无处不在，在蝼蚁，在野草，在瓦砾，在屎尿，也在屁。卑微、低贱、粗俗的地方，也存在着道和真理。

宋代大文人苏东坡喜欢佛学，自认为深谙佛理，某日写一偈语："稽首天中天，毫光照大千。八风吹不动，端坐紫金莲。"派书童送给朋友佛印禅师，意在邀赏。不料书童却带回来佛印禅师批的四个字"放屁放屁"，苏东坡十分恼怒，说"岂有此理"，就过江到寺里找佛印理论。佛印笑眯眯地说，你不是"八风吹不动"吗？怎么一屁就把你崩过江了？苏东坡闻言大悟，十分惭愧，自己的定力还是不够哇。

有三五文人坐在春风明月里，谈文论艺，好不雅致。如果当中有人放了一个响屁，气氛骤变，雅顿时滑向了俗，像在一碗清水里滴了一滴墨汁，立时漫漶了，浑浊了。这屁放得不合时宜。假如是在一群赤膊喝酒、吆五喝六的汉子中，纵使放屁嘣嘣响，平添几多豪气，爽快！这才配套。所以，放屁作为一种生理现象，无论雅俗，皆不能免之，关键要看场合、人群、环境，这，决定着你的素养和气质。

地上的云朵

惊　艳

如果你在人丛中蓦然看到一个绝色美女，是否会有怦然心动、神魂一荡、被惊着了的感觉？有一个词可拿来形容，叫作"惊艳"。与此相类似，如果看见一个像古代嫫母、无盐这般的丑女，也会被惊着，——不过不是惊艳，而是惊吓。丑的繁体字"醜"，里边有"鬼"，能不受到惊吓吗？极美和极丑予人的心理机制大体仿佛。

实际上，在现实生活里能让人惊艳的美女还真不多见。也是，如果常见，就不会惊着了。所谓"惊鸿一瞥""惊为天人"，那一定是稀有的神仙品级。如宋玉《好色赋》所云："增之一分则太长，减之一分则太短，着粉则太白，施朱则太赤。"如曹植《洛神赋》所云："翩若惊鸿，婉若游龙。"这样的极品美女大抵只存乎文人的想象和文学作品中。

"惊艳"一词出自金圣叹批本《西厢记》，卷一头回目就名之"惊艳"。张生在普救寺邂逅崔莺莺，一见之下就惊了，傻了，"颠不刺的见了万千，这般可喜娘罕曾见。我眼花缭乱口难言，魂灵儿飞去半天。"金圣叹评点道："写张生惊见双文，目定神摄，不能遽语。"双文即莺莺。张生为莺莺的美貌感到惊奇和震撼，"我谁想这里遇神仙"，眼花了，魂飞了，说不出话来了，端的一见倾心，一见钟情。张生崔莺莺的故事，源于唐代诗人元稹的传奇《莺莺传》，其中写道，崔氏令女儿莺莺出来见张生，"久之乃至。常服睟容，不加新饰，垂鬟接黛，双脸销红而已。颜色艳异，光辉动人。张惊，为之礼"。你看，张生一见莺莺"艳异"，乃"惊"，这大抵是"惊艳"的原版。

崔莺莺之美令张生惊艳犹嫌不够，也可能是情人眼里出西施呢，还得接下来惊着僧众才有说服力。且看："大师年纪老，高座上也凝眺。举名的班首真呆傍，将法聪头做磬敲。""点烛的头陀可恼，烧香的行者堪焦。烛影红摇，香霭云飘，贪看莺莺，烛灭香消。"好家伙，这个画面太有趣、太好玩了。看来，美艳自带电流，噼噼啪啪直接击倒一片，七荤八素，七颠八倒，目迷神夺，意乱魂摇。崔莺莺长啥样，这般令众人为之倾倒？作品有直接描写："你看檀口点樱桃，粉鼻倚琼瑶，淡白梨花面，轻盈杨柳腰。妖娆，满面儿堆着俏；苗条，一团儿真是娇。"口、鼻、脸、腰、肤色、神情、身材都写到了。古代文学写美女之美，大多都陷入这般程式化套路，诸如樱桃口、杨柳腰啊，沉鱼落雁、闭月羞花云云，倒不见得有什么稀奇。记得有一个相声讽刺"樱桃小口"，说那么一张

地上的 云朵

小嘴吃炸酱面，滋溜一声，面条进去了，酱全留腮帮子上了。

《金瓶梅》第八回写潘金莲毒死武大郎之后请僧人做法事，这些僧人见到潘金莲，也惊着了。这个"惊艳"的桥段与《西厢记》差不多。"那众和尚见了武大这个老婆，一个个都昏迷了佛性禅心，一个个多关不住心猿意马，都七颠八倒，酥成一块。但见：班首轻狂，念佛号不知颠倒，维摩昏乱，诵经言岂顾高低。烧香行者，推倒花瓶，秉烛头陀，错拿香盒。宣盟表白，大宋国称作大唐；忏罪阇梨，武大郎念为大父。长老心忙，打鼓错拿徒弟手；沙弥心荡，磬槌打破老僧头。从前苦行一时休，万个金刚降不住。"这段描述比《西厢记》更详细，更生动，更夸张，也更多市井俗气。《水浒传》第四十五回写潘巧云请和尚为亡夫做功德，也有类似的描述。

文学作品中，这种以描述旁观者的"惊艳"反应来侧面描写女子美貌的手段并不鲜见，金圣叹称之为"烘云托月"法，比正面描写效果更佳。因为正面描写容貌一般是静态的，而且穷尽美词终会有所局限，而"惊艳"却是动态的，鲜活的，有趣的，给人以无限的想象空间。中国文学史上最为经典、最为人熟知的"惊艳"描写是汉代乐府民歌《陌上桑》。诗中写美女罗敷提着篮子到城南采桑，对她有正面描画："头上倭堕髻，耳中明月珠。缃绮为下裙，紫绮为上襦。"有发型、耳坠，还有紫上袄、黄下裙，并未写具体形貌。但通过众人奇妙有趣的反应托出了一个绝世美女的形象，"行者见罗敷，下担捋髭须。少年见罗敷，脱帽著帩头。耕者忘其犁，锄者忘其锄。来归相怨怒，但坐观罗敷"。一个女子得有多么好看，才能造就如此吸睛的轰动效应啊。更绝的是"五马立踟蹰"，连牲畜见了罗敷都停住脚步，徘徊不前了。

　　"惊艳"，是一种刻画人物的文学手法，虽不免带有夸张意味，却也是源自生活。人们喜欢美，美和好总是绾结在一起。如果日常能见到罗敷、莺莺这样让人惊艳的女子，自然一如彩虹突降，给庸常的生活平添了一抹绚丽。然而，也有潘金莲、潘巧云之流令人惊艳的美貌，却包藏着丑恶的灵魂，美而不好。所以，倘若果真遇有惊艳之时，不妨停留几秒，然后走开，该干吗干吗去。

地上的 云朵